삼문동
봉주르
아파트

삼문동
봉주르
아파트

오서 장편소설

자음과모음

차례

2부

아파트
재건축

후

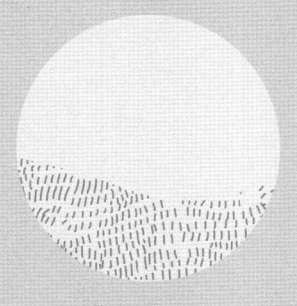

1부 아파트 재건축 전

저거 하면 얼마 줘?

띠리리링.

"여…… 보…… 세…… 요……."

정한은 잠에 취한 목소리로 힘겹게 핸드폰을 귀에 갖다 댔다.

"야, 아직도 자냐? 시간이 몇 신데……. 일어나, 좀!"

"왜 어차피 할 일도 없는데."

"할 일이 있든 없든! 그래도 남들 일어나는 시간에는 일어나야 할 일이 생기든 말든 할 거 아냐! 야! 빨리 일어나서 잠깐 건너와. TV가 갑자기 안 나와."

"아, 뭐래……. TV가 안 나오면 기사를 불러야지 왜 날 불러……."

"야! 기사 한 번 부르면 돈이 얼만데! 일단 네가 먼저 좀 봐. 지금 지훈이가 TV 안 나온다고 난리야. 빨리 튀어와!"

정한은 침대에서 어기적어기적 일어나 화장실로 향했다.

'공정한' 이름처럼 언제 어디서든 공정함을 따지고 바른말 하기 좋아하는 그는, 회사에서도 바른말 하기로 유명해 윗분들에게 칭찬이 자자하기는커녕 모든 임원들이 저격 총을 겨누고 있는 대상이었다. 급기야 그는 칼을 뽑아선 안 되는 상대에게까지 칼을 뽑으며 잘못된 선택을 했고, 되레 상대에게 무참히 저격당해 내동댕이쳐졌다. 하루아침에 백수가 된 그는 서울의 살인적인 집세를 감당하지 못해 고민하던 중, 다행히 누나가 사는 밀양 삼문동 아파트에 급매로 나온 집이 딱 정한의 예산과 맞아떨어져, 누나와 같은 아파트에 살게 되었다. 그래서 종종 이렇게 누나의 호출을 받아 긴급 출동할 때가 있다.

"야, 빨리 저거 어떻게 좀 해봐. 지훈이 영어 만화 봐야 해."

"야, 인마! 넌 학교도 안 가냐? 이 시간에 왜 집에서 TV를 봐?"

"삼촌, 오늘 공휴일인데?"

"그리고 넌 왜 맨날 외삼촌보고 삼촌이래?"

"난 삼촌이라고 하는 게 편해."

지훈은 '삼촌 왜 저래?'라는 표정으로 눈을 멀뚱거리며 정한에게 대답했다.

"아……. 그래? 크큭!"

"만날천날 늦게 일어나니 오늘이 무슨 날인지 알 턱이 있나."

정한은 머쓱하게 웃으며 TV를 만지기 시작했고, 정해는 고개를 절레절레 그으며 한숨을 쉬며 중얼거렸다.

"짠, TV가 살아났습니다! 어때, 내 손기술이!"

"아……. 저게 영원히 안 켜져야 했는데……."

TV가 살아났다며 자랑하는 정한은 안중에도 없고, 오히려 TV를 쏘아보며 지훈이 씩씩거리고 있었다.

"기껏 고쳐놨더니 뭐래."

"야, 신경 쓰지 마. 요 자식 요거 새 TV 사고 싶어서 그래!"

"유지훈! 이거 봐. 삼촌이 고칠 수 있다고 했지? 이렇게 멀쩡한데 자꾸 TV 사자고 하지 마. 엄마는 TV가 타버릴 때까지 쓸 거야."

"헐, 그건 좀……. 근데 누나, 이 TV 얼마나 썼지?"

"한 15년?"

"히이이익, 미쳤네! 지훈이가 바꾸자고 할 만하네!"

"니들 둘 다 입 다물어. TV는 사람 형체를 못 알아봐야 바꾸는 거야. 야, 그리고 너 밥 안 먹었지? 밥이나 먹고 가."

"매형은?"

"너희 매형이 공휴일이 있었냐? 오늘도 당연히 출근했지."

정해는 정한의 밥을 차리기 시작했다. 그녀는 내심 TV를 고치러 온 정한이. 행여나 지훈에게 한심한 삼촌으로 보일까 봐 정한의 손기술이 좋다며 추켜세우더니, 어릴 때 공부까지 잘하던 수재라고 너스레를 떨었다.

"삼촌, 동대표가 뭐야?"

지훈이 식탁에 앉으며 물었다.

"동대표? 동장 아니고? 동대표?"

"응, 동대표. 엘리베이터에 동대표 출마하라고 붙여놨던데."

"글쎄……. 누나, 동대표 뭔지 알아?"

"동대표? 쓸모없는 거. 거 왜…… 아파트 동마다 대표 뽑잖아. 그거 나오라고 붙인 거야."

"들었지? 그거래."

"엄마, 그럼 내가 나가도 돼?"

지훈은 꽤 진지한 표정으로 엄마에게 물었다.

"오, 유지훈 권력욕이 있어. 하하하하!"

정한은 지훈이 귀여운지 머리를 쓰다듬으며 웃었다.

"삼촌, 나 이래 봬도 3학년 때부터 지금 5학년까지 쭉 회장이야. 1학년이랑 2학년은 회장이 없어서 그렇지, 있었으면 전 학년 다 회장 했을 거야."

"오, 그래? 몰랐네. 지훈이 리더십이 대박인데! 3선이라니! 우리 집안에 3선 회장이 있어!"

"야, 뭐가 대박이야……. 쟤네 한 반에 회장이 일곱 명이야. 그리고 한 반에 전체 인원이 스물다섯 명도 안 돼. 반에서 3분의 1이 회장인 거지. 우리 때랑 달라."

정해가 콧방귀를 뀌며 말하자, 지훈은 약이 바짝 오르기 시작했다.

"에이, 누나는 또 무슨 말을 그렇게 하냐. 그래도 3선은 대단한 거지. 그래서 3선 회장님 동대표도 하고 싶으셔?"

"응."

"왜 하고 싶으셔?"

"우리 아파트가 너무 엉망인 거 같아."

"엉망? 어떤 게……."

"음, 우선 너무 오래됐고…… 또 더럽고, 이상한 사람들이 너무 많아. 그리고 층간소음도 심해."

"아들, 너도 이상하고 니 소음도 심하거든. 엄마는 니 소음 때문에 못 살겠어."

지훈 말에 정해는 또 끼어들며 잔소리를 이어갔다. 지훈의 미간이 구겨지는 건 당연했다.

"그리고 넌 미성년자라 동대표 못 나가니까 외삼촌 밥 먹는데 귀찮게 하지 마."

"그럼 몇 살부터 나갈 수 있는데?"

"만 19세 이상. 넌 아직도 한참 멀었어."

"그럼…… 나 대신 삼촌이 나가면 안 돼?"

"켁."

삼촌이 나가면 안 되냐는 지훈의 말에 정한은 국을 마시다 목에 사레가 들리고 말았다.

"유지훈, 삼촌 밥 먹는데 귀찮게 하지 말라니까."

지훈은 동그란 얼굴만큼 동그란 눈으로 생글거리며 정한을 바라보고 있었다.

"사…… 삼촌이?"

"응! 삼촌이 동대표 되면 엄청 멋있을 거 같아! 그리고 삼촌이 우리 놀이터도 고쳐줘!"

"야, 유지훈! 쓸데없는 소리 하지 마. 저런 건 할 일 없고 시간 많은 사람들이나……."

'할 일 없고 시간 많은 사람들이나 하는 거'라고 말이 나오려던 정해는 급하게 말을 잘랐다. 정한이라는 사람을 누구보다 잘 알기에, 한 줄기 상처라도 닿을까 봐 내내 마음이 쓰였다.

"음! 암튼 정한이 너도 행여 저런 거 할 생각 하지 마. 저거 해 봐야 돈도 얼마 못 받고, 욕만 바가지로 얻어 처먹어."

"엄마도 참! 회장이 욕도 먹고, 칭찬도 받고 그런 거지. 욕 좀 먹는 게 뭐가 무섭다고."

정한은 갑자기 숟가락을 내려놓더니 정해에게 진지한 표정으로 물었다.

"저거 하면…… 얼마 줘?"

묻고 더블로 가!

"글쎄다, 동대표도 대표인데 한 20만 원은 주지 않을까? 우리 동네 통장 아줌마 월급도 20만 원이던데."

집에 돌아온 정한의 머릿속은 정해가 얘기한 20만 원으로 가득 차 있었다. 백수 기간이 길어진 정한의 통장 잔고는 사실 바닥을 보이고 있었다. 그래도 착실한 성격이라 회사 다니며 차곡차곡 모아둔 돈과 퇴직금, 명예퇴직 위로금이 있어 어느 정도는 버티고 있었지만, 그렇다고 늙어 죽을 때까지 버틸 수 있는 돈은 아니었다. 퇴사한 후 일자리를 알아보지도 않았고, 뭘 할지 생각해 본 적도 없었다. 그저 배고프면 먹고, 잠 오면 자고, 심심하면 책 읽으며 본능에 충실한 생활을 했다. 그런 정한에게 동대표라는 직함이 계속 귓가에 맴돌고 있었다.

"우리 아파트도 문제 많지. 입주 초반에는 난리도 아니었어. 입주민 대표 회장이란 놈이 뒷돈 챙기다 걸려서 주민들 다 들고 일어나고, 그 뒤에도 그런 일들이 이어지다가 한 10년 정도 지나면서 점점 조용해지더라. 근데 뭐 지금도 안 그러겠어? 우리는 동대표 같은 사람들이 뭐 하는지도 몰라. 하물며 누군지도 몰라. 지들끼리 쿵짝하면서 또 뭐라도 해 처먹고 있겠지……. 근데 이게 우리 아파트만의 문제는 분명 아닐 거야. 어딜 가도 있잖아. 그런 일들……. 비리, 부정부패……. 세상 모든 인간들이 전부 그렇지는 않겠지만…….”

정해가 넋두리하듯 한 얘기가 뼛속부터 ‘공정’으로 가득한 그의 성격에 불씨를 당겼다. 그리고 동대표 월급이 기름을 부었다. 정한은 깊은 고민에 빠졌다.

“관리실에 전화해서 물어볼까? 아냐, 아냐. 전화해서 ‘동대표 하면 월급 얼마 주나요?’ 이건 좀 아니지. 그러다 진짜 뽑히면 관리실 사람들이랑 자주 봐야 할 텐데 얼마나 쪽팔려? 근데 진짜 20만 원인가? 그럼 나쁘지 않은데, 이 사람들은 모집 공고를 낼 때 월급 같은 것도 좀 적어놓지…….”

정한은 똥마려운 강아지마냥 집 거실을 빙빙 돌며 입속말로 중얼거렸다. 손으로는 핸드폰에 관리실 전화번호를 눌렀다 지웠다를 반복하고 있었다.

“그래, 일단 동대표 후보 지원을 하자. 뽑히고 나서 월급이 없거나 터무니없이 적으면 사퇴하면 되지. 그래! 그렇게 하면 돼.”

그렇게 정한은 결국 마음을 다잡고, 동대표 지원서를 내기로 했다.

*

"뭐가 이렇게 많아…….."

동대표 후보에 지원하기 위해서는 준비해야 할 서류도 많고, 작성해야 할 내용도 많았다. 필요한 서류를 하나씩 준비하고 칸을 채워나가던 정한은 한 지점에서 망설이고 있었다.

경력 사항.

그의 펜은 경력 사항 위에서 멈춘 채 서성였다. 그렇게 고민하던 정한은 경력 사항 한 칸에 무언가를 적기 시작했다. 그건 매우 짧고 단순한 내용이었다. 그렇게 지원서 작성을 끝냈지만 지원서를 바로 접수하지 않고 끝까지 고민하다가, 동대표 후보 접수 마지막 날이 되어서야 관리사무소에 제출했다. 그리고 이 사실을 아무에게도 알리지 않았다. 마치 이순신 장군처럼. 아직은 단일 후보이지만 혹여 경쟁자가 나타나 떨어지기라도 한다면 3선 회장 지훈에게 망신을 당할 것이고, 정해 역시 그 일을 평생 놀림감으로 삼을 게 분명하기 때문이다.

*

"으악! 이건 또 뭐야? 내 사진이 왜 이런 곳에 있는 거지?"

다음 날 아침, 쓰레기를 버리려고 엘리베이터를 탄 정한은 벽면에 붙어 있는 후보 소개를 보고 경악했다. 손에 들고 있던 쓰레기봉투를 놓쳐 내용물이 바닥에 흩어졌다. 간신히 정신을 차려

다시 응시했다. 분명 후보 소개에 붙어 있는 사진은 10년도 더 지난 정한의 증명사진이었다. 지금의 정한을 비웃기라도 하듯 미소 띤 과거의 자신.

"여보세요, 관리실이죠? 저 8동 동대표 후보자인데요. 엘리베이터에 제 지원서랑 사진이 왜 붙어 있어요? 이거 꼭 이렇게 붙여야 하나요?"

"네, 후보님. 법적으로 반드시 공고해야 합니다. 법이 그렇게 되어 있어서 꼭 해야 해요."

"아니, 그래도 그렇지, 요즘같이 개인정보 보호가 중요한 세상에 사진까지 붙이는 건 좀 아니잖아요!"

"으악! 뭐야? 여기도 있네……. 여기도!"

엘리베이터가 1층에 도착하고, 문이 열리자 그는 한 번 더 기겁했다. 아파트 현관 게시판에도 자신의 사진과 지원서가 붙어 있었다.

"대체 어디부터 어디까지 부착한 거예요? 설마 아파트 전체에 붙인 건 아니죠?"

"아, 후보자님은 8동 동대표 후보자라 8동에만 부착했어요. 동대표 선거도 중요한 선거라 국회의원 선거와 비슷한 절차로 진행되거든요. 투표 끝나면 바로 제거하니까 조금만 양해 부탁드립니다."

8동만 부착했다니 그나마 다행이란 생각이 들었다. 정해나 지훈이가 당분간 8동에 오지 못하게 하면 될 일이었다.

"근데 왜 제 것만 붙였어요? 다른 후보자는요?"

"공정한님 단독 후보이십니다."

단독 후보. 경쟁자가 없다. 그렇다면 당선될 확률이 상당히 높다는 뜻이었다.

'그래, 동대표 월급만 생각하자. 어차피 단독이니까 ⋯⋯.

*

"응, 지훈아. 왜?"

"삼촌 집에 있어?"

"응, 왜?"

"엄마가 반찬 갖다주라고 해서 지금 가려고. 지금 가도 돼?"

"응, 알았어."

정한은 느긋하게 소파에 누운 채로 지훈의 전화를 끊고, 잠시 멈췄던 영화를 다시 이어 보았다. 그러다 갑자기 머릿속에 뭔가 스치며, 이불 킥을 하듯 소파에서 벌떡 일어났다.

"후보자 공고문! 지훈이가 보면 안 돼!"

지훈이 반찬을 가지고 정한이 살고 있는 아파트 동 안으로 들어서면 현관 게시판이며, 엘리베이터 안에 붙어 있는 그의 사진과 후보자 공고문을 보게 될 거란 생각에 황급히 집을 나섰다. 지훈이가 동 안으로 들어오기 전에 입구에서 반찬을 받아 올라올 심산이었다.

"어? 삼촌, 왜 나와 있어?"

"어? 하하하, 그냥 바람도 좀 쐬고 하하……. 이거냐?"

"응, 냉장고에 넣어두고 먹으래. 그리고 엄마가 제발 좀 썩히지 말고 먹으래."

"아……. 알아……. 알았다고, 삼촌이 가지고 올라갈게."

"나도 삼촌 집에 가야 해."

"뭐? 왜? 무슨 일 때문에! 오지 마!"

정한은 순간 당황했다.

"엄마랑 아빠 오늘 늦는다고 삼촌 집에 가 있으래. 그리고 저녁도 같이 먹으라던데. 라면 콜?"

"어? 라면……. 삼촌은 별론데? 굳이…….'

정한은 지훈 손에 이끌려 반강제적으로 아파트로 들어섰다. 다행히 지훈은 핸드폰에 푹 빠져 현관 게시판은 보지 않고 있었다.

"지훈아, 우리…… 오랜만에 운동도 할 겸 계단으로 올라갈까? 요새 계단 오르기가 유행이라더라! 너 유행에 민감하잖아. 어때?"

"헐? 삼촌 갑자기 왜 그래? 제정신이야? 날씨도 더워죽겠는데 20층까지……. 그리고 저번에 내가 산책 가자니까 걷는 게 제일 싫다더니."

엘리베이터를 피하려던 정한의 작전은 단번에 실패로 돌아갔다. 엘리베이터가 1층에 도착하고, 문이 열렸다. 지훈은 핸드폰을 보면서 엘리베이터 안으로 들어섰다. 다행히 아직까지 눈치채지 못하고 있었다.

"동대표 후보자? 이야……. 이분 이름 므찌네. 얼마나 공정하면 이름이 '공정한'이야? 호호! 안 그래요?"

뒤늦게 엘리베이터를 탄 아주머니가 눈치 없이 후보자 이름을 소리 내어 읽었다. 거기에 더해 이름이 특이하다며 정한 쪽으로 고개를 돌리며 말을 거는 순간, 그녀는 사진 속 인물과 똑같은 공정한을 발견하고 말았다.

"어? 어? 이분이 이분이네? 아이고, 죄송합니데이. 성함이 눈에 확 들어와 가. 호호! 앞으로 공정하게 잘 부탁드립니데이."

그렇게 아주머니는 엘리베이터에서 먼저 내렸고, 지훈은 정한과 공고문을 번갈아 보고 있었다.

'젠장, 망했다!'

"그만 봐……. 집에 가서 얘기해줄게."

"삼촌!"

"묻지 마! 나중에 설명할게. 그리고 너 엄마한테는 비밀이야. 알겠지!"

"왜?"

"당선되면 말하려고 했어."

"왜?"

"남자가 가오가 있지! 떨어지면 쪽팔리잖아!"

"삼촌도 가오가 있어? 내가 볼 때는 없던데……."

"이게 진짜."

정한은 지훈에게 비밀을 지켜달라 말하고 있었다. 하지만 지훈은 이해할 수 없었다.

"삼촌."

"왜?"

"그런데 뭐가 쪽팔려?"

"그럼 동대표가 뭐가 자랑스러워?"

"그럼 쪽팔릴 걸 왜 나갔어?"

"그건……."

정한은 차마 어린 조카에게 돈 때문에 나갔다는 말은 할 수가 없었다.

"난 삼촌이 자랑스러운데 삼촌은 왜 이게 쪽팔린다는 거야?"

"진짜? 삼촌이…… 자랑스러워?"

"응, 아까 엘리베이터에 삼촌 사진이 있는 거 보면서 엄청 자랑스러웠어. 그리고 아까 그 아주머니가 삼촌 알아봤잖아? 마치 유명인 보듯 놀라던데."

지훈의 '자랑스럽다'라는 별거 아닌 말에 정한은 뭔가 속에서부터 꿈틀거리는 그 무언가가 온몸을 휘감았다.

"내가 삼촌 동대표 되도록 도울게! 8동에 내 친구들 엄청 많이 살아. 내가 친구들한테도 알릴 거야. 부모님께 삼촌 꼭 뽑으라 하라고!"

보통 내가 보잘것없고 초라하게 느껴질 때 가장 먼저 드는 생각은 하나뿐이다. '나는 얼마나 한심할까?' 그때마다 가족이나 주변 사람들도 나를 그렇게 보고 있을거라 생각한다. 하지만 사실 나를 그렇게 바라보는 건 오직 내 자신뿐이다. 내 주변 사람들은 오히려 나보다 더 나를 믿고, 사랑하고, 응원하고 있었다.

*

"삼촌! 오늘 개표 날이지? 어떻게 됐어? 설마 떨어졌어!"

"삼촌을 뭐로 보고, 당연 당선됐지! 무려 찬성이 82퍼센트다!"

"역시, 삼촌 짱! 내가 그럴 줄 알았어. 오늘 치킨 먹자!"

그랬다. 정한은 무려 80퍼센트가 넘는 찬성표를 얻어 동대표에 당선됐다. 하지만 정한의 마음 한구석에는 여전히 찜찜한 게 있었다. 그것은 바로 아직 동대표 월급을 모른다는 사실이었다. 때마침 당선자 서명 때문에 관리실로 와달라는 연락을 받은 그는 복잡한 마음을 안고 관리실로 내려갔다.

"아, 안녕하세요."

"네, 안녕하세요! 8동 대표님이시죠? 전 아파트 서무, 강주미 주임이에요. 앞으로 잘 부탁드립니다."

방금 동대표 당선이 됐는데 벌써 '대표님'이라는 칭호를 들으니 기분이 묘했다.

"여기 서명해주시면 되시고요. 앞으로 매월 개최되는 입주민 대표 회의에 참석해주시면 됩니다. 그리고 이건 아파트 관리규약이에요. 가져가셔서 한번 읽어보세요."

정한은 사실 강 주임에게 동대표 월급을 물어볼까 말까 내적 갈등을 하다가 결국 물어보지 못했다. 동대표 월급에 대한 의문이 마치 신발에 붙은 껌처럼 끈끈하게 붙어 계속 따라다니고 있었다.

"관리규약? 이건 또 뭐야?"

검색을 해보니 관리규약은 아파트의 법전 같은 것이었다. 그래도 동대표가 됐으니 한 번은 읽어봐야겠다는 생각으로 펼치자, 차례에 눈에 띄는 단어가 있었다.

'운영 경비?'

운영 경비에 분명 동대표의 월급이 포함되어 있을 거라 생각한 정한은 곧바로 운영 경비 페이지로 넘어갔다.

"어디 보자, 여기 있다! 어? 이게 뭐야……. 5만 원? 지금 나랑 장난하나!"

정한이 확인한 동대표의 월급은 고작 5만 원이었다. 그것도 월급이 아니라, 아까 강 주임이 말한 입주민대표 회의에 참석할 때마다 지급되는 회의 참석비가 5만 원 일 뿐이었다.

"열정페이도 아니고, 뭐 겨우 5만 원 받고 이 일을 하라고? 이제 알겠네. 왜 단독 후보였는지를……. 가만? 이건 뭐야? 80만 원?"

아래를 보니 '회장 업무 추진비'가 매월 80만 원으로 되어 있었다.

"헐, 회장은 매월 80만 원을 고정으로 받는다는 거네? 엄청난데? 젠장! 이럴 거면 동대표 말고 회장으로 나갈 걸 그랬나?"

회장의 업무 추진비가 80만 원인 사실을 알아낸 정한은 동대표직을 그만둘까 잠시 고민했다. 하지만 지훈이의 '자랑스럽다'는 말이 자꾸 귀에 맴돌아 이러지도 저러지도 못 한 채 망설이고 있었다.

"근데 회장 모집 공고는 본 적이 없는데? 회장은 누구지? 이미

뽑은 거야, 뭐야?”

정한은 관리실로 전화를 걸었다.

“저……. 안녕하세요, 아까 다녀갔던 8동…… 동대표…….”

“아! 안녕하세요, 8동 대표님!”

아직 스스로 대표라고 하는 게 어색했는지 정한은 말꼬리를 흐렸다. 그 말꼬리를 잡아 선명하게 대답하는 강 주임이었다.

“혹시 회장님은 누구세요? 한 번도 뵌 적이 없는 거 같은데.”

“네? 어떤 회장님이요?”

“그…… 입주민대표회의 회장이 따로 있는 거 맞나요?”

“아, 동대표 회장님 말씀하시는군요. 혹시 8동 대표님. 회장 출마 생각 있으신 거예요?”

“네? 그게 아니라…….”

“동대표 회장은 이번 동대표에 당선된 분 중에서 출마하실 수가 있어요. 8동 대표님도 동대표로 당선되셨으니까 곧 있을 회장 선거에 출마하실 수 있는 자격이 되시거든요.”

‘내가 회장 출마 자격이 된다고?’

전화를 끊고 난 뒤, 정한은 얼음처럼 굳어버렸다. 동대표에 당선된 것이 곧 회장 선거에 출마할 자격을 얻는 일이라는 걸 전혀 예상하지 못했기 때문이다.

“회장이 될 수 있다. 그럼 80만 원을 매달 받을 수 있다. 이 말이네. 미치겠네……. 이게 왜 고민이 되냐고!”

새로운 고민에 빠져 혼잣말을 중얼거리고 있을 즈음 정해에게서 전화가 왔다.

"야, 공정한! 너 그 말이 사실이야? 동대표, 진짜야? 진짜네…….
이런 미친! 그딴 걸 왜 해? 그래서 그거 하면 돈은 준대?"

"누나, 잘 들어봐. 동대표는 매달 5만 원이야."

"지금 장난치니? 야! 당장 가서 안 한다고 해. 그냥 사퇴해!"

"누나, 내 말 좀 끝까지 좀 들어봐. 동대표는 5만 원인데 동대
표 회장은 80만 원이래."

"뭐? 80만 원? 진짜? 그럼 회장 할 만하네. 지금까지 이 아파트
살면서 회장한테 80만 원이나 주는지도 몰랐네. 근데 넌 회장이
아니잖아."

"그러니까, 회장은 이번 동대표 당선자 중에서 나갈 수 있는
거래! 그래서 내가 나갈 수 있다고!"

"야, 그럼 5만 원 받고 동대표 할 바엔 80만 원 받고 회장 해야
지. 당연한 거 아니야!"

"그치? 맞지! 누나도 그렇게 생각하지? 80만 원 정도면 할 만
하지?"

"야, 그걸 말이라고 해? 이렇게 된 거 묻고 더블로 가!"

"그래, 묻고 더블로 가즈아! 80만 원은 내 꺼다!"

정한은 입주민대표회의 회장 지원서를 받아 신나게 작성하기
시작했다.

*

"실례합니다."

"안녕하세요, 8동 대표님 맞으시죠? 무슨 일로 오셨어요?"

"저……. 회장 지원서 제출하러 왔습니다."

"어머, 대표님 회장에 출마하세요?"

강 주임의 안경 너머로 당황한 기색이 비쳤다.

"네……. 뭐, 한번 해보려고요."

정한은 머리를 긁적이며 멋쩍게 대답했다.

"아, 그…… 그러시면 회장 지원서는 바로 옆에 있는 소장실에 가셔서 소장님께 직접 전달하시면 되세요."

"아, 그래요? 알겠습니다. 감사합니다."

그렇게 돌아서던 찰나, 정한은 어딘가 묘하게 이상하다는 기운을 느꼈다.

'입주민대표회의 회장이 관리소장의 상관인데 회장 지원서를 소장한테 내라는 거지?'

정한은 소장실 앞에서 잠시 고개를 갸웃했지만, 처음 겪는 일이라 정확한 절차도 몰랐고, 그렇다고 다른 선택지가 있는 것도 아니었다.

똑똑.

"네, 들어오십시오."

소장의 들어오라는 말에 정한은 살며시 문을 열고 소장실로 들어갔다.

"무슨 일로 오셨는가예?"

소장은 자기 책상에 앉은 채, 주걱턱으로 먹던 수박을 씹으며 정한을 바라보며 물었다.

"안녕하세요? 이번에 8동 대표로 선출된 공정한이라고 합니다."

"아, 예."

정한이 자신이 동대표라고 소개했지만, 소장은 자리에서 일어나지도 않았고, 인사 한마디 없이 '그래서 뭐?'라는 표정만 지었다. 그 무례한 태도에 정한의 속에서 무언가가 서서히 깨어나기 시작했다.

"회장 지원서 드리러 왔습니다."

소장은 수박을 입에 넣다가 순간 멈칫하더니, 수박을 쟁반에 내려놓았다. 떨떠름한 표정과 함께 휴지로 손에 묻은 수박 물을 닦고는 정한에서 손을 뻗었다.

"줘보이소."

그의 태도에 정한의 고개는 서서히 삐딱하게 옆으로 기울기 시작했고, 덩달아 '옜다'라는 표정으로 지원서를 소장에게 내밀었다. 소장은 정한의 지원서를 한참 바라보더니 거의 다 빠져 몇 가닥 남지 않은 머리를 뒤로 넘기며 물었다.

"회장은 해보신 적 있능교?"

"아뇨."

"근데 어째 하실라고예?"

허름한 추리닝 바지에 반팔 티셔츠, 모자를 쓰고 있는 정한이 만만해 보였던 걸까? 아니면 지원서에 적힌 정한의 이력이 볼품없기 때문일까? 소장은 줄곧 정한을 무시하는 듯 한 태도를 보였고, 정한은 아까부터 깨어나기 시작한 본성이 눈을 뜨며 반격을 시작했다.

"하……. 나 원 참. 여기 회장 경력직 뽑습니까?"

정한은 끼고 있던 검은색 뿔테 안경을 벗으며, 상당히 피곤하다는 듯한 표정으로 소장에게 따져 물었다.

"아니, 그런 건 아니고예. 해보신 적이 없으면 힘들 수도 있거든예."

"저기요. 배임각 소장님. 지금 회장 후보 면접 보세요? 아니면 당신이 내 상사인 겁니까?"

안경을 벗자, 아까와는 완전히 다른 독기에 가득 찬 눈빛이 드러난 정한은 양손을 주머니에 슬그머니 찔러 넣으며 배 소장을 깔아 보았다. 그 순간 배 소장은 자기도 모르게 자리에서 일어나 억지로 웃기 시작했다.

"하이고, 면접이라니요! 무슨 말씀을 그래 하십니까. 하하……. 사실 회장직이 의외로 할 일이 많거든예. 그래가 고마 걱정돼가 드린 말씀이지예. 하하!"

"아, 그러시구나. 전 또 소장님 면접도 통과해야 하는 줄 알았죠. 그럼 저 갈 테니까 앉아서 드시던 수박 마저 드세요."

다시 안경을 쓴 정한은 한쪽 입꼬리만 올린 채 억지웃음을 짓고 소장실을 나왔다. 문을 나서는 순간, 아까 느꼈던 불길한 기운이 더욱 짙어지고 있었다. 문이 닫히자마자 배 소장은 어딘가로 급히 전화를 걸기 시작했다.

"우아! 삼촌이 우리 아파트 회장님 되는 거야?"

정한이 아파트 회장에 출마했다는 말을 듣자, 지훈은 흥분을 감추지 못할 만큼 들떠 있었다.

"아직 된 건 아니고 선거 때 주민들이 뽑아줘야지."

"내가 선거운동 해줄게!"

"유지훈, 네가 회장 나가니? 조용히 하고 얼른 밥이나 먹어. 누구 다른 사람은 또 안 나왔대?"

정해는 식탁에 반찬을 올려놓으며 정한에게 물었다.

"글쎄? 그거까진 나도 모르겠어. 근데 아까 회장 지원서를 내러 관리실에 갔는데 소장이란 사람이 좀 이상하더라고."

정한은 오후에 배 소장과 겪었던 일을 하나하나 정해에게 털어놓았다.

"그 소장 사람 볼 줄 모르네. 너한테 그렇게 하는 거 보면 참 눈치 없는 인간이다 싶다. 그러고 보니 공정한, 이제 많이 죽었네? 쿄쿄쿄……."

"뭐래……. 누나가 나보다 더하면 더했지 덜하진 않아."

정한과 정해는 서로 주거니 받거니 시답잖은 농담을 주고 받기 시작했다.

"둘 다 똑같아. '공정한' '공정해' 이름부터 똑같잖아. 그래서 내가 제일 피곤해."

지훈은 정한과 정해를 번갈아 보며 고개를 절레절레 저었다.

"이게 엄마한테 까불고 있어. 근데 그 소장 진짜 좀 이상하긴 하네. 동대표에 회장까지 될 수도 있는 사람한테 그런 식으로 대하는 거 보면. 네가 동대표도 처음이고 회장도 안 해봤다니까 깔보는 건가?"

"나도 그게 좀 이상해. 동대표 아니고 그냥 입주민이라도 보통 친절하게 대하지 않나? 근데 그 새……. 아니, 그 사람은 뭐랄까? 마치 날 자기 아랫사람으로 대하는 느낌이랄까?"

정한은 아까 그 기분이 되살아나는지 자신도 모르게 안경을 벗으려고 했다.

"야, 안경 벗지 마. 너 안경 벗으면 완전 냉혈한 같은 거 알지? 그러니까 함부로 벗지 마. 그나저나 그 새끼……. 그거 너 회장 되면 뒈졌네."

"누나, 지훈이도 있는데 새끼는 좀 빼자."

'그 새끼'라는 단어가 튀어나오려던 걸 지훈이 앞이라 재빨리 멈추는 정한의 노력이 무색하게 정해는 거침없이 감정을 폭발시켰다.

"새끼가 뭐 어때서? 여기 밥 먹고 있는 이 새끼는 내 새끼. 관리실에 있는 그 새끼는 나쁜 새끼. 맞잖아? 어쨌든 그 새끼가 아직 네가 어떤 인간인 줄 모르니까 깝죽거리는 거지, 뭐."

"내가 뭐가 어떤 인간이야. 평범한 시민이지. 그 인간 성격이 원래 그렇겠지, 뭐."

"네가 평범하면 난 투명 인간이게? 그리고 너 지금 말은 성격이겠거니 하지만 이미 마음속에 저어장! 했잖아? 내가 모를 거 같냐? 쿄쿄……. 그 새끼 이미 찍힌 거지. 그것도 공정한한테.”

“왜? 삼촌한테 찍히면 어떻게 되는데?”

“아냐, 아냐. 엄마가 장난치는 거야. 밥 먹자, 얼른.”

정한은 정해에게 ‘쉿!’ 하는 사인을 보냈고, 정해는 음흉한 웃음을 짓고 있었다.

*

“여보세요. 지 대표님, 접니더.”

“그래, 배 소장, 뭔 일이고?”

“문제가 좀 생겼는데예.”

“뭔 문제?”

“회장 후보가 한 명 더 생겼습니더.”

“뭐라꼬? 어떤 놈인데?”

“공정한이라고 이번에 8동 대표로 선출된 젊은 놈이라예.”

“아, 아, 아. 내 그놈아, 그거 얘기 들었다. 대가리에 피도 안 마른 놈이 동대표로 하나 나왔다 카드만 금마 그건갑네. 근데 금마 그기 회장까지 나온다꼬?”

“예. 방금 지한테 지원서 내고 갔심더.”

“하……. 금마 그거 피곤하네. 근데 걱정하지 마라. 금마 그거 뭐 알겠나? 동대표도 안 해보고 바로 회장 한다고 나오면 누가 찍어주겠노? 안 글나?”

“예, 맞지예? 그래도 단일 후보가 훨씬 수월한데 한 명이 더 끼가……."

"금마 그거 뭐 하는 놈인데? 이력 좀 읊어봐라."

"뭐 없는데예? 직업도 없고예. 이력은 딱 하나 있심더. '유라그
룹 기획조정실'이라고 돼 있는데 경력도 엄청 짧아예. 2년……
그게 답니더."

"금마 그거 완전 쌩 백수네? 유라그룹은 뭐 하는 회사고?"

"찾아보이 그냥 작은 중소기업이더라고예."

"학교는?"

"한국대학교예."

"한국대학교? 금마 그거 공부는 좀 했는갑네. 근데 딱 봐도 공
부만 한 샌님인 거라. 을매나 사회성이 없으면 그 좋은 학교를 나
오고도 경력이 그따구겠노? 안 그렇나, 배 소장아."

"맞지예? 지도 그래 생각했는데예. 좀 전에 제가 간을 좀 보고
있는데 갑자기 정색하면서 안경을 딱 벗는데 눈빛이 완전 다른
사람이었심더. 솔직히 흠칫했어예."

"하하하, 배임각이도 인자 늙었네, 늙었어! 인마야, 정신 단디
채리라. 그런 애송이한테 쫄지 말그라. 이번 회장은 죽었다 깨도
안일해. 알제?"

"그카면, 공정한이 인마 이거 후보자 사퇴 안 시키도 될까예?"

"배 소장아, 니 머리 안 돌아가나? '안일해' 단일 후보 만들라
고 이미 두 명이나 못 나오게 만들었는데 인마까지 그래 만들면
사람들이 가만있겠나? 사퇴시킨 두 놈이야 내 선에서 콘트롤이
되는 놈들이지만, 이 새끼 이거는 어디로 튈지 모르는 놈 아이

가? 그냥 놔뚜라. 어차피 선거 나와봐야 우리 표가 훨씬 많을 끼다. 들러리 한 놈 있으면 티도 안 나고 더 좋지!"

"역시 우리 지 대표님, 동대표를 4선이나 하신 비결이 다 있네예. 하하하!"

정한이 나가자마자 배 소장이 급하게 전화한 사람은 바로 6동 대표 지건만이었다. 지건만은 매번 단독 후보로 출마해 오랫동안 동대표 자리를 지켜온 인물이었다. 그래서인지 그는 배 소장과 유난히 돈독한 사이였다.

회장님, 우리 회장님

회장 후보 등록이 마감되고, 회장 후보는 8동 대표 정한과 1동 대표 안일해 두 사람으로 확정됐다. 후보 등록을 위해 아파트 선거관리위원회를 찾은 정한은 짧은 스포츠머리에 거무튀튀한 얼굴의 안일해와 마주쳤다. 안일해는 정한을 보자, 일어서며 악수를 청했다.

"어따, 반갑소. 지는 안일해라고 하요. 공정한 선상님 맞죠잉?"

진한 전라도 사투리, 국방무늬 바지에 워커, 작업조끼, 짧은 스포츠머리와 그을린 얼굴.

정한은 안일해가 마치 군인 같다는 인상을 받았다.

"네, 반갑습니다. 공정한입니다."

"아이고, 이렇게 젊은 선상님이 워째 회장까지 나와부렀소?"

"아, 그냥 뭐, 한번 해보려고요."

"지는요, 원체 주변에서 회장 하라고, 하라고 해부러서 어따,

아파트를 위해서 한 몸 불살라 붙자! 하고 나와부렀소."

"아, 그러시군요. 동대표 경험이 많으시다고 들었습니다."

"지가 기술이 쪼까 있어서 잘잘한 공사 같은 거 좀 도와주고 그랬지라. 다 무상으로! 지는 이 봉주르 아파트를 겁나게 사랑해불어요. 삼문동도 허벌나게 사랑하고요. 근디 공 대표님은 선거운동 하실랍니까?"

"선거운동이요? 그런 거도 해야 해요?"

"해야 하는 건 아니고 규정상 어깨띠 두르고 명함 돌리는 정도는 허용돼불거든요."

"아, 그런 거면 전 안 할 거예요."

"그람 저는 해불랍니다. 괜찮으시죠잉?"

"그럼요. 그거야 안 대표님 자유죠. 열심히 하세요."

그렇게 일주일간의 선거운동 기간이 시작됐다. 안일해는 정말 매일 '기호 1번 안일해' 띠를 두르고 아파트를 돌며 마주치는 사람마다 명함을 돌리고 있었다.

"삼촌, 삼촌도 이런 거 돌리고 해야 하는 거 아냐?"

학원을 마치고 집에 오는 길에 안일해에게서 명함을 받아 온 지훈이는, 저녁을 먹으러 온 정한에게 명함을 쑥 내밀며 말했다.

"굳이? 저런 거 한다고 사람들이 뽑아줄까?"

"우리도 회장 선거할 때 선거운동 하거든. 선거운동이 엄청 중요해. 선거운동 잘해야 애들이 뽑아주거든. 그리고 나 이 아저씨 너무 마음에 안 들어."

"어디가 마음에 안 들어?"

"회장이랑 너무 안 어울리게 생겼어."

"야, 외모로 그런 걸 판단하면 안 되지. 어떻게 알아? 일은 잘할지."

"난 지훈이 말에 동감! 사람은 떡잎부터 알아본다고 했어. 회장 후보라는 사람이 옷차림이 그게 뭐냐? 그래도 아파트 대표 후보면 좀 깔끔하게 입고 선거운동을 하든지. 작업복 그대로 입고 옷에는 여기저기 페인트에 진흙에……. 사람들이 다 욕하더라. 기본 예의가 안 됐다고."

주방에서 국을 끓이던 정해가 국자로 허공을 찌르며 말했다.

"그래도 나처럼 아예 안 하는 거보다 하는 게 나을 수도 있지."

"그러게. 넌 무슨 똥배짱으로 선거운동을 안 해? 당연히 뽑힐 거 같아?"

"그런 건 아니고. 부끄러워서. 젊은 놈이 할 일 없어서 이런 거나 나온다고 하지 않겠어?"

"야, 그러지 말고 현수막이라도 하나 걸자."

"현수막 안 돼. 싫어! 선거 규정에 상대방이 하는 거만 허용돼……. 띠 두르고 명함 뿌리기."

"그럼 출근 시간이라도 잠깐 나가서 인사만 해."

"됐어, 다 출근하는데 난 출근도 안 하고 인사하는 게 더 그렇지……."

정해는 더 이상 말하지 않았다. 정한의 마음을 잘 알기에 괜한 말을 꺼냈나 싶었다.

"삼촌, 걱정 마. 내가 우리 학교 애들한테 기호 2번이라고 다 얘기하고 다닐 거야. 우리 학교 애들 대부분이 우리 아파트 사는 거 알지?"

"우리 지훈이밖에 없네. 말이라도 고맙다!"

정한은 지훈의 통통한 볼을 꼬집어주었다.

"아 참, 너 회장 공고문 보니까 네 이력은 하나도 안 적었더라? 게다가 학교는 또 왜 그렇게 적었어? 왜 딸랑 학사만 적어놔? 이력은 또 왜 유라기업만 적었대? 유라기업은 지 선배가 사정사정해서 잠깐 있었으면서."

"아이고, 됐어요, 됐어. 허위로 적은 거도 아니고. 아파트 회장 하는데 무슨 이력이며 학력을 빽빽하게 적어? 아파트 일에 필요하지도 않은걸."

"야, 내 자존심이야, 내 자존심. 아 아파트에 사는 엄마들이 죄다 내 동생인 거 아는데 안 그렇겠어? 게다가 이 아파트 여자들이 허세는 또 좀 심해? 대한민국 최고 대학, 한국대학교에 석사는 해외파인데 내가 입이 얼마나 근질근질하겠냐? 네 이력이 좀 화려해?"

"거기까지……. 이미 다 지난 일이고요. 지금은 그냥 백수. 오케이?"

"휴, 네가 자발적 백수지 뭐, 능력이 없어서 그래?"

"어쨌든."

"너 그러다 80만 원 날아가!"

사실 정한도 불안하긴 했다. 선거운동을 하지 않는데 입주민들이 뽑아줄까? 라는 불안감이 어떻게 없을까. 하지만 남들 다 일하는 시간에 선거운동을 하는 모습을 보이는 것도 정한의 입장에서는 고역이기도 했다. 하지만 막상 정해가 다시 한번 강조한 80만 원을 듣자, 불안감이 점점 더해지고 있었다.

*

"이번 회장 후보들인갑네?"

"아무래도 젊은 사람 뽑아야 하지 않겠나?"

"근데 이 젊은 사람은 우째 코빼기도 안 보이노? 아까 1동 아저씨는 선거운동 한다고 난리더만."

"그르게. 그래도 선거인데 느무 조용하다, 이 사람은. 당연히 될 끼라고 생각하는 긴가? 괜히 미워질라카네?"

쓰레기 분리수거 날이라 엘리베이터 안은 정한을 비롯해 다섯 명이 함께 타고 있었다. 모자를 푹 눌러쓴 정한을 알아보지 못한 아주머니들은 엘리베이터에 붙어 있는 정한과 안일해의 회장 후보자 등록 공지사항을 보며 쑥덕거리고 있었다.

'하, 선거운동 안 하는 게 정말 안 좋게 보일 수도 있겠구나.'

정한은 집으로 들어와 소파에 털썩 앉으며 구시렁거렸다. 좀 전까지 선거운동을 안 하는 것에 대해 별생각이 없었는데 엘리베이터에서 주민들이 했던 말이 은근히 마음에 걸렸다.

*

"야, 아빠한테 너 아파트 회장 나갔다니까 완전 노발대발!"

정한이 전화를 받자마자, 정해는 뭔가 큰일이라도 난 것처럼 떠들썩하게 말했다.

"아, 진짜. 그런 걸 뭐 하러 얘기해?"

"아니, 뭐 통화하다 보니까. 근데 아빠네 아파트 회장 보니까 맨날 욕만 먹고 골치 아프다고 절대 하지 말라고 난리였어."

"누가 그걸 모르나? 내가 이런 거 안 해본 것도 아니고."

"아, 맞다. 너 왕년에 장난 아니었지. 호호! 와, 진짜 너 대학생 때 그 일은 지금 생각해도 어우! 닭살 돋아."

"다 옛날얘기거든?"

"뭘 옛날얘기야. 사람이 변하냐? 어우, 살 떨려. 아빠가 너한테 전화해서 하지 말라고 한다는 거 내가 한 큐에 방어했지."

"어떻게?"

"뭐 어떻게야? 월급이 80만 원이라고 하니까 열심히 해보라 던데? 폽! 나 빵 터졌지 뭐야. 아빠네는 세대 수가 적은 아파트라 회장 월급이 그렇게까지 안 된대. 그나저나 곧 투표 날인데 어때, 예감이?"

"몰라. 뭐 어떻게 되겠지."

"그래도 내 주변에 엄마들이 그러는데 너 미는 사람 은근히 많대. 이제 젊은 사람이 해야 한다고. 우리 아파트도 바뀌어야 한다는 사람이 꽤 많다고 하더라고. 하긴, 나도 네가 동대표든 회장이든 안 나갔으면 이런 거에 관심도 없고 알지도 못했을 거니까."

전화를 끊고 난 정한은, 정해가 '미는 사람이 많다'고 한 말에 방금 전까지의 걱정이 좀 누그러지는 듯했다.

*

드디어 그날이 왔다. 투표일이 되자, 정한에게도 메시지가 도착했다. 전자투표를 할 경우 문자로 링크를 통해 참여하라는 안내였다.

"삼촌! 투표했어? 아, 삼촌 좀 씻고 옷도 좀 입어."

"내 모습이 어때서? 볼 사람도 없는데. 그리고 양치질은 했거든?"

"아, 진짜……. 그 난닝구 좀 그만 입고 티셔츠 좀 입어, 티셔츠 좀!"

"콩알만 한 게 왜 오자마자 잔소리야. 너 이 난닝구가 얼마나 편한 줄 알아? 그리고 가뜩이나 날도 더운데 냉방비 아끼려면 난닝구가 짱이거든. 얼마나 시원한데."

검은 뿔테 안경에 새집 지어진 머리, 난닝구에 반바지 바람으로 소파에 누워 있는 정한을 보자, 지훈은 잔소리를 쏟아부었다.

"아오. 진짜, 내가 못 살아! 투표는 했냐고!"

"했지."

여름방학이 시작된 지훈은 이른 아침부터 정한을 찾아와, 투표부터 어떻게 됐는지 캐묻기 시작했다.

"삼촌 찍었지?"

"비밀."

"아빠는 아까 삼촌 찍었대. 뭐라더라? 엄마가 그러던데 집주인으로 등록된 한 사람만 투표할 수 있어서 아빠가 했대."

"아, 세대주 한 명만 투표권이 있나 보구나. 그걸 '세대주'라고 하는 거야. 한 세대, 즉 한 집의 주인."

"아하!"

"그리고 지훈아, 민주주의 선거는 비밀선거가 원칙이야. 그래서 원래는 내가 누구에게 투표했는지 말하면 안 돼. 나중에 네가 투표를 하게 되면, 절대 누구에게 투표했는지 알려주지 마. 알겠지?"

정한은 아직 어린 지훈에게도 선거의 원칙만큼은 제대로 알려줘야겠다고 생각했다.

"우리도 회장 선거 할 때 누구 찍었다고 다 얘기해."

"음, 네가 회장 후보였는데 반 친구가 널 안 뽑은 걸 알게 됐을 때 그 친구에 대한 네 감정이 어땠어?"

"뭐, 원래 안 친한 애라 나 안 뽑을 거 알고 있었어."

"그래서 기분 좋았어?"

"좋진 않았지."

"그래, 지훈아. 바로 그런 거 때문에 비밀투표를 서로 지켜야 하는 거야."

지훈이는 고개를 끄덕였다.

"그리고 더 중요한 건 설령 상대방이 나와 다른 사람을 찍었다

해도 미워하면 안 된다는 거지."

"근데 할아버지랑 아빠는 가끔 싸우던데? 한번은 할아버지 집에서 밥 먹는데 아빠랑 할아버지랑 싸워서 밥 먹다가 집에 온 적도 있어. 할아버지랑 아빠는 정치 얘기만 하면 싸워서 엄마가 할아버지 집 갈 때마다 정치 얘기 절대 꺼내지 말라고 엄청 뭐라 해."

"어른들은 정치 얘기로 원래 자주 싸워. 그래도 그러면 안 되는데 그치? 지훈이는 앞으로 누구를 찍었는지 묻지도 말고 말하지도 마. 누가 물으면 선거는 비밀투표가 원칙이라고 꼭 알려줘."

조금 더 설명해주고 싶었지만, 앞으로 중학교와 고등학교에 가면 선거와 투표에 대해 자연스럽게 배우게 되리라 믿으며, 정한은 화제를 슬쩍 돌렸다.

"지훈아, 삼촌이 당선될까?"

"지금 이 모습을 봐서는…… 쫌."

이틀간의 전자투표와 하루의 방문투표로 진행된 3일간의 선거가 드디어 마무리 되었다. 그리고 내일, 그 결과가 공개된다.

*

어제 새벽까지 영화를 보느라 늦게 일어난 정한의 핸드폰에는 모르는 번호로 여러 통의 부재중 전화가 찍혀 있었다.

"부재중 전화를 받고 전화했는데 어디세요?"

"아! 회장님, 관리소장 배임각입니다. 축하드립니다! 압도적인 차이로 당선되셨습니다!"

정한은 어안이 벙벙했다. 무심결에, 아무 생각 없이, 얼떨결에 나간 아파트 입주민대표회의 회장에 당선된 것이다.

"회장님, 시간 괜찮으시면 잠깐 관리사무소로 내려와주실 수 있는가예?"

당선 소식을 듣는 순간, 정한은 목소리가 터져 나올 뻔했지만 가까스로 눌렀다. 그리고 최대한 점잖은 태도로 말했다.

"네, 감사합니다. 곧 관리사무소로 내려갈게요."

'뭐지? 내가 됐다고? 진짜? 레알? 실화냐!'

전화를 끊자, 정한은 난닝구 바람으로 마치 월드컵에서 골이라도 넣은 축구 선수처럼 세레머니를 하기 시작했다.

"누나, 당선됐대!"

"어? 진짜? 와……. 진짜 대박이네! 선거운동도 안 했는데 장난 아님! 운이 좋은 건가? 지훈아, 삼촌 당선됐대!"

"우왕, 삼촌 축하해! 이제 회장님이네!"

방에서 게임을 하던 지훈이는 핸드폰을 내팽개치고 나와 큰 소리로 축하를 전했다.

"야, 근데 몇 표 차로 이겼대?"

"몰라. 그건 말 안 하던데? 소장님이 그냥 압도적인 차이라고 하더라고."

"오……. 개간지, 공정한! 차이가 꽤 많이 났나 보다. 뭐, 한 표 차이든 백 표 차이든 됐으면 그만이지만!"

그는 황급히 씻고 '회장님답게' 티셔츠로 갈아입은 뒤 관리사무소로 내려갔다.

*

밀양시 삼문동 봉주르 아파트.

밀양 삼문동은 얼핏 보면 인공섬처럼 보이지만, 실제로는 밀양
강이 만든 하중도, 즉 자연적으로 형성된 섬 위에 지어진 도시다.
2000년대 초반, 지방 곳곳에 신도시 조성 붐이 일고 외국어식 지
명이 유행처럼 번지던 시기, 작은 섬이지만 밀양의 중심에 자리
한 삼문동이 '밀양 신도시 1기' 계획지로 지정되었다. 그 무렵 삼
문동에는 '유로피아 시티'라는 이름의 단지가 들어섰고, 이를 시
작으로 유럽식 이름을 단 아파트들이 잇달아 들어서기 시작했다.
섬 위에 지어진 도시답게 삼문동에는 '리버뷰' 아파트가 즐비했
으며, 도심 속에서도 도시답지 않은 자연환경 덕분에 입소문을
타고 밀양 시민은 물론 외지 사람들에게까지 큰 인기를 얻었다.

삼문동은 봄이 되면 굳이 벚꽃 축제를 가지 않아도 될 만큼,
온 동네가 벚꽃으로 뒤덮였다. 지친 하루를 달래며 걸을 수 있는
예쁜 송림 산책로가 있었고, 다리만 건너면 닿는 영남루 마루에
누워 있으면 무더위도, 무거운 마음도 금세 사라지곤 했다. 또한
영남루가 자리한 아동산의 가을 단풍을 아파트 창가에서 바라볼
수 있다는 건 그야말로 축복이었다.

정한이 사는 '봉주르 아파트'를 비롯해 '핀란디아 포레스트'
'프로방스 시티' '융프라우 힐' 등, 이름만 들어도 유럽의 어느 마
을을 떠올리게 하는 아파트들이 즐비했다. 신도시라는 특수성과
더불어 이런 이름들이 주는 세련된 이미지 덕분에, 당시 '유로피

아 시티'에 입주한 사람들은 나름의 자부심을 느꼈다.

하지만 세월이 흐르며, 한때 새 아파트의 상징이던 이곳도 20년이 지난 지금은 노후 단지로 변해가고 있었다.

*

"아이고, 우리 회장님 오셨습니까! 고마 축하드립니다! 여기 개표 결과를 보여드리면예……."

관리소장이 정한을 부르는 호칭부터 '회장님'으로 바뀌었다. 그리고 어제까지만 해도 정한에게 친절함이란 개미 오줌만큼도 없던 관리소장은 정한을 보자마자 잇몸 미소를 만개하며 허리를 굽히고 있었다.

"회장님이랑 안일해 대표랑 요래 표 차이가 마이 났다 아입니까! 허허허! 지는 뭐, 이래될 거라 고마 예상했심더! 이래될 줄 알고 제가 안일해 대표한테 그래 나오지 말라고 뜯어 말렸는데 기어코 고집부리고 출마해가 이래 쪽만 파네예!"

"소장님은 저한테도 나오지 말라는 식으로 말씀하시지 않았나요?"

정한은 투표 결과를 보던 눈을 배 소장에게 치켜뜨더니 그를 찌를 듯이 물었다.

"지가예? 은지예! 하이고, 우리 회장님 오해가 있으시네. 지는 예. 우리 아파트 잘될라 카면 우리 회장님처럼 젊은 분이 돼야 한다고 알게 모르게 회장님 얼마나 밀었다고예!"

배 소장은 벗어진 머리를 손으로 쓰다듬으며 당황하는 기색이 역력했다.

'회장 선거 투표 결과: 기호 2번 공정한 830표, 기호 1번 안일해 424표.'

정한은 1500세대 아파트의 입주민대표회의 회장이 되었다. 그는 투표 결과를 바라보며 생각에 잠겼다.

*

대학 시절.

"공정한, 나 다음의 내년 우리 단과대 의장은 네가 나가라."

"네? 의장요? 선배, 그게 뭐예요?"

선배의 전화를 받은 정한은 어리둥절해했다.

"음, 한마디로 얘기하면 '감사'라고 할 수 있지. 전 단과대 학생회장, 총학생회, 졸업준비위원회 등등 학교 학생 자치 기구 감사라고 생각하면 돼. 즉! 돈 떼먹는 놈 있나 없나 감시하는 거지."

"에이, 제가 어떻게 그런 걸 해요. 다른 사람 시키세요."

"규정상 3학년 과대표만 후보 자격이 되거든. 그래서 자격 되는 사람이 몇 안 돼. 너 정도 인지도면 충분해. 이건 결국 대의원인 과대표들이 투표로 뽑는 거라서, 네 이름만 올라도 경쟁력 있어. 무엇보다 너 그 칼같고 깔끔한 성격 덕분에 나는 네가 맡아준다면 안심하고 졸업할 수 있겠다."

"아, 그래도 저 말고 다른 애로 해주세요. 저도 내년이면 4학년인데 취업 준비도 해야 하고 자격증도 따야⋯⋯."

"진짜? 아쉽네⋯⋯. 난 너 생각해서 그런 건데. 의장되면 두 학기 동안 장학금도 나오거든. 1년은 학비 공짜야."

"선배, 저 할게요!"

*

그렇게 얼떨결에 맡았던 대학교 시절 단과대 의장직이 떠올랐다. 지금 상황이 그때와 너무나 닮아 있어서, 정한은 괜히 기분이 묘해졌다.

"이번 선거 때 부녀회장님이 공 회장님을 엄청 지지했거든예. 혹시 만난 적 있으십니꺼?"

"아뇨. 전혀 모르는 분인데 왜 저를 지지해요?"

"아, 그기⋯⋯ 참⋯⋯. 지금 복잡한 문제가 하나 있거든예. 이건 얘기가 좀 기니까 차차 얘기하기로 하고예, 아무튼 이 문제 때문에 부녀회장님이 안일해 대표를 억수로 싫어하거든예. 그래가 이번에 안일해 대표가 회장 되면 아파트 다 말아묵는다고 공 회장님을 엄청 지지했심더."

"뭐, 어쨌든 감사하네요. 근데 그게 왜요?"

"안 대표 예전에도 회장 선거 한 번 나왔었는데 그때도 졌거든예. 그래가 얼마나 뿔따구가 났는지 지금 이게 부정선거라꼬 고발한다 합디다."

"고발이요?"

정한은 만지작거리던 안경을 벗더니 배 소장의 눈을 똑바로 마주치며 말했다.

"하라고 하세요. 대신 하나만 꼭 전해주세요. 남의 인생에 태클 걸려면 자기 인생도 걸어야 할 거라고."

배 소장은 벗은 안경 뒤로 드러난 정한의 눈빛을 마주하자 지난번에 느꼈던 오싹함이 다시 느껴졌다.

*

"이런 빙신 같은 놈! 새파란 놈한테 지기나 하고!"

다음 날 아침, 지건만은 울그락불그락한 얼굴로 소장실을 들어오며 소리를 질러댔다.

"깡 양아, 시원한 냉커피 좀 내온나!"

그는 소장실에 있는 소파에 털썩 앉으며, 마치 다방에 온 듯 강 주임에게 큰 소리로 커피를 시켰다.

"강 주임! 지 대표님 커피!"

그에 질세라 배 소장은 앵무새처럼 지건만을 따라 외치며 책상에서 일어나 소파에 마주 앉았다.

"이 빙신 같은 노무 새끼! 내가 어제 기분 좋게 온천 가가 잘 노는데 이 빙신 새끼 낙선했단 얘기 듣고 온천 할 맛이 딱 떨어지삐대!"

지건만은 강 주임이 가져온 커피를 벌컥벌컥 마시더니, 소파 팔걸이를 치며 소리쳤다.

"이번에는 회장 꼭 되고 싶다고 사정사정해가, 두 놈이나 내가 후보 사퇴시키줏드만 고작 새파랗게 어린 놈한테 지나. 게다가 동대표 해본 적도 없는 백수 새끼한테!"

"지 대표님, 인자 우짭니까?"

"뭘 우째? 인자 그 새파란 놈 길들여야지. 금마, 그거 뭐 알겠나? 어린 샌님 새끼가."

"지도 그래 보긴 봤는데 막상 얼굴 보고 얘기하면 이상하게 보통 놈이 아닐 거 같다는 느낌이 듭니더."

"배임각이 사람 보는 눈은 있나? 내가 인마, 니보다 밥도 마이 처묵고, 사업하면서 안 만나 본 족속이 읎다! 내가 봐야 어떤 놈인지 답 나오지."

"안 그래도 곧 직원들이랑 인사하러 올 낍니더. 오면 우리 지 대표님의 혜안으로 함 봐주이소."

*

관리사무소 직원들과 처음 인사하는 날이라 정한은 추리닝을 벗어 던지고 면바지를 골라 입었다. 머리도 단정하고 깔끔하게 정리한 후 안경을 끼고 집을 나섰다.

똑똑.

"들어오이소."

"안녕하세요, 소장님."

"예! 회장님, 앉으이소."

정한이 소장실로 들어서자, 소파에 배를 내밀고 앉아 정한을 빤히 쳐다보고 있는 노인이 눈에 들어왔다.

"아, 직원들 인사 나누기 전에 먼저 인사 나누이소. 이짝은 지건만 대표님입니더. 동대표를 무려 4선이나 해오신 우리 아파트 터줏대감 같은 분이라예."

"안녕하세요, 공정한입니다."

"내는 지건만이요."

지건만은 소파에 등을 붙일 대로 붙이고 앉아 배를 내민 채, 정한에게 악수를 청했다.

"저기, 깡 양아! 요 회장님 커피 한 잔 내오이라!"

"강 주임, 회장님 커피!"

마치 왕처럼 앉아 지건만이 다방에서 커피를 주문하듯 외치고, 배임각이 그걸 재창하는 모습을 보자, 정한은 마치 노왕 옆에 붙어 기생하는 간신과 겹쳐지며 고개를 갸웃거렸다. 그리고 관리사무소 여직원을 마치 다방 종업원 대하듯 '깡 양아'라고 외치는 지건만의 싸구려 같은 태도도 정한의 심기를 건드리고 있었다.

"그래, 회장은 우째 나오게 됐능교?"

"아, 그냥 우연히 나오게 됐습니다."

"듣자 하니, 동대표도 처음이고 회장도 처음이라 카데? 게다가 요 들어와 산 지 오래되도 않았다 카던데 바로 한 방에 회장까지 당선돼삐고 젊은 사람이 대단하네!"

지건만은 여전히 사장님 자세로 앉아 정한을 비꼬고 있었다. 하지만 정한은 지건만의 태도에 그 어떤 내색도 하지 않고 웃으며 자세를 낮췄다.

"별말씀을요. 앞으로 대표님이 많이 도와주십시오. 제가 처음이라 모르는 게 많습니다."

"하모! 회장 뭐 별거 없다 카이. 내한테 다 얘기하면 돼. 회장이 하고자 하는 게 생기면 일단 내랑 상의를 하면 된다고. 내가 동대표들 다 잡고 있다 아이가!"

정한이 자세를 낮추자, 지건만은 소파에 붙어 있던 등을 떼어내 두 팔을 벌리며 허세를 부리기 시작하더니, 슬그머니 말까지 놓으며 반말을 하기 시작했다.

"내사 올해로 팔십둘이라. 동대표 중에서도 제일 어른이지. 그래가 내가 동대표 중에서 이사 아이가. 회장 부재 시에 대신하는 이사."

"아! 맞다, 맞다! 우리 지 대표님, 아니 지 이사님이 회장님 안 계실 때는 부회장 역할이십니더. 물론 이제 입대의가 바뀌어가, 첫 회의 날 동대표들이 이사 선출도 새로 해야 하는데 뭐, 지 대표님은 거의 고정이라예."

"그래요? 동대표 중에 이사 직함도 있어요?"

"하모예, 이사님은 두 분이라예. 근데 우리 지 이사님이 연장자라 회장님 다음입니더."

'여기서 연장자가 왜 나와?' 정한은 갸웃했다.

"이사는 나이순으로 정하는 건가요?"

"은지예, 이사는 동대표님들이 거수로 두 분을 뽑고예. 두 분 중에서 연장자가 더 우선으로 되는거라예. 관리규약이 그렇게 돼 있심더.”

이건 또 무슨 어이 빠진 소리인가. 관리규약에 연장자로 되어 있다니. 요즘 같은 시대에 나이로 서열을 정하는 걸 규정화시켰다는 것도 이해가 가지 않는 정한이었다. 하지만 정한은 동대표도, 회장도 처음이고 아파트 일도 처음이라 아직은 이들보다 아는 게 없기에 계속 자세를 낮추었다. 이럴 때 쓰는 말이 바로 ‘와 신상담’이 아닐까.

“그건 그렇고, 공 회장은 무슨 일을 하는고?”

아까부터 계속 반말을 하는 지건만의 혀에 딱밤을 때리고 싶은 정한이었지만, 다시 스마일 포커페이스를 유지하며 답했다.

“저 놉니다.”

“아이고, 젊은 사람이 와 벌써 노노?”

“어쩌다 보니 그렇게 됐네요.”

정한이 백수라는 걸 뻔히 알면서 지건만은 못으로 차 문짝을 그어버리듯 정한의 자존감에 스크래치를 내고 있었다.

“내 작은 사업체 하나 있는데 고마 내가 우리 공 회장 자리 하나 만들어주까?”

“괜찮습니다. 말씀만으로도 감사합니다.”

정한은 지건만의 태도에 분노 게이지가 차올랐는지 웃는 얼굴 위로 안경을 고쳐 썼다.

“아이고, 시간이 벌써 이래 됐네. 지 이사님, 저희 직원들이랑 회장님, 인사 나눌 시간 됐심더.”

“아, 그르나? 그럼 퍼뜩 데리고 가보그라. 내도 이만 모욕탕이

나 갈란다."

배 소장과 정한이 소장실을 나가자, 지건만은 혼잣말로 중얼
거렸다.

"그냥 빙시네, 빙시. 허허! 저런 놈은 또 내가 전문이지. 여보세
요? 야, 이 빙신 새끼야!"

"아따, 성님. 전화하자마자 빙신 새끼가 뭐다요……. 나도 낼
모레 환갑이요."

안일해가 전화를 받자, 지건만은 욕부터 퍼붓기 시작했다.

"야, 이 빙신아. 니가 빙신 아니면 뭐고? 내가 인마! 두 놈이나
후보 사퇴를 시키면서 니를 그래 밀었는데 저런 쌩 백수 날라리
새끼한테 지나!"

"성님, 지도요잉…… 마누라에 아들까지 동원해서 땡볕에 명
함까지 돌린 지가 더 허벌나게 맴 아픙게 너무 그라지 말지라."

"인마 이기 천하태평이네? 내년이면 유어홈 계약 만료라 무조
건 재계약해야 하는데 우짤끼고!"

"아따 고로코롬 답답해불면 성님이 회장 나가시지 왜 나한테
화풀이요? 그라고, 뭐요? 천하태평이요잉? 시방 아파트 지하에
있는 내 창고도 날아가불게 생겼는데 누가 천하태평이다요!"

안일해는 얼굴이 시뻘게 지면서 전화를 끊더니, 용달차 문을
부서져라 닫고는 시동을 걸며 이를 꽉 물고 중얼거렸다.

"노인네가 노망이 들어부렀나, 나가 지한테 갖다 바친 건 새까
맣게 잊어부렀는 갑네잉……."

저승사자 공정한

"회장님, 이번 새 동대표님들이랑 업체들 연락첩니다. 이번에 새로 동대표 뽑히신 분은 딱 두 분이고예. 나머진 전 동대표님들 고대로라예."

정한은 소장이 뽑아준 동대표들의 연락처를 들여다보았다. '지건만'이라는 이름이 보이자 어제 그가 했던 말이 떠올랐다.

'하모 하모! 회장 뭐 별거 없다카이. 내한테 다 얘기하면 돼. 회장이 하고자 하는 게 생기면 일단 내랑 상의를 하면 된다고. 내가 동대표들 다 잡고 있다 아이가!'

"지가 뭔데……."

"예? 회장님? 뭐라고예?"

자리에 앉아 있던 배 소장은 화들짝 놀라, 자리에서 일어나 정한을 바라보았다.

"아, 아니에요. 소장님. 소장님한테 한 얘기 아닙니다. 일 보세

55

요. 연락처 감사합니다."

정한이 소장실을 나가자, 배 소장은 고개를 갸웃거리며 중얼
거렸다.

"하……. 묘하게 기분 나쁘네. 내한테 한 거 같은데, 아인가?"

*

"여보세요."

"저…… 공정한 회장님 맞으시죠?"

"네, 실례지만 누구세요?"

"저는예, 아파트 부녀회장 진절희이라고 합니더. 우선 회장님,
당선되신 거 억수로 축하드립니데이."

다른 사람들보다 억샌 경상도 사투리가 정한의 귀에 예사롭지
않게 꽂혔다.

"아, 부녀회장님이시군요. 반갑습니다."

"회장님 혹시 시간 되시면 근처 카페에서 차 한잔하실랍니꺼?
아파트 운영에 대해 드릴 말씀도 있고예."

"그럼요. 당연히 만나봬야죠."

정한이 카페에 도착하자, 60대 후반으로 보이는 여자 두 명이
정한에게 손을 흔들었다.

"부녀회장님 맞으시죠?"

"맞심더. 제가 부녀회장 진절희고예, 이쪽은 총무 유별라."

전형적인 한국 아줌마 파마머리에 쌍꺼풀 진한 눈이 다부지게

보이는 부녀회장과 어깨까지 오는 단발에 외꺼풀 눈이 차분해 보이는 총무. 이 둘은 정반대의 성향같이 보였다.

"회장님, 우리 부녀회가 이번에 회장님을 얼마나 열심히 밀었는지 아십니꺼?"

"그래요? 전혀 몰랐습니다. 감사드려요."

순간 정한은 이 두 사람이 자신을 엄청 지지했다는 생색을 내기 위해 만나자고 한 건가? 라는 의구심이 들었다.

"오히려 저희가 회장님께 감사드려요. 저희가 얼마나 회장님 같이 젊은 분이 나오길 바랐는지 아세요? 이렇게 회장 선거에 나와주셔서 정말 감사드립니다. 안일해가 또 나왔다는 말에 혹시라도 단일 후보로 당선될까 봐 얼마나 조마조마했다고요."

총무는 두 손을 모아 진심으로 정한에게 감사하는 모습을 보였다.

"안일해 대표님이 회장이 되면 안 되는 이유라도 있나요?"

진절희와 유별라는 정한의 질문에 서로를 바라보더니 동시에 크게 한숨을 내쉬며 커피를 들이켰다.

"회장님, 지금부터 저희가 하는 얘기 잘 들으이소."

부녀회장은 머그잔을 내려놓더니 심각한 표정으로 이야기를 시작했다.

"우리 아파트가 벌써 20년이 넘어쓰예. 저희 둘은 입주 초기에 들어와서 처음부터 지금까지 모든 걸 목도한 사람들이에요. 지금까지 아파트 회장들이 얼마나 많은 비리를 저질렀고, 입주민대표회의 동대표들부터 그 배임각 소장 놈까지 어떻게 연결돼 있는지를 소상히 알고 있다, 이겁니더."

"그래요? 대체 얼마나 심각한 일이 있었던 거에요?"

"회장님, 저희 믿어주실 수 이쓰예?"

부녀회장의 '믿어줄 수 있냐'는 물음에 정한은 먼저 커피 한 모금을 마시고 잔을 내려놓았다.

"제가 부녀회장님과 총무님을 믿고 안 믿고는 중요하지 않습니다. 잘못된 게 있다면 바로 잡아야 하고 부당한 게 있다면 없도록 하는 게 중요하죠."

정한의 안경 너머로 확고한 눈빛이 느껴진 진절희는 그제야 마음이 놓였는지 이야기를 이어갔다.

"아파트 입주 초기에 초대 회장이 있었는데 어찌나 많이 해먹었는지 그 돈으로 구 시의원까지 했다 아입니까. 우리가 고발도 했고예. 그다음 회장도 똑같이 해먹다가 저희한테 걸려가 고발당하고 벌금까지 내고 난리도 아니었심더. 뭐, 엄청 예전 이야기까지 다 하기는 너무 길고 지금은 전 회장이랑 동대표들, 배임각 소장이랑 소장이 소속된 관리업체 '유어홈'이 더 문제라예."

진절희의 말을 들으며 정한은 내심 놀라고 있었다. 서로 자기 살기 바쁘고 옆집에 누가 사는지조차 모를 만큼 조용하고 무관심해 보이던 아파트에, 이렇게나 많은 문제로 얽혀 있다는 것이 믿기지 않았다.

"지금 아마도 회장님이 당선되고 나서 지들끼리 비상일 거예요. 꼴좋지! 안일해가 됐어봐. 지들끼리 축제라도 했을걸요."

유별라의 얘기를 듣자, 정한은 회장 지원서를 내러 갔을 때 배 소장의 태도가 떠올랐다. 그는 그때 있었던 일을 그녀들에게 그대로 이야기해주었다.

"내 그럴 줄 알았어! 이 인간들 안일해 회장 시키고 또 지들끼리 쿵작쿵작하려고 한 거지! 회장님, 우리가 안일해 후보 등록하고 나서 안일해만은 막으려고 다른 회장 후보를 얼마나 찾았는지 모르시죠? 저희는 정말 후보 한 분이 더 나오셨다는 말 듣고 어찌나 마음이 놓이던지……."

유별라는 손바닥을 마주치며 당찬 목소리로 말했다.

"아, 아닙니다. 저……. 아파트 회장도 처음이라 아무것도 모르고요. 앞으로 두 분이 많이 도와주세요."

"회장님이 저희 믿어주시기만 하면 저희는 얼마든지 회장님 도울 낍니더. 저희가 도와드릴 테니까 지금 이 문제부터 해결해주세요. 하던 얘기 이어서 말씀드릴게요."

진절희는 다시 말을 이어가기 시작했다.

"지금 안일해의 가장 큰 문제가 뭐냐면 우리 아파트 지하주차장에 빈 공간이 꽤 있거든예. 근데 이 인간이 그 공간 중 일부를 자기 창고로 쓰고 있다는 거라예. 그것도 3년이나! 안일해 그 인간, 저번에 회장 떨어져놓고 이번에 또 기를 쓰고 출마한 이유가, 회장 돼가 그 창고 마음 놓고 계속 쓰겠다는 심산이다, 이겁니더!"

"네? 아파트 공용 부지를 개인이 사용한다고요?"

정한은 머그잔을 입에 갖다 대려다 멈추더니, 놀란 표정과 동시에 잔을 내려놓았다.

"그렇다니까예! 처음에는 거기를 몰래 쓰다가 입주민들한테 걸리가 호되게 욕을 먹어쓰예. 그라더만 당장 빼겠다고 하더니 세상에, 거기 문까지 달았다니까? 그라고 거서 가끔 용접까지 하는데 정말 불안해서 미치겠심더! 회장님도 아시지예? 얼마 전에 우리 아파트 지하주차장에 있는 전기실에서 불났던 거. 그 인간이 뭐라는 줄 압니꺼? 그나마 지 창고가 지하주차장에 있어가, 지가 일하다 빨리 발견해서 큰불 막은 거라나? 하! 기가 막히가. 누가 아나? 지가 불 내놓고 오리발 내미는 건지!"

진절희는 다시 부아가 치미는지 아이스커피를 벌컥 들이켰다.

"그거 불법 아니에요? 구청이나 이런 데 신고하면 되지 않나요?"

"회장님, 우리가 그 생각 왜 안 했겠어요. 지금 문제가 뭐냐면 안일해가 몰래 쓰던 지하 공간을 저번 회장이랑 입대의, 그러니까 입주민대표회의에서 정식으로 임대차 계약을 해줬다는 거예요. 정신 나간 사람들 아니에요? 공용 부지 사용 자체가 불법인데 그걸 지금은 아파트와 임대차 계약을 맺고 월세를 받으며 허용하고 있는 거예요. 임대차 계약을 하고 나니까 안일해 그 인간은 '나 이제 아파트에 월세 내고 지하 공간 떳떳하게 쓴다!' 이러고 있어요. 더 어이없는 건 월세도 고작 20만 원으로 의결한 거 있죠? 요즘 같은 세상에 월세 20만 원짜리 창고가 어딨어! 게다가 경리한테 알아보니까 월세도 4개월이나 안 내고 있어요!"

"불법인데 월세도 안 내고 있다고요? 입대의에서 의결해서 임대차 계약을 맺으면 그게 합법으로 되는 거예요?"

정한이 안경을 만지작거리며 묻자, 유별라가 말을 이어갔다.

"물론 아니죠. 불법 행위를 허용해준 입대의 전체, 즉 전 회장과 동대표 모두 다 문제가 되는 거예요. 그래서 저희가 구청에 신고를 못 했어요. 동대표 중에 안일해 이런 인간이랑 똑같은 인간들도 있지만, 정말 일 열심히 하시는 분들도 있는데 그분들까지 벌금을 물게 되거든요."

"그럼 이 불법을 저번 입대의는 왜 임대차 계약까지 맺으면서 허용해준 거예요?"

"바로 그거라예, 회장님. 동대표를 아무도 안 할라고 해가 후보가 없으니, 안일해 1동 대표를 엄청 오래 해왔거든예. 물론 지금 동대표 중 절반 이상은 다 오래 한 사람들이고. 게다가 다 고령자 투성입니다. 젊은 사람들은 다 회사 다니고 바쁘니 동대표 할 사람도 없쓰예. 안일해가 나이 많은 몇몇 동대표들과 억수로 친합니더. 그 영감탱이들한테 만날 행님, 행님 하면서 술이며 밥이며 엄청 사기도 하고예. 특히 지건만이라고 영감탱이가 하나 있는데……."

'지건만'이라는 이름이 나오자, 정한은 인상을 찌푸리기 시작했다.

"그 영감탱이가 동대표들을 좌지우지하거든예. 나이도 젤로 많고 동대표도 억수로 오래 했거든예. 안일해도 지건만한테 껌뻑 죽심더. 저희가 알아본 바는 이거라예. 안일해 지하창고 임대차 계약을 맺도록 제안한 게 지건만이고 동조한 게 전 회장이랑 배 소장인 거죠. 다른 동대표들은 나이도 워낙 많고 잘 모르시니까 지건만이나 배 소장, 회장이 하는 말 그대로 믿고 따라갈 뿐이거든예. 그래가 결국은 안일해 지하 공간 쓰게 해준 그해에 배 소장이 소속된 관리업체 '유어홈' 있지예? 온 입주민들이 업체 바까야 한다 카는데도 안일해, 지건만 이런 인간들이 밀어붙이가 또 3년이나 재계약한 거 아니겠심꺼? 그카면서 유어홈한테 그 인간들 분명 뭔가 받아먹었을 거라고요. 지금 유어홈만 8년 째라는 게 말이 됩니꺼!"

부녀회장과 총무의 말만 들었을 뿐 그 어떤 증거도 없는 상태. 공정한은 자신이 만났던 지건만과 배 소장의 태도를 돌이켜봤을 때 의심할 가치가 충분하다는 생각이 들었다.

"회장님, 제발 배임각 그 소장 놈부터 내보내셔야 해요. 회장님 새로 바뀌었으니까 새 사람이랑 일하겠다고 유어홈에 말씀해 보세요. 배임각 그놈이 지금 동대표도 쥐락펴락하고 지건만이랑 안일해랑 아주 쿵짝이예요. 그놈부터 안 처내면 회장님 엄청 힘들어지실 거예요. 그놈이 우리 아파트에 무려 8년이나 있으면서 보통 능구렁이가 된 게 아닙니다."

진절희와 유별라는 배 소장부터 찍어내야 한다며 정한에게 목소리를 높였다.

"배 소장님 꽤 오래 계셨네요. 근데 제가 아직 배 소장님을 겪어보지 못했으니까 시간을 좀 주세요. 저도 겪어보고 판단할 시간이 필요하지 않겠어요? 그리고 직장이란 게 사람한테 참······ 중요한데 제가 회장이라고 막 내보내고 그럴 순 없어요."

정한은 자신의 과거가 떠올랐는지 '참······'이라고 말하며 잠시 말을 쉬었다.

사람들은 참 쉬웠다. 자신이 겪어보지 못한 일도 쉽게 말하고, 자신이 겪어보지 못한 사람마저도 쉽게 말했다. 정한은 적어도 자신이 겪어보지 못한 사람에 대해서는 쉽게 판단하고 싶지 않았다. 나를 겪어보지 못한 사람들, 나를 모르는 사람들이 내뱉는 쉬운 말이 얼마나 나의 삶을 어렵게 만드는지 잘 알기 때문이었다.

"아이고……. 회장님 참 답답하시네! 우리가 지금까지 몇 년을 봐온 인간입니더! 그 인간만 도려내도 아파트 억수로 좋아질걸요? 우리가 도와 드릴테니 소장 좀 꼭 교체해주세요. 회장이 같이 일하기 싫다는데 안 바꿔줄 업체가 어딨겠쓰예?"

진절희는 답답하다며 가슴을 쳤다. 하지만 정한에게 있어 사람의 자리를 빼앗는 일은 더 이상 마주하고 싶지 않은 일이었다.

"두 분 말씀 잘 들었습니다. 저도 말씀해주신 문제 잘 살펴볼게요. 앞으로 저랑 자주 소통하고 많이 도와주세요. 전 아파트가 잘되기 위해서라면 언제든지 열려 있으니까요."

"지금까지 그 어떤 회장도 우리 얘기 아무도 안 들어줬는데 공 회장님이 이렇게 우리 얘기 들어주시니 정말 고맙습니다."

진절희와 유별라를 통해 아파트 비하인드를 듣게 된 정한은 집에 돌아와 깊은 생각에 잠겼다. 그저 월급 때문에 하게 된 아파트 회장직인데, 아파트에 이렇게 많은 문제가 있을 거란 상상도 못 했던 그였다.

"하, 이거 옛날로 돌아가는 기분이네."

정한은 뿔테 안경을 벗어 탁자 위에 던져놓고, 눈을 지그시 감았다.

*

"야, 넘어와! 오늘 매형도 간만에 일찍 퇴근했어. 축하 파티 해
야지!"

"축하? 무슨 축하? 지훈이 생일인가?"

"무슨 축하긴? 공정한 회장님 당선 축하지!"

"삼촌, 빨리 와! 삼촌 좋아하는 고구마케이크도 있어!"

서울을 떠나 밀양이라는 낯선 도시로 이사 올 때만 해도 여러
모로 걱정이 앞섰던 정한이었다. 하지만 어느새 봉주르 아파트
에 정이 들기 시작한 그는, 이곳에서 사는 좋은 점을 하나둘 떠올
리며 정해의 집으로 향했다.

"짠, 축하해!"

"이게 뭐라고 이런 걸 축하까지 해."

"야, 자그마치 1500세대, 한 집에 두 명만 잡아도 삼천 명의 리
더인데 왜 축하를 안 해?"

"와……. 그러고 보니 그렇네? 처남, 우리 회사 인원보다 훨씬
많아!"

"에이, 매형까지 왜 이러세요. 무슨 아파트 회장이랑 회사를
비교해요."

"야, 넌 뭐 회사 안 다녔냐? 대한민국 최고 기업 일성전자 최연
소 임원까지 해놓고!"

"우와! 삼촌 일성전자 다녔어? 그럼 이 핸드폰도 삼촌이 만
든 거야?"

"응? 삼촌이 만든 건 아냐."

"네 삼촌은 감사실장이었어, 감사실장!"

"감사실장? 감사? 고마운 사람이야?"

"하하하하! 그거도 말 되네. 아빠가 설명해줄게. 감사가 뭐냐면⋯⋯. 음⋯⋯. 지훈이 너 암행어사 알지?"

"응, 알지! 마패를 딱 꺼내서 나쁜 놈들 혼내주는 사람!"

"그렇지! 삼촌이 회사에서 나쁜 짓 하는 사람들 혼내주는 그런 사람이었어. 대단하지?"

"와! 삼촌 짱이다!"

"아, 진짜 오늘 이 부부가 왜 이러실까? 그만 좀 해. 다 지난 일을 자꾸 들먹여."

"근데 그러고 보면 처남 참 신기해. 이렇게 담백한 성격인데 그 지독한 일성전자에서 감사로 초고속 승진에 최연소 임원까지 달았으니 말이야."

"어머, 어머. 당신이 아직 정한이를 잘 모르네. 당신, 정한이 대학교 때 별명이 뭔지 알기나 해? '저승사자'였어. 얘 대학교 때도 감사였다고. 그때 얘한테 걸려서 지옥 간 놈이 한둘이 아니야!"

"그래? 와⋯⋯. 근데 대체 무슨 일이었기에?"

"그만, 그만. 술이나 마셔요. 누나도 그만."

"야, 매형이 이렇게 너에 대해 모르는데 좀 알려주면 어때서? 그게 무슨 사건이었냐면⋯⋯."

*

정한의 대학 시절.

'한국대학교 4학년 공정한 사회과학대 의장, 2분기 감사 진행.'

"자, 단과대는 다 확인했고. 진형아, 총학생회 장부 좀 받아다 줄래?"

"네, 형. 다녀올게요."

잠시 후, 사무국장 진형이 빈손으로 돌아오자 정한이 물었다.

"너 왜 빈손이야?"

"저……. 정한이 형, 총학생회장이 장부 볼 거 없다고 안 주더 라고요. 이미 다른 단과대 의장들이 다 감사했다고…….""

"다른 단과대 의장도 한 걸 왜 나는 안 해도 된다는 거지?"

"내가 후배한테까지 감사받아야 하냐…….""

정한은 그 말을 듣자마자, 헛웃음을 삼키고는 총학생회실로 향했다.

"안녕하세요? 회장님, 사회과학대 의장 공정한입니다. 2분기 감사를 해야 하니 장부 좀 주시죠?"

"야, 너 몇 학번이었더라? 너 나랑 한 3학번 차이나나? 어디서 보이지도 않는 학번이 선배한테 장부를 달라 말아야? 너희 사과 대는 선후배 예의도 없냐?"

"저희 사과대 선후배 예의 아주 깍듯합니다. 그래서 지금 이렇 게 정중히 부탁드리러 온 겁니다."

"이 새끼가 장난하나!"

총학생회장과 같이 있던 학생회 간부들이 자리에서 일어서 정한에게 위협적으로 다가가기 시작했다.

"야, 야⋯⋯. 앉아, 앉아. 지금 회장이랑 후배 의장님이랑 대화 중이잖아. 야, 공정한이. 우리 장부 깔끔하니까 그렇게 알고 꺼져 줄래? 우리 공대 의장이랑 자연과학대 의장이 이미 다 봤거든?"

"모든 단과대와 학생 기구는 모든 단과대 의장들에게 감사를 받아야 하는 의무가 있습니다. 얼른 주시죠."

"못 주겠다면?"

정한은 한숨을 푹 쉬더니 쓰고 있던 안경을 벗고 말했다.

"뭔가 켕기는 게 있다고 판단하고 교내 대자보 부착 및 전교에 공개 요청하도록 하겠습니다."

"이 새끼가 보자 보자 하니까⋯⋯."

"야, 앉아 있으라고!"

총학생회장은 또 자리에서 일어서려는 학생회 간부들을 향해 소리치더니, 정한에게 장부를 던졌다.

"옜다. 갖고 꺼져."

정한은 발 앞에 떨어진 장부를 집어 들며 몸을 일으켰다.

"야, 공정한이. 너 그 장부 가지고 함부로 시비 걸지 마라. 그땐 의장이고 나발이고 학번으로 조져줄 테니까."

뭔가 있겠다는 걸 직감한 정한은 대의원 사무실에서 진형과 저녁이 다 되도록 총학생회 장부를 들여다보고 있었다.

"형, 뭐 이상한 건 없는 거 같은데요? 근데 왜 그렇게 장부를 안 주려고 했을까요?"

"이거 때문이겠지."

"네? 뭐 있어요?"

"이거 봐. 진형이 너 기억하지? 총학생회에서 5월 어버이날에 인근 어르신들 학생회관으로 모셔서 카네이션 달아드리고 식사 제공해드렸던 거."

"네, 알죠. 그걸로 학생회장 인지도 엄청 올라갔잖아요."

"자, 이거 봐. 카네이션이 한 송이에 3천 원이야."

"이거 비싼 거예요? 전, 이 가격일 거라 생각했거든요."

"진형아, 우리 지금 학생회관 학식이 얼마냐?"

"천오백 원이죠."

"근데 이 꽃 한 송이가 밥보다 두 배가 비싸. 말이 돼? 게다가 이 영수증. 이거 전산 영수증도 아니고 수기 영수증이잖아. 그냥 아무 가격이나 쓰면 된다고. 너도 내년에 의장하려면 잘 알아둬."

"아…… . 그렇구나. 근데 형은 이런 거 어떻게 그렇게 잘 알아요?"

"이름이 공정한이라 공명정대할 거라고 군대에서 돈 관리시키더라."

진형은 피식하고 웃음을 터뜨렸다.

"어, 웃어? 돈 관리했다니까 땡보 같냐? 나 UDT 출신이거든!"

"헐, 대박! 형 진짜 UDT 나왔어요? 근데 난 왜 이제 알았지?"

"다 가는 군대 갔다 온 걸 뭐 자랑이라고 떠들고 다니냐? 자. 이럴 땐 이 영수증에 있는 전화번호로 전화를 해서 일단 원가를 물어보는 거야. 마치 꽃을 주문할 사람처럼. 오케이?"

핸드폰을 꺼내는 정한을 향해 진형은 손가락으로 '오케이' 사인을 보냈다.

"안녕하세요, 사장님. 삼거리 꽃집이죠? 제가 카네이션을 여러 개 주문하려고 하는데 100송이 정도 주문하면 하나에 얼마예요?"

"100송이면……. 5백 원이요. 더 많이 하시면 좀 더 싸게 드릴 수도 있고요."

"아, 그래요? 알겠습니다. 오늘 몇 시까지 영업하세요? 제가 곧 들를게요."

정한과 진형은 꽃집으로 직행했다.

"사장님, 안녕하세요? 저희는 한국대학교 학생인데요. 이 영수증, 이 꽃집 영수증 맞죠?"

"어디 보자……. 네, 맞네요. 근데 카네이션 가격이 왜 이렇게 돼 있지? 이거 제가 쓴 글씨가 아닌데……."

"혹시 얼마 전에 우리 학교 총학생회장이나 학생회에서 꽃 사 간 거 기억하세요?"

"아! 맞아요. 그때 영수증을 몇 장 달라기에 줬었는데……. 아이고, 맞다. 회장이란 사람이……."

"확인 감사합니다. 아무래도 회장님이 착오가 있었나 보네요. 많이 파세요."

—총학생회장님, 내일 학교 전 건물에 당신이 저지른 횡령에 대한 대자보와 증거가 부착될 것이고 학교 게시판에서도 공지될 겁니다.

정한은 메시지와 함께 꽃집에 방문한 장면, 카네이션 원가의 대한 영수증 사진을 함께 총학생회장에게 전송했다. 그걸 본 총학생회장은 기겁하며 정한에게 밤새 전화하고 애걸복걸 문자를 보냈지만, 정한은 모두 무시했다.

*

다음 날 아침, 총학생회장은 간부 두 명과 함께 정한을 찾아 대의원실 문을 박차고 들어왔다. 때마침 정한과 진형이 대자보를 쓰고 있었다.

"야, 야! 내 얘기 좀 들어보라고!"

총학생회장은 다짜고짜 그들이 쓰고 있던 대자보를 갈기갈기 찢으며 소리쳤다. 정한은 곧바로 안경을 벗고 응수했다.

"무슨 얘기? 네가 꽃값으로 꼴갑 떤 얘기?"

"모두 다 진정하세요, 네? 일단 앉아서 얘기하죠. 정한이 형, 제발……."

총학생회장은 구구절절 자기 사정을 설명했지만, 정한에게는 그저 구질구질한 변명으로 들릴 뿐이었다.

"그러니까…… 학생회 간부들 회식 한번 시켜주려고 그랬다, 이거네요?"

"야, 인마! 내가 그 돈을 혼자 먹은 거도 아니고, 고생하는 학생회 애들 밥 좀 먹이겠다고 한 거잖아? 게다가 그거 얼마 된다고 그래? 2천 5백 원에 백 개 해봐야 25만 원이야. 250만 원도 아니고 25만 원이라고. 예전 학생회장들은 졸업하고 차까지 뽑는

다는 말이 있어. 난 그렇게까진 안 해!"

"그걸 지금 변명이라고 하고 있습니까? 횡령은요, 돈의 액수가 중요한 게 아니라 사람의 싹수가 중요한 거예요. 금액이 얼마든 그걸 해먹겠다고 싹수가 트는 순간 다 똑같다 이 말입니다. 변명 잘 들었어요. 말씀하신 변명도 공고 내용에 넣어드릴게요. 그럼 된 거죠? 진형아, 감사 자료 챙겨. 행정실장님 먼저 뵙자."

"야, 이 개자식아! 넌 그렇게 깨끗하냐? 넌 그렇게 잘 살아왔어!"

정한과 진형이 대의원실 문을 나서려는 순간 총학생회장이 소리쳤다.

"나? 훗! 잘 살아왔는지 아닌지는 모르겠다. 근데 이거 하나는 확실해. 너 같은 새끼처럼은 안 살아왔어."

정한은 대의원실 문을 박차고 나갔다. 총학생회장과 간부들은 황급히 그들을 따라붙으며 사정과 협박을 반복하기 시작했다.

"내가, 내가 잘못했다! 정한아! 아니, 제가 잘못했습니다! 공정한 의장님! 제발 이번만 눈감아주십시오! 그러면 제가 다 다시 돌려놓겠습니다!"

총학생회장은 행정실 건물에 가까워지자 다급했는지, 정한에게 무릎을 꿇고 읍소하기 시작했고 그 광경을 본 두 간부는 손으로 얼굴을 가리며 눈을 질끈 감았다.

"아이고, 무슨 말씀이세요. 총학생회장님. 제가 더 확실히 잘하겠습니다. 더 확실히 잡아내겠습니다!"

정한도 총학생회장 앞에 무릎을 꿇더니, 그보다 더 큰 목소리로 소리쳤다. 지나가며 이 광경을 본 학생들은 가던 길을 멈추고 웅성거렸고, 정한은 엎드렸던 고개를 살짝 들어 총학생회장을 노려보더니, 그에게만 들리는 목소리로 말했다.

"학교에서 꺼져, 이 개새끼야."

결국, 총학생회장이 최초로 임기를 채우지 못하고 자진 사퇴하는 한국대학교 초유의 사태가 발생했다. 사퇴한 총학생회장은 더 이상 학교에 얼굴을 들고 다닐 수 없어 휴학까지 하고 말았다. 한국대학교 총학생회장이 횡령으로 인해 무릎을 꿇고 자진 사퇴에 휴학까지 한 이 사건은 주변 대학교에 전설처럼 퍼졌고, 급기야 지상파 뉴스까지 나오게 되었다. 정한은 그때부터 대학가 저승사자로 불리기 시작했다.

*

"와…… 처남이 저승사자라고? 전혀 몰랐네. 하긴, 일성전자 감사실도 아무나 들어가는 곳은 아니지. 그럼 이 사건 때문에 감사실로 가게 된 거야?"

"왜 아니겠어? 얘 그때 학교에서 '청렴한 청년상'인가? 상도 받고 깨끗한 이미지로 인기 꽤나 누리니까 졸업할 때 정치권에서도 연락 왔었다니까. 근데 아빠가 어린놈이 벌써부터 정치판에 기웃거리면 호적에서 판다고 난리 치셔서 그냥 회사 간 거야. 회사도 뭐, 면접 보러 가니까 면접관들도 그 사건을 이미 다 알고 얘기하더래. 일성전자에 얘네 학교 선배들이 좀 많아야지."

"서울서 일할 때는 거의 못 보고 살다가, 같은 아파트에 살면서는 맨날 추리닝에 삼선 슬리퍼 끄는 거만 봐서 전혀 매치가 안 돼……. 이 비주얼이 어디……. 뭐, 한국대학교에 일성전자 다녔던 건 아니까 똑똑한 줄만 알았지. 처남이 저승사자라니!"

"아 참, 얘 군대도 UDT 출신이야. 군대에서 훈련받다 진짜 큰일 날 뻔 했거든. 아오, 그때 생각하면 아직도 아찔하네. 엄마랑 아빠랑 오밤중에 국군병원 달려가고……."

"와, 진짜 파란만장하네."

오징어를 씹으며 아무렇지도 않게 얘기하는 정해와는 달리 남편의 표정은 진지했다.

"처남……. 나 아무래도 사기 결혼 당한 거 같아. 처남에 대해 오늘 처음 아는 게 너무 많네……."

"뭐래, 전에야 멀리 살았으니까 얘기할 기회가 없던 거지. 뭐? 더 얘기해줘? 오늘 파란만장한 일성전자 감사실까지 가봐?"

"누나, 오늘 내 축하 파티라며?"

"그래, 이제 시마이!"

"삼촌, UDT가 뭐야?"

"음……. UDT는 '우리 동네 특공대' 약자야. 우리 동네 지키는 사람. 그쵸, 매형?"

정한은 매형에게 윙크를 보내며 잔을 부딪쳤다.

배 째라면 배 짼니다

"소장님, 곧 입대의 회의 날인데 올라온 안건이 있나요?"

"다른 건 없고예. 혹시 회장님 안일해 대표가 쓰고 있는 지하 주차장 창고 얘기 아십니꺼?"

"아뇨. 그건 어떤 거예요?"

진절희에게 모든 스토리를 들은 정한이지만 시치미를 뚝 떼고 모른척했다. 배 소장은 슬슬 눈치를 보더니 지하창고 얘기를 풀어놓기 시작했다.

"그래가 요즘 입주민들이 지하창고 빨리 빼라고 난리입니더. 근데 또 계약까지 해주가 막무가내로 빼라 카지도 몬하고……."

"근데 소장님, 애초부터 지하 공용 공간을 개인이 사용할 수가 없는데 그 계약은 대체 누가, 왜 해준 거예요?"

살짝 내려온 안경 너머로 날카로운 눈빛을 내 보이며, 정한이 물었다.

"전 입대의에서 의결한 거라 지는 잘 모르지예. 회장님이랑 동 대표님들이 결정하시는 거라 지는 뭐 아무 권한도 없심더."

"역시 그렇죠? 맞아, 맞아. 입대의에서 결정하는 걸 소장님이 뭐라고 하시겠어요. 전 또 소장님이랑 안 대표랑 엄청 친해서 불 법인 거 알면서 막 눈감아주고 그런 줄 알았는데, 역시 우리 배 소장님은 그런 분 아니죠?"

정한이 미소를 보이며 배 소장을 바라보자, 배 소장도 어색한 웃음을 짜내며 말했다.

"하하하하, 은지예? 지는 안 대표랑 전혀 안 친합니더. 지가예. 얼마 전부터 창고에서 빨리 짐 빼라고 얼마나 닦달했다고예. 고 마 안 대표 창고 때문에 제 머리 보이소. 얼마 안 남은 제 머리가 더 빠지는 거 같다니까예!

"그럼 우리 소장님 탈모 방지도 할 겸, 제 첫 회의 핵심 안건은 '안일해 대표 창고 반환 건'으로 정할게요."

"예? 회장님, 안 대표 문제는 굳이 입대의에서 논의할 가치도 없쓰예. 얼마 전에 뵀던 지건만 대표님 아시지예? 지 대표님 말 한마디면 바로 뺄 거라예."

"아……. 그래요? 그럼 지금 하죠, 뭐."

"예?"

"아니, 한시라도 빨리 빼야 불법도 사라지고 입주민 불만도 사 라질 거 아니에요. 여보세요? 지 대표님, 저 공정한 회장입니다. 혹시 지금 시간 되시면 소장실로 와주실래요? 저번에 무슨 문제 생기면 지 대표님께 얘기하면 된다고 하셨던 게 생각나서요. 우리 지 대표님께 제가 부탁드릴 게 있습니다."

말이 끝나자마자 지건만에게 전화를 거는 정한을 보며 배 소
장은 적잖게 당황하고 있었다.

"다행히 시간이 되셔서 지금 오신다네요."

"아, 네……."

잠시 후 지건만이 소장실로 들어서자, 정한은 깍듯이 인사하
며 그를 맞이했다.

"아이고, 지 대표님. 어서 오세요. 바쁘신데 이렇게 와주셔서
감사합니다."

"그래. 공 회장, 내 뭘 도와주면 뇌노? 저기, 깡 양아!"

"지 대표님 잠깐만요. 소장님, 뭐 하세요? 지 대표님 오셨는데
빨리 커피 좀 내드리세요."

"예? 지가예?"

"네, 소장님이요. 왜요? 뭐 할 일 있으세요?"

"아……. 아, 아니예. 알겠심더."

배 소장은 지건만에게 눈치를 보내더니 떨떠름한 표정을 비치
고는 다용도실로 향했다.

"그래. 공 회장, 할 말이 뭐고?"

"지 대표님 혹시 안일해 대표가 쓰고 있는 지하창고 임대차 계
약 의결할 때 회의 참석하셨었죠?"

"했지. 근데 그건 와?"

"아니……. 그 자체가 불법인데 좀 이상해서요. 혹시 그때 설
마…… 찬성하셨어요?"

"내가? 미칫나? 내가 그때 절대 안 된다고 얼마나 말렸는데. 근데 그걸 말이야, 아파트 수입에 도움 된다고 전 회장 놈이랑 다들 통과시키삐대. 도움 돼봐야 얼마나 된다꼬!"

"그래요? 역시 지 대표님. 그럴 줄 알았습니다. 얼마 전에 지하 주차장에 작은 화재 났던 거 아시죠? 그 후로 입주민들이 엄청 민감해졌어요. 안 대표가 거기서 용접 같은 거 하면서 불을 쓴다고도 하고……."

"뭐? 이 새끼 이거 분명히 거기는 물건 적재만 한다 캤는데! 용접은 안 되지! 아파트 홀랑 다 태워먹을라고!"

"그쵸? 그래서 말인데…… 배 소장님이 안일해 대표는 지 대표님 말에 껌뻑 죽는다고 하시더라고요. 지 대표님이 안 대표한테 전화 한 통 해서 당장 창고 빼라고 따끔하게 야단 좀 쳐주세요."

지건만은 막 커피를 가져온 배 소장에게 '이 자식이 쓸데없는 소리를'이란 말을 눈짓으로 담아 보내자, 배 소장은 게 눈 감추듯 눈길을 피했다.

"그, 그래. 내 이 새끼 이거 혼쭐 함 내주지. 여보세요. 안가야, 니 지금 뭐 하노? 바쁘나? 니 지금 소장실로 올 수 있으면 온나. 아, 밖이가? 그라믄 내 말 잘 들으래이. 니 인마, 지하창고 빼라니까 와 안 빼노? 말 안 들을 끼가?"

"아따 성님, 밤중에 홍두깨도 아니고 뭔 소리요, 시방. 성님이 계약하게 해준다고 해서 해놓고 뜬금없이 뭔 소리당가?"

"뭐라카노, 인마! 니 거서 용접도 하나? 니 돌았나? 애당초 물건 적재만 하기로 한 거 아이가!"

"웜마? 이 성님이 아침부터 뭘 잘못 자셨나……. 성님이 나 하고 싶은 거 다 하라고 안 했소. 지미럴! 계약하면 입대의에서 인정한 거라 조용할 거라드만 개뿔……. 부녀회장이 구청에 신고한다요. 그라고 나가 공짜로 있소? 지하창고로 쓰게 만들어 준다고 나가 성님 배때지로 들이부은 술이며 쩌번에 에어컨도……."

"시끄럽다, 인마! 니는 창고 이번 주 내로 무조건 빼라. 안 빼면 고마 지기뻔다!"

지건만은 소리를 빽 지르더니 전화를 확 끊어버렸다.

"이런 새끼가 전라도 놈들 욕 다 멕이는 거라!"

"어후……. 우리 지 대표님 성격 장난 아니시다. 그래서, 뺀대요?"

"하모, 지까짓 게 내 말 안 듣고 배기나!"

"그럼 전 지 대표님만 믿겠습니다."

정한은 지 대표와 배 소장에게 싸한 미소를 보였다.

＊

9월 입주민대표회의.

"삼촌, 나도 삼촌 첫 회의 하는 거 보러 가도 돼?"

"음, 그래! 너도 입주민이니까 와도 되지. 관리규약에 입주민 누구나 방청객으로 참석할 수 있다고 돼 있으니까."

"오, 예!"

입주민대표회의 사무실에 들어서자, 정한의 자리에는 회장이라는 명패와 함께 의사봉이 놓여 있었다. 방청석에는 지훈과 더불어 진절희와 유별라 그리고 백발 숏커트의 여성 한 명이 앉아 있었다. 지훈은 회장석에 앉은 정한을 향해 엄지척을 보내주며 웃었다. 때마침, 정한에게 밀려 동대표로 만족해야 했던 안일해는 막 일을 마치고 오는지 작업복 차림으로 자기 자리에 앉았다.

"반갑습니다. 이번에 회장으로 당선된 공정한이라고 합니다. 그럼 9월 입주민대표회의를 시작하겠습니다."

"에헤……. 이거 초짜 회장이라 암것도 모르네. 여기 새로 뽑힌 동대표도 있고 감사도 두 분 있으니까 서로 소개부터 좀 해야지……."

지건만은 기다렸다는 듯이 혀를 차며 정한에게 면박을 주었다. 그런 그의 태도에 방청객에 앉아 있는 지훈은 인상을 찌푸렸다.

"아! 맞네요. 제가 처음이다 보니 아직 모르는 게 많습니다. 그럼 먼저 각 동대표님 소개가 있겠습니다."

동대표들은 각자 자리에서 일어나 짧게 자기소개를 마쳤다.

"그럼 9월 입주민대표회의 시작하겠습니다. 먼저 배임각 소장님의 업무 보고……."

"어허, 공 회장, 회의 시작한다 캤으면 의사봉을 땅! 땅! 땅! 두드려야지. 국회에서 하는 거 몬 봤나? 그기 정식 개회 절차 아이가. 아직 마이 배워야겠네!"

"아이고, 내 정신 좀 봐. 지 대표님이 역시 경험이 많으시네요."

정한은 다시 한번 웃어 보이며 의사봉을 두드렸다.

"그럼 바로 시작하겠습니다. 먼저 배 소장님의 업무 보고……."

"거참, 우리 이사 안 뽑을 기가? 이사 두 명 먼저 뽑고 시작해야지. 공 회장, 몰라도 너무 모리네. 전 입대의는 내랑 여기 5동 대표가 이사였는데 인자 새 입대의니까 새로 뽑아야지. 감사는 입주민 투표로 두 명이 이미 정해졌고, 이사 둘은 우리가 뽑아야 한다 아이가."

아파트 입주민대표회의는 아파트의 규모와 운영 방식에 따라 차이가 있지만, 일반적으로 나뉜 선거구를 대표하는 동대표와 동대표 회장(공정한) 그리고 감사 2인, 이사 2인으로 구성된다. 감사는 동대표 중에서 감사직을 하겠다고 지원한 사람을 입주민이 투표로 뽑는 선출직이고 이사는 회장이 부재 시 부회장의 역할을 하는 직위로 동대표들이 동대표 중에서 선출한다.

"아. 맞습니다. 제가 또 깜빡했네요. 우리 아파트 총 열 개 동에 선거구가 열 개, 입대의 구성 최소 정족수가 일곱 명인데 다행히 저를 포함한 아홉 명의 동대표가 당선되어 입대의가 차질 없이 구성되었습니다. 이렇게 아파트를 위해 나서주신 대표님들께 먼저 감사를 드리고요. 그럼 이사로 추천해주실 분 있으면 추천하시거나 의향 있으신 분 말씀해주세요."

"지가 하겠습니다!"

안일해가 손을 들며 이사직을 맡겠다고 외쳤다.

"지가 비록 회장은 뚝 떨어져부렀지만, 이사라도 해서 우리 회장님 보좌 잘하겠습니다."

그러자 방청객에 앉아 있던 진절희와 유별라의 눈이 동그래지며 자리를 박차고 일어나더니, 삿대질을 하며 외쳤다.

"뭔 소리고, 지하창고도 불법으로 쓰는 주제에 무슨 이사를 해!"

"맞아요. 정말 뻔뻔하네!"

그러자 정한은 의사봉을 두드리며 말했다.

"죄송하지만 방청객분들께는 나중에 따로 발언권을 드리겠습니다. 지금은 입대의회의 진행 중이니 자제 부탁드릴게요. 안일해 대표님 이사직 자원해주셨습니다. 또 다른 분 있으신가요?"

"지 대표님, 이사 또 해주세요."

"그래요. 하셨던 분이 계속하세요."

"됐다, 고마! 내가 뭘 또 하노?"

지건만과 가까워 보이는 동대표들이 지건만을 부추겼고, 그는 체면상 빼는 시늉을 했다.

"뭐, 아무도 없으시면 제가 한 분 지목하겠습니다. 7동 박지새 대표님, 이사직 맡아주시겠습니까?"

지건만이 또 이사가 되는 건 막아야겠다는 생각이 들자, 정한은 지건만이 못 이기는 척 나서려는 타이밍에 50대로 그나마 젊은 층에 속하는 박지새에게 이사직을 권했다.

"네? 아이고, 아닙니다. 제가 무슨……."

"제가 부탁드릴게요. 저 좀 도와주세요."

"이거 참, 뭐……. 알겠습니다, 그럼."

"감사합니다. 박 대표님. 자, 그럼 안일해 대표님과 박지새 대표님을 이사로 선출하는 데 반대하시는 분은 거수해주세요. 없으신가요? 그럼 안일해 대표님과 박지새 대표님을 이사로 선정하겠습니다."

의사봉을 치며 못마땅해하는 지건만과 당황하는 그의 측근들 표정을 본 정한은 속으로 또 씨익 웃었다. 하지만 진절희와 유별라는 팔짱을 낀 채 안일해를 줄곧 노려보며 화가 잔뜩 나 있었다.

"자, 업무 보고 잘 들었습니다. 다음으로 오늘 중요 안건으로 상정된 '안일해 대표님 지하주차장 공간 불법 창고 사용 건'을 논의하도록 하겠습니다. 안 대표님, 이 안건에 대해 먼저 의견 말씀해주시죠."

"일단 딱 잘라 말씀드리면, 지는 떳떳해불죠."

"뭐라노? 이 인간이 미칫나!"

"당장 동대표 사퇴해! 어디 뻔뻔하게 그 자리에 앉아 있어!"

진절희와 유별라는 아까보다 더 격앙된 목소리와 극단적인 태도로 안일해를 맹비난하기 시작했고, 이런 어른들의 회의 모습이 지훈에게는 사뭇 놀라움으로 다가왔다.

"자, 방청객 여러분은 조용히 해주세요. 분명히 말씀드리지만 '회의'입니다. 매너 지켜주시고 발언권 드린 분만 발언 부탁드립니다. 안 대표님, 계속하시죠."

"나가 그냥 쓰는 것도 아니고, 여그 계신 전 동대표님들과 전 회장님의 동의하에 정식으로 계약해불고 달세까지 내면서 떳떳하게 쓰고 있는 창고지라."

"니가 무슨 월세를 내노? 내가 확인해보니까 넉 달이나 밀렸더라. 니가 인간이가?"

땅땅땅땅땅!

"마지막 경고입니다! 발언권 없이 또 회의 진행을 방해하시면 퇴실 조치하겠습니다!"

게거품을 물며 고함치는 진절희를 향해 정한은 의사봉을 연달아 두드리며 크게 외쳤다. 진절희 옆에 앉은 지훈은 그녀가 일어설 때마다 살짝 얼굴을 찡그렸다.

"내가 한마디 하겠소. 안일해. 니 계약할 때 뭐랬노? 그냥 물건만 몇 개 놔둔다 안 했나? 근데 니 지금 창고에서 뭐 하노? 문까지 달아놓고 용접도 한다카대. 니 미칫나, 인마? 불나면 니가 책임질 끼가!"

"지 대표님. 지금 회의 중입니다. 비속어 삼가시고 존칭 부탁드립니다. 예의 지키세요!"

정한이 지건만에게 경고하자, 조용히 앉아 있던 백발 숏커트의 방청객이 정한에게 엄지척을 내 보였다. 용접까지 거론되자, 화재에 민감한 동대표들도 안일해를 곱지 않은 시선으로 바라보았다.

"안 대표님, 지하주차장을 불법으로 창고화해서 사용하시는 건데 더 문제가 커지기 전에 철거하는 게 맞지 아닐까요? 밀린 월세도 물론 내셔야 하고요."

"나가 시방 왜 월세를 내요? 나가 보상을 받아도 시원찮을 판에. 얼마 전에 지하주차장에서 불나부렀지요? 그때 새까만 그을음이랑 재가 창고에 있는 제 에어컨에 다 묻어부렀소. 새건데 인자 팔지도 못한당께요. 그래도 나가 동대표고 아파트 생각해서 월세로 퉁 쳐줄라고 했는디 싫다면 손해배상 소송해불죠. 나가 사진 증거도 몇백 장 찍어놔부렀고……. 손해 본 에어컨 싸그리 합하면 솔찬히 천은 넘어불랑게."

동대표들은 안일해에게 손가락질을 하며 비난의 눈초리를 보냈고, 진절희는 혹여 퇴실당할까 봐 소리는 지르지 못하고 가슴만 치고 있었다.

"안 대표님, 법은 보류입니다. 같은 입주민들끼리 고발이니, 소송이니 그렇게 말씀하시는 건 아닌 거 같습니다. 그리고 불법적인 건 인정하셨잖아요? 다른 분들도 안 대표님을 고소할 수 있지만 원만하게 해결하려고 안 하시는 거 아니겠어요?"

"아니, 회장님. 회장님은 이 스토리를 잘 모르시니까 그렇코롬 말씀하시지라. 자기들이 쓰게 해준다고 혀서 나가 내 돈 들여서 문 달아불고, 멀쩡하게 쓰고 있던 창고에서 물건 다 빼서 이사 비용까지 들여가지고 옮긴 거 아니오? 그라고 에어컨 못 쓰게 됐으니까 아파트 보험으로 처리해달라고 좋게 얘기했는디 그거도 안 된다 안 하요? 난 저짝들 말 믿고 창고 쓴 죄밖에 없는디, 인자서 나가라면 나도 보상은 받아야 하는 거 아니오?"

"뭐라노, 저 새끼가! 니 창고가 불법이라 아파트 보험이 안 된다는 거지 누가 일부러 안 해줏나. 니 같은 새끼가 전라도 다 욕먹게 하는 기다, 이 새끼야!"

"어따, 성님, 여그서 전라도가 왜 나와분다요? 성님은 경상도 깽깽이라 고로코롬 느자구가 없소잉?"

"이 대가리에 피도 안 마른 새끼가 뭐라꼬? 야, 이 새끼야! 니는 느그 애미 애비도 없나!"

지건만과 안일해는 난장판을 깔아놓은 것처럼 오만 욕설과 막말을 내뱉으며 아수라장을 만들고 있었다. 지훈은 놀란 표정으로 이 두 사람을 번갈아 보느라 정신이 없었고, 진절희와 유별라도 덩달아 일어나 안일해에게 욕을 퍼붓기 시작했다.

　땅땅땅땅땅!

　"아, 진짜! 다 큰 어른들이 회의장에서 뭐 하는 짓입니까! 다 앉으세요. 저기 앉아 있는 애한테 부끄럽지도 않아요? 게다가 회의 발언 전부 녹음도 하고 있잖습니까?"

　어른들은 일제히 지훈을 쳐다보더니, 머쓱해하며 자리에 앉았다. 그리고 정한은 한숨을 푹 뱉더니 안경을 벗고 말했다.

　"제가 정리하겠습니다. 안 대표님, 법 좀 아세요?"

　"……."

　"법 좋아하시는 거 같은데 소송하세요. 그리고 이번에 부정선거 말씀도 하셨다던데 맞나요?"

　안일해는 안경을 벗은 정한의 눈과 마주친 순간, 전혀 다른 사람이 앉아 있는 거 같은 오싹함이 밀려왔다. 함께 자리한 배 소장 역시 그 눈빛을 다시 마주치는 순간, 흠칫 놀라며 몸을 움찔했다.

　"솔직히 까놓고…… 쩌짝에 있는 부녀회장이 회장님 뽑으라고 사람들 선동하고 나 뽑지 말라고 그리고 댕겼다니까요. 지도 억울혀요!"

　"하……. 피곤하네요, 정말."

　정한은 양손으로 날카로운 콧대 양쪽을 비비더니 안일해를 노려보며 말을 이어갔다.

"안 대표님!"

"……."

"그럼 저도 고소하세요. 부정선거라는 확신 있으면 말만 떠들지 마시고 고소하시라고. 단, 아니라고 나오는 순간 전 무고죄에 정신적 피해보상까지 갈 겁니다. 자신 있어요? 저는요, 배 째라면 진짜 배 째요. 아시겠어요? 그리고 이것도 기억하세요. 대표님이 끝까지 가면, 전 지옥까지 가요."

안일해가 꼬리를 내리자, 정한은 안경을 다시 끼고 표정을 풀며 말했다.

"여러분, 저는 예전에 회사에서 법과 가까운 일을 했습니다. 그래서 법이 얼마나 사람의 인생과 시간, 그리고 경제를 피폐하게 만드는지 잘 압니다. 요즘 사람들은 고소, 고발을 너무 쉽게 입에 담고 실행합니다. 적어도 같은 입주민이나 입대의끼리 고소니, 고발이니 이런 얘기는 안 했으면 합니다."

회의 시작 때와는 달리 정한은 회장으로서 회의를 장악해가고 있었다.

"이렇게 합시다. 안 대표님, 창고 언제까지 빼실래요? 어차피 빼야 한다는 거 아시잖아요?"

"험험, 올 연말까지는 빼겠습니다."

"저도 한마디 하겠습니다."

큰소리 한 번 안 내고 조용히 지켜보던 3동 대표가 손을 번쩍 들었다.

"안녕하세요, 3동 대표 이지은입니다. 뭐, 한국 이름은 저도 안

쓴 지 오래라 그냥 편하게 '레이첼'이라고 부르세요. 미국에서 오래 살다 큰마음 먹고 고향으로 돌아왔는데, 뭐 이런 'What the hell' 같은 경우가 다 있는지 모르겠네요. 지금이 9월인데 12월까지는 좀 아닌 거 같습니다. 늦어도 다음 달까지는 빼주세요. Next month 언더스탠?"

"아니, 나도 사업을 하는 사람이고 다른 창고를 구할 시간을 줘부러야죠. 당장 다음 달까지 다른 창고를 무슨 수로 구합니까? 그라고 미국에서 오래 살다 왔으믄 우리 아파트 실정도 잘 모르실 텐디 그짝은 가만 좀 있으쇼."

"Oh my god, What are you talking? 저기요, 저 밀양에서 태어나서 초중고 다 나왔고요. 전라도에서 이사 온 그쪽보다 이 동네 오래 살았어요. 언더스탠? And 그리고 그건 안 대표님 사정이고요. 지금까지 불법으로 편하고 싸게 쓰셨으면 당장 불편함 정도는 감수하셔야죠. 내가 편해지면 누군가는 불편해지는 겁니다. 안 대표님 편하자고 입주민들이 얼마나 스트레스받고 불편했는지 생각 안 하세요? 돈 언더스탠?"

"어따, 밀양 토백이면 영어 좀 쓰지 말든가. 아니, 막말로 나가 아파트에 솔찬히 많이 봉사해왔는디 그러코롬 매몰차게 말씀허시면 섭하죠잉. 나가 쩌번에 아파트 배관도……."

"아, 됐습니다. 필요한 발언만 하겠습니다. 회장인 제가 절충안으로 정리할게요. 안 대표님 12월 말씀하셨고, 레이첼 대표님 10월 말씀하셨으니까 중간 11월 15일까지 빼는 거로 하시죠. 안 대표님, 이 정도 시간 드리면 충분하시죠?"

"······야."

"레이첼 대표님, 안 대표님 새 창고도 계약해야 하고 물건도 정리해야 하니까 11월 15일까지는 용인해주세요."

"오케이, 언더스탠. 회장님 결정에 따르겠습니다."

"좋습니다. 그럼 안일해 대표님 불법 사용 창고는 올해 11월 15일까지 철거하고 깔끔하게 정리하는 거로 하겠습니다. 안 대표님, 대표회의에서 의결한 사항이니만큼 반드시 이행 부탁드립니다. 그리고 마지막으로 한말씀 드리겠습니다. 앞으로 회의 때 존칭, 경어 반드시 사용하시고 기본적인 회의 예의 꼭 지켜주시기 바랍니다. 그럼 오늘 회의 마치겠습니다."

땅땅땅!

정한의 첫 아파트 회의는 이렇게 마무리되었다. 지훈을 데리고 회의실을 빠져나가는데 방청객에서 계속 정한을 유심히 바라보며 엄지척과 박수를 번갈아 보내주던 백발 숏커트의 여성 입주민이 정한을 불러 세웠다.

"안녕하세요, 회장님. 전 1동 주민 명백화라고 합니다. 오늘 회장님 회의 모습에 감명받았어요."

예사롭지 않은 스타일이 마치 시니어 모델 같은 느낌을 풍기기도 하는 그녀는 정한에게 자신의 명함을 건네며 인사했다.

"네, 안녕하세요. 오늘 회의 방청해주셔서 감사드립니다."

"전 사실······ 젊은 회장님이 됐다길래 '얼마나 잘하나 볼까?' 해서 와봤거든요. 예전부터 입대의 회의 가끔씩 와서 봤는데 오합지졸에 저질 개그를 보는 거 같았어요. 근데······ 오늘에야 드디어 회의다운 회의를 봤습니다. 정말 잘하셨어요!"

"네? 제가요? 전 그냥 빨리빨리 진행한 거밖에……."

"무슨 말씀이세요? 예전에는 노친네들 여기서 말하고 저기서 말하고 회의 진행도 안 되고 말도 안 되는 논의하다가 자기들끼리 밥 먹으러 가고 뭐, 그랬습니다. 그런데 오늘 보세요. 몇 년 동안 해결이 안 됐던 안일해 창고도 빼기로 의결했잖아요. 얼마나 대단해요? 게다가 그 카리스마……. 저 회장님 팬 됐습니다."

"아……. 이거, 부끄럽네요 ……."

"저희 앞으로 같이할 수 있는 게 좀 있을 거 같은데 회장님 조만간 저랑 커피 한잔하시죠? 제 명함에 있는 번호로 회장님 번호 문자 남겨주세요. 제가 다음 주 중에 연락드릴게요."

방청객에 앉아 있을 때부터 남다른 포스를 내뿜던 명백화는 역시 보통 사람은 아닌 듯싶었다.

"지훈아, 친구들하고는 이런 식으로 회의하면 안 돼. 그럼 서로 상처만 남아"

"당연하지! 우린 회의 때 안 싸워. 근데 삼촌 오늘 좀 멋있던데?"

"뭐가?"

"아니, 그냥……. 평소 삼촌 같지가 않았어. 삼촌이 꼭 판사 같던데."

"그래?"

"나 다음 회의 때 또 와도 돼?"

"음, 너한테 보여주기 참 민망한 회의지만, 이렇게 하면 안 된다는 것도 배우는 거니까 오고 싶으면 계속 와.”

“언더스탠!”

“뭐? 언더스탠? 하하하!”

정한은 이상하게 카타르시스가 느껴졌다. 마치 회사로 돌아간 기분이 들면서 흥분되는 뭔가가 있었다. 오랜만에 느껴보는 '조직의 맛'이라고 할까. 그는 여전히 회사 생활을 그리워하고 있는지 모른다. 원래의 자리로 돌아가 원래의 모습을 찾고 싶다는 생각. 하지만 그도 알고 있었다. 원래의 자리로 돌아가는 것과 원래의 모습을 찾아가는 것은 엄연히 다른 얘기라는 것을.

이 자식 봐라? (1)

똑똑.

"소장님, 들어가겠습니다."

"안녕하십니까, 회장님."

정한이 소장실로 들어서자, 배 소장은 한 손으로 주걱턱을 괸 채, 정한에게는 눈길도 주지 않았다. 그는 하고 있던 고스톱 게임을 느그적 종료시켰다. 그 광경을 본 정한은 자신의 눈을 의심했다. 업무 시간에 고스톱 게임을 하고 있던 것도 모자라, 회장이 들어왔음에도 다급해하거나 서두르지 않고 보란 듯이 유유히 게임을 종료하는 그 모습에 정한은 발가락 끝부터 피가 분수처럼 터져 오르는 기분이었다.

'이 자식 봐라? 업무 시간에 게임을, 하물며 내가 들어왔는데도 전혀 신경을 안 쓰네?'

그는 터져 나오는 분노를 사력을 다해 억누르며 자리에 앉았다.

"소장님도 그렇고, 여기 직원분들 대부분 엄청 오래 일하셨더라고요?"

"아, 예. 다 저 믿고 오래 일하고 있심더. 한 명은 나갔다가 저랑 일하는 게 좋다고 다시 돌아오기도 했고예."

"소장님께서 직원 관리를 잘하시나 보네요."

"하하, 뭐 그게 제 할 일 아니겠심꺼?"

정한의 영혼 없는 칭찬에 배 소장은 초라하게 남아 있는 머리칼을 쓰다듬으며 머쓱하게 웃었다.

"근데 회장님, 다음 회의 때 지 대표님 이사직으로 추천 좀 해주시지예?"

"네? 이사는 이미 안 대표님이랑 박 대표님으로 정해졌잖아요. 두 명이 다 정해졌는데 무슨 이사를 추천해요?"

"지 대표님이 지금까지 계속 이사를 해오셨는데 이번에 안 돼가 좀 섭섭한 거 같더라고예."

"아니, 회의 때 하고 싶은 분 있으면 손 들거나 추천하라니까 그때 안 한다고⋯⋯."

"에이, 회장님도. 지 대표님 체면 때문에 괜히 그러신 거 아입니까. 더 하라 했으면 못 이기는 척했을 거라예."

"근데 이미 두 명 다 정해졌고 관리규약에도 두 명인데 무슨 이사를 세 명이나 돼요?"

"이사는 동대표들끼리 뽑는 거라 여러 명 뽑아도 됩니더. 그라니까 다음 회의 때⋯⋯."

"아, 됐어요. 두 명이면 됐지 무슨 이사를 또 뽑아요. 하고 싶으면 뽑을 때 나섰어야지.”

능글맞게 웃으며 말하던 배 소장은 정한에게 말 따귀를 맞자,
웃음기가 쏙 들어갔다.

“이사 얘긴 그만하시고, 첫 회의 때 창고 문제 얘기하느라 다
른 안건 논의를 못 했네요. 요즘 아파트마다 다 온라인 커뮤니티
를 쓰던데 왜 우리 아파트는 없어요?”

“그기 뭡니꺼?”

“소장님 모르세요? 아파트 온라인 카페가 있든지 아니면 앱을
쓰든지 하잖아요? 주민들끼리 소통하고 민원도 올리고 이런 온
라인 공간 말이에요.”

“아, 우리 아파트는 안 됩니더.”

“왜요?”

“요 절반이 고령층이라예. 그런 거 쓸 수 있는 사람이 별로 없
심더.”

“그럼 나머지 절반은요?”

“지금까지 그런 거 쓰자고 한 사람도 없고예. 그리고 회장님,
지도 다른 아파트 소장들이랑 만나고 연락하고 하는데요. 그런
거 하면 대단히 피곤해진다 캅니다. 노상 관리실이나 입대의 욕
하고 싸우고……. 없으면 조용한데 있으면 괜히 없는 트집도 잡
고 이칸다대예.”

“소장님? 주민들한테 민원 받기 싫어서 지금까지 도입을 안
했다는 거예요?”

“아이고, 무슨 말씀이십니꺼? 회장님 정 원하시면 강 주임한

테 알아보라 할게예. 근데 그런 거 한다카면 지 대표님부터 다른 대표님들도 반대할 낍니더. 그분들은 사용도 어렵고예."

'보자 보자 하니까 이게 진짜······.'

정한은 진절희의 말이 점점 확신으로 굳어져가는 것을 느꼈다. 배 소장을 겪을수록 그에게서 풍기는 구린내가 점점 짙어졌다. 주민들에게 열린 공간을 만들기를 꺼려하는 태도, 회장의 안건보다 지건만의 의견을 우선시하는 모습 그리고 방금 전 고스톱을 치며 시간을 보내고 있었다는 사실까지 이 모든 것이 정한의 눈에 배 소장을 정조준할 충분한 이유가 되고 있었다.

"그러니까 소장님이 중간에서 역할을 잘 좀 해주세요. 저보다 소장님이 동대표님들과 더 가까우실 테니 이해도 좀 시켜드리고 우리 아파트도 신축 아파트처럼 개선 좀 해보자고요. 제가 동대표님들과 익숙해지기 전까지는 소장님 역할과 도움이 중요합니다."

"허허허······. 회장님이 나중에 보시면 아시겠지만 여기는 뭐 한다 카면 난리납니더. 특히나 돈 들어간다 카면 더 난리나예. 그래가 지금까지 다른 회장님들도 진짜 필요한 수선이나 법적으로 해야 하는 것만 한 거라예."

"소장님은 그게 정상이라고 생각하세요?"

"······."

"아파트 장기수선충당금이랑 예비비 합이 무려 40억이 넘어요. 지금까지 그 돈 쌓아두기만 하고 써야 할 곳에 안 쓰니까 아파트가 이 모양 이 꼴 아닙니까? 그리고 우리 아파트 30평대 관리비가 평균 15만 원 정도예요. 싸도 너무 싸지 않아요? 요즘 오피스텔도 관리비가 20만 원씩 나옵니다. 20년 넘도록 아무 투자도 안 해왔으니까 지금 20년 전 그대로 발전한 게 없잖아요. 소장님 8년이나 여기 계셨는데 뭐 느끼는 거 없으십니까?"

"지도 열심히 했심더. 지가 조경을 좀 알아가 아파트 조경도 엄청 신경 썼고예. 무엇보다 기술직 직원들이 뻑 하면 나가는데 지 오고 나서는 다 오래 일해가 우리 아파트 전문가 아입니까."

"네, 소장님도 나름 열심히 하셨겠죠. 근데요, 앞으로 저랑 일하시려면 그런 거보다 다른 걸 더 열심히 하셔야 합니다. 요즘 아파트에 뭐가 있는지, 요즘은 어떤 시스템을 쓰는지, 정부에서 지원받을 수 있는 게 뭔지 이런 거 잘 알아두시고 앞으로 거꾸로 저한테 건의를 많이 해주세요. 그리고 당장 아파트 앱 알아보시고 최소 두 개 이상 비교해서 10월 회의 전까지 알려주세요. 다음 회의 때 안건 상정할 겁니다. 그리고 다시 한번 말씀드리지만, 아직 초반이니 동대표님들과 소통 잘해주세요."

"예. 뭐, 알겠심더."

배 소장은 귀까지 붉히며 말을 억지로 쥐어짜듯 내뱉었다. 그리고 정한이 문을 나서자마자, 곧바로 전화를 걸었다.

"지 대표님, 안 바쁘시면 잠깐 제 방에서 커피 한잔하시지예?"

*

"회장님, 보통 분은 아니시죠?"

"네? 그게 무슨……."

"제 말은 회장님 원래 모습 말이에요. 한국대학교씩이나 나오셨으면 머리는 당연히 비상하실 테고 그 머리에 맞는 일을 하셨을 거란 말이죠."

명백화와의 커피 한잔 약속이 이루어져 정한과 그녀는 아파트 근처 카페에서 대화를 나누고 있었다. 회장이 되고 나서 전에 없던 외출이 잦아지고 아파트에 아는 사람도 많아지며 정한의 일상에 많은 변화가 찾아오고 있었다. 덕분에 정한의 추리닝과 삼선 슬리퍼는 장기 휴가에 들어갔다.

"그냥 회사원이었어요."

"그러니까 어느 회사에서 뭘 했냐고요. 회의할 때 회장님 진행 방식이나 카리스마, 그리고 그 눈빛. 그게 그냥 나오는 건 아니거든요. 명함 보셔서 아시겠지만 전 공무원 정년퇴직하고 지금 강의도 하고 컨설팅도 하고 있어요. 저도 회장님에 대해 좀 알아야 앞으로 뭘 같이할 수 있을지 생각을 할 수 있죠."

"일성전자 감사실장 하다가 퇴사했습니다."

"내 이럴 줄 알았어! 보통 분 아니시라니까. 잠시만……. 감사실장이면 임원인데? 혹시 회장님이 신문에 났던 일성전자 최연소 임원이에요? 39세로 최초 30대에 임원 됐다던?"

"네……."

"와! 대박이네……. 이런 인재가 우리 아파트 회장이라니! 어쩐지 회장님 회의 스타일이 회의장에 있는 사람들을 확 휘어잡더라고요. 딱 감사실장에 어울리는 눈빛이었어요."

"다 지난 얘기죠, 뭐……."

"앞으로 저 회의 때마다 갈 거예요. 그리고 무슨 문제 생기면 저도 도울게요. 제 마지막 근무가 우리 동 주민센터장이었어요. 그러니까 특히 행정적 도움은 저한테 말씀하세요. 회장님 같은 회장님을 얼마나 기다렸는지 아세요? 이번에 안일해 창고부터 썩은 인간들 다 도려내자고요!"

정한은 명백화의 결의를 보며 만개한 꽃 같은 미소가 절로 나왔다.

"아 참, 회장님. 부녀회장님이 배 소장 내보내야 한다고 안 그러세요?"

"안 그래도 저 당선되고 나서 그 말씀부터 하시더라고요."

"저는 예전부터 소장 놈, 문제 많다고 생각했거든요. 근데 사람 내보내는 게 쉽나? 배 소장 전에 어떤 소장은 해고 처리가 됐는데도 부당 해고라며 매일 출근해서 책상에 앉아 있기도 했고요. 제가 주민센터장 할 때 다른 아파트 얘기 들어보면 소장 내쫓는 게 보통 어려운 일이 아니라고 하더라고요. 더군다나 요즘은 노동청에 신고하면 일도 커지고……."

정한은 명백화에게 소장과의 대화뿐만 아니라, 고스톱 게임을 포함해 그동안 관찰한 것들에 대해 얘기해주었다.

"와, 그거 완전 미친놈이네. 근무 시간에 게임을? 그것도 회장님 앞에서 버젓이? 안 되겠어요. 이 인간 이거 업무 태만으로 보내버립시다."

"저는 배 소장 하나의 문제가 아닌 거 같다는 생각이 들어요.

안일해, 지건만부터 유어홈까지 뭔가 연결 고리가 있을 거 같거든요."

"회장님, 우리 진짜 이번에 아파트 제대로 만들어봐요. 부녀회장님, 총무님 그리고 저도 함께 도울게요. 회장님 같은 분이 리더라면 저는 정말 열심히 도울 의향 있습니다. 정말 기대가 커요!"

정말 오랜만에 듣는 기대였다. 한동안 그 누구도 그에게 기대하는 사람이 아무도 없었기 때문이다. 누군가의 기대를 짊어진다는 건, 동시에 누군가를 실망시킬 수도 있는 사람이 된다는 뜻이었다. 하지만 정한은 이제 깨닫고 있었다. 세상으로부터의 기대라는 짐이 내려지는 순간, 오히려 자신이 세상의 짐짝이 되어버린다는 것을. 많은 입주민들이 그의 등에 올려놓은 이 무거운 짐을 돌아볼 때, 정한은 그 무게 속에서 이상하리만큼 묘한 기쁨을 느끼고 있었다.

이 자식 봐라? (2)

10월 입대의 회의를 앞두고 정한은 배 소장과 사전 미팅을 하러 소장실을 찾았다.

"이번 회의 때 안 대표는 안 나온다 카네예."

"왜요?"

"뭐, 저번 회의 때 다 지만 공격하니까 기분 나쁘다 카고 가봐야 또 욕만 먹을 거 뻔하다 카면서 안 나온답니다."

"그러라고 하세요. 어차피 의결 정족수만 나오면 되니까. 그럴 거면 이사를 안 했어야지. 그리고 소장님, 저번에 말씀드렸던 아파트 앱은 알아보셨어요?"

"하모예. 저기 강 주임, 회장님께 아파트 앱 보고 좀 드리라!"

강 주임은 준비한 서류를 가지고 소장실에 들어와 정한 앞에 앉았다. 정한은 강 주임의 설명을 듣고 현재 다른 아파트에서도 가장 많이 쓰고 있는 무료 앱이 좋을 거 같아 그 앱으로 회의 때 의결을 진행하기로 했다.

"근데 소장님, 제가 이거 소장님께 알아봐달라고 하지 않았나요? 소장님은 이런 앱 써보셨어요?"

"아니예."

"그럼 소장님도 같이 좀 알아보시고 공부를 하셔야 할 거 아닙니까. 앞으로 아파트에서 쓰게 될 입주민 커뮤니티인데."

"강 주임이 사는 아파트에서 앱을 쓰고 있다 카더라고예. 그래가 강 주임이 앱을 더 잘 안다 캐서……. 도입하게 되면 지도 바로 쓸 거라예. 내도 인터넷은 곧잘 합니더."

"흠……. 그리고 아파트 앱이 왜 필요한지 어떤 건지 다른 대표님들께도 소통 잘해주셨죠?"

"하모예. 지 대표님께 잘 말씀드렸으니까 다른 대표님들도 알고 계실 거라예."

"좋습니다. 그럼 내일 회의 때 뵙겠습니다."

*

10월 입주민대표회의.

"10월 입주민대표회의 시작하겠습니다. 총 아홉 명 중 1동 안일해 대표님 제외하고 여덟 명 나와주셨습니다."

정한은 이제 의사봉도 자연스럽게 두드리며 매끈한 진행을 하기 시작했다. 방청석에는 저번 회의 때와 마찬가지로 진절희와 유별라, 명백화, 지훈 이렇게 네 사람이 앉아 있었다.

"마지막으로 기타 안건입니다. 이건 제가 발의한 안건인데요. 아파트 앱 도입의 건입니다. 우리 아파트는 20년이 넘도록 입주민 소통 공간이 없어서, 입주민들의 의견을 직접 들을 수 있는 방법이 없었습니다. 그래서 이번에 아파트 앱을 도입해서 서로 소통을 늘리고 향후 앱으로 주차 등록, 중고장터 등 다양한 편의를 제공하고자 합니다. 물론 아파트 앱 사용은 무료입니다. 이 안건에 의견 있으신 분은 발언해주세요."

"내는 고마 반대다."

지건만이 가장 먼저 손을 들면서 발언하기 시작했다.

"그런 거 생기면 아파트 주민들끼리 만날 싸우고 욕하고, 무엇보다 우리 동대표들이 욕 젤로 마이 묵을 낀데 그런 걸 말라 하노?"

자기한테만 얘기하면 잘 도와주겠다던 지건만은 가장 먼저 반기를 들고 외쳤고, 그걸 본 배 소장은 고개를 푹 숙이고 웃음을 참는 듯했다.

'무조건 반대라? 정말 뭔가 있구나.'

이 광경을 보며 정한은 이 인간들이 뭔가로 엮여 있다는 합리적 의심이 더 짙어지기 시작했다.

"저도 반대요."

정한의 옆쪽에 앉아 있던 9동 대표가 지건만을 거들었다. 그러자 정한이 9동 대표에게 물었다.

"대표님이 반대하시는 이유는 뭔가요?"

"그냥 싫어요."

"네? 반대를 하시면 그 이유가 있어야죠."

"그냥 아무것도 안 하고 이대로 살고 싶다고!"

깡마르고 신경질적으로 보이는 70대 여자 9동 대표는 갑자기 급발진하며 언성을 높였다. 그러자 정한은 더 언성을 높이며 말했다.

"지금 장난해요? 동대표라는 분이 '그냥 내가 하기 싫어서'라뇨? 앞으로 이유도 없고 대안도 없는 반대를 위한 반대는 반영하지 않겠습니다! 반대를 하시려면 명확한 이유와 다른 대안을 반드시 제시하세요!"

"저도 반대요."

지건만 옆에 앉아 있던 백발의 60대 4동 대표가 손을 들며 말했다.

"지건만 대표님 말씀처럼 아파트 시끄러울 게 뻔합니다. 안 그래도 동대표 해봐야 욕만 먹는데 앱 같은 거 생기면 더 욕먹을 거고 그럼 누가 동대표 하려고 하겠어요?"

"4동 대표님. 이런 직책은 잘하면 본전이고 못하면 욕먹는 거 잘 아시잖아요? 우리가 칭찬받자고 동대표 하는 거 아니잖습니까?"

"네, 회장님 말씀 맞아요. 그런데 비난받고 싶지도 않습니다. 기껏해야 회의 출석 수당 5만 원 받고 내 시간 빼가면서 봉사하는 건데 내가 뭐 하러 욕까지 먹어요? 그럴 거면 나는 동대표 안 할랍니다!"

"하모!"

4동 대표의 말에 맞장구치는 지건만의 모습이며, 무턱대고 반대하는 9동 대표, 분명 웃고 있는 것 같은 배임각 소장까지. 정한은 마치 단단한 빙하를 깨부수고 나가야 하는 쇄빙선이 된 기분이었다. 게다가 총 아홉 명인 동대표 중에서 세 명만 사퇴해도 총 선거구 열 개 중 동대표 수가 여섯 명이 되어 정족수가 되지 않아 보궐선거를 해야 하고, 공백 기간 동안 아파트 지출에 대한 의결을 하지 못해 돈을 쓰지 못하게 되어 아파트 운영이 마비되는 건 불을 보듯 뻔한 일이었다. 그렇기 때문에 '나가려면 나가세요!'라고 외치고 싶은 정한이지만, 정족수 유지를 위해 참고 또 참아야 했다. 더욱이 지금까지 상황으로 보면 6동 대표 지건만을 필두로 4동 대표, 9동 대표, 1동 대표 안일해까지 적어도 이 네 명은 한 팀인 게 분명하기에 한 명이 사퇴하면 줄사퇴의 위험도 있어 아직 이빨을 드러낼 수 없는 저승사자였다.

"그럼 거수로 결정하겠습니다. 아파트 앱 도입에 반대하시는 분은 거수해주세요."

6동 대표 지건만, 4동 대표, 9동 대표, 10동 대표가 손을 들었다.

"네 분 알겠습니다. 그럼 찬성하시는 분?"

3동 대표 레이첼, 2동 대표가 손을 들었다.

"7동 대표 박지새 이사님은요?"

"저는 중립입니다. 대세에 따르겠습니다."

"알겠습니다. 회장인 저는 투표권이 없으므로 찬성 2, 반대 4, 기권 1로 부결됐습니다."

땅땅땅!

의사봉을 두드리는 건지, 망치질을 하는 건지 모를 정도로 정한의 손아귀에는 분노가 함께 쥐어 있는 것 같았다.

"저기, 회장님? 이제 회의 마지막인데 방청객 발언권 안 주시나요?"

명백화가 손을 들고 일어서며 말하자, 정한은 방청객 발언 시간을 부여했다.

"저는 이 회의를 보면서 참 수준 낮은 코미디 같다는 생각이 듭니다. 당신들 욕먹을까 봐 입주민 소통 공간을 만들기 싫다는 건 무슨 시나락 까먹는 소린지 모르겠네요. 지금까지 입주민들 눈치 안 보고 편하게 아파트 말아먹어왔으면 이제라도 욕드셔야죠. 저도 지금 정말 반성하게 됩니다. 저라도 평소에 아파트에 관심을 많이 두고 살았어야 했는데 먹고살기 바쁘다는 이유로 못 챙겼습니다. 내가 사는 내 집인데도 말이죠. 두고 보세요. 저 우리 동 동장까지 했고요. 이제 정말 관심 깊게 지켜볼 겁니다. 많이 피곤하실 거예요."

"뭐라노, 어데 동대표들한테 협박질이야!"

지건만이 명백화에게 삿대질을 하며 소리쳤다.

"저기요. 할배. 어디서 삿대질이야? 나이를 똥구멍으로 처드셨나……."

"뭐라꼬, 니 지금 뭐라 했노? 그리고 어디 대가리에 피도 안 마른 기 반말질이고!"

"니가 먼저 반말했잖아! 너는 해도 되고 나는 안 돼? 그리고 내 대가리에 피는 백두산보다 더 마르고 닳았어. 나도 환갑이 넘었어, 이 영감탱이야!"

"이기 진짜 해보자는 기가!"

"아, 진짜 지 대표님 좀 그만하세요. 여기 애도 있는데. 매번 어른들이 애 앞에서 뭐 하는 겁니까?"

혹여 큰 싸움으로 번질까 봐 유별라가 나서서 말리기 시작했고, 레이첼은 두 손 다 들었다는 듯이 두 팔을 들고 고개를 젓고 있었다.

"뭐고 저건? 니는 가서 공부나 하지 여가 어디라고 만날 나와가 앉아있노! 대가리에 피도 안 마른기……."

그제야 지건만의 시야에 지훈이 들어왔다. 그리고 그는 곧 지훈에게 트집을 잡기 시작했다. 그 모습을 본 정한은 눈을 지그시 감으며 안경을 벗으려던 찰나였다. 그때 지훈이 벌떡 일어나 말을 꺼냈다.

"안녕하세요? 저는 삼문초등학교 5학년 유지훈이라고 합니다. 관리규약에 입주민은 누구나 방청객으로 올 수 있다고 돼 있어서 왔습니다. 저도 6동에 사는 입주민이니까요. 그리고 공부는 걱정 마세요. 저 반에서 1등이에요."

예상치 못한 지훈이의 또박또박한 대꾸에 지건만은 어안이 벙벙했다. 정한은 속으로 웃음을 삼키며 의사봉을 두드렸다.

"자, 자. 그만들 하세요. 아이 앞에서 부끄러운 회의 모습은 더 이상 보이지 말도록 하자고요. 그럼 오늘 회의 마치도록 하겠습니다."

땅땅땅!

그렇게 정한의 두 번째 회의가 마무리됐다. 회의실 앞에서 정한, 진절희와 유별라, 명백화 이렇게 네 사람이 자연스럽게 모이고 있었다.

"백화 씨, 아까 말 시원하게 잘하시대. 고마 내 속이 다 후련했다니까!"

진절희는 명백화의 손을 잡으며 신난 표정을 지었다.

"아니, 내 말이 맞잖아요? 이 인간들 보니까 가만두면 안 되겠어요. 지금 이렇게 유능하고 똑똑한 회장님이 나오셨는데 잘 도와주지는 못할망정 뭐? '나는 그냥 이대로 살고 싶어?' 그럼 지 혼자 집 짓고 살 것이지, 왜 아파트에 살아?"

"지금 동대표들 문제 억수로 많아요. 게다가 배 소장 보이소. 오늘 회의 때 지가 한 게 뭡니꺼? 입 꾹 닫고 구경만 하더만. 내가 지금까지 이 인간들 회계장부랑 하는 짓거리 다 지켜보고 있는데 이상한 게 느무느무 많아."

"부녀회장님, 우리 여기서 이럴 게 아니라 회장님이랑 다 같이 카페에 가서 얘기해요. 저도 이제 아파트 일에 신경 좀 쓰려고 하니까 얘기 더 들어보고 싶어요. 회장님, 지금 시간 되시죠? 아파트에서 조금만 걸어가면 얘기하기 좋은 카페 있으니까 거기로 가요."

"그렇게 하시죠. 지훈이 넌 먼저 들어가 있어. 그리고 오늘 똑똑하게 아주 잘했어."

명백화의 제안에 정한은 화답하며 옆에서 기다리는 지훈에게 말했다.

"얘, 회장님 아는 애예요?"

"아, 사실 제 조카예요."

"하이고……. 어쩐지 또릿또릿하더라. 똑 부러지는 게 회장님이랑 어쩜 그렇게 같아요."

명백화는 지훈의 머리를 쓰다듬어주었다. 그리고 정한, 명백화, 진절희와 유별라는 마치 어벤저스처럼 당당한 발걸음으로 카페로 향했다.

자전거 도둑

"어머, 명 대표님 오셨어요?"

"안녕하세요. 이 작가님. 아 참, 먼저 입주민들끼리 인사들 나누세요. 이쪽은 제가 좋아하는 이 북카페 사장님이신 '이미라' 작가님. 이 청학서점이 밀양에서 60년이 넘은 거 아세요? 가업을 이어 운영하고 계신 대단한 분이랍니다. 게다가 꽤 유명한 작가이시기도 하고 우리 아파트 입주민이세요. 그리고 이쪽은 우리 아파트 회장님이신 공정한 회장님 그리고 부녀회장님과 총무님."

"아, 이번에 당선되신 젊은 회장님! 안 그래도 어떤 분인지 궁금했는데 사진보다 훨씬 더 젊으시네요. 앞으로 우리 아파트 잘 부탁드려요. 부녀회장님, 총무님도 처음 뵙네요. 잘 부탁드립니다."

이미라 대표는 큰 눈망울에 서글서글한 미소로 모두를 반겨주었다.

"주문하시고 2층 카페로 올라가 계시면 제가 가져다드릴게요."

청학 북카페는 1층은 서점, 2층은 카페로 분리가 되어 있어 대화를 나누기에 좋은 공간이었다. 이 공간에서 진절희와 유별라, 명백화 그리고 정한은 마치 비상대책위원회가 결성된 것처럼 앉아 대책을 논의하기 시작했다.

"저번에 부녀회장님께서 배 소장님에 대해 말씀하셨을 때 저도 겪어봐야 한다고 말씀드렸었는데……. 오늘까지 겪어본 결과 거의 확신이 서네요."

"그렇다니까요, 회장님, 제가 괜히 회장님께 그렇게 말씀드렸겠어요? 저랑 총무는 참말로 지긋지긋합니다."

진절희는 정한의 말에 맞장구를 치며 목소리를 높였다.

"제가 봤을 때, 이번에 공 회장님 같은 분이 나와주신 건 우리 아파트의 천운입니다. 공 회장님 같은 분 계실 때 확실히 정리해야 할 거 같네요. 이건 뭐 회의도 개판이고…… 무엇보다 아파트 커뮤니티 하나 만들자고 하는데 부결이 되는 것도 충분히 의심이 가고요. 저는 비록 부녀회도, 동대표도 아니지만 결심했습니다. 공 회장님 같은 리더가 있다면 뭐든 돕겠습니다. 부녀회장님, 저 아시죠? 공직에 오래 있었던 거. 제가 많은 도움을 드릴 수 있을 거예요."

명백화는 차분한 목소리였지만 말 한 마디 한 마디가 단단한 뼈대로 연결된 것처럼 견고함이 느껴졌다.

"좋네요. 이렇게 함께 도와주시는 분들이 있다면, 저도 회장으로서 한번 제대로 해보겠습니다. 우리 아파트에 오랫동안 썩어 있던 부분, 이번엔 확실히 도려내고 투명한 아파트 한번 만들어봐야겠네요."

월급을 받기 위해 얼떨결에 시작한 아파트 회장이 정한에게 새
로운 에너지를 전달하고 있었다. 회사를 그만둔 뒤 다시는 느끼
지 못할 것 같았던 조직이라는 끈적끈적함이 느껴지기 시작했다.

"회장님, 저번에도 말씀드렸지만, 무엇보다 배임각이 그놈을
먼저 쳐내야 해요. 그놈만 쳐내면 다른 동대표들은 자연스럽게
나가떨어질 거거든요. 배 소장 그놈이 나이 많은 동대표들 비위
살살 맞춰가며 머리 꼭대기에서 놀고 있다니까요!"

유별라는 팔을 걷어붙여가며 정한에게 역설하기 시작했다.

"저도 소장 교체에 이제 동의합니다. 그런데 아시다시피 사람
을 내보내는 게 쉽지 않은 문제예요. 혹시 부녀회장님이나 총무
님 그동안 모아둔 증거 같은 거 있으신가요?"

"의혹은 넘치는데 뚜렷한 증거가 없긴 해요."

"흠, 그럼 일단 어떤 의혹이 있는지 말씀해주실래요?"

"너무 오래된 사건은 넘어가고 최근에 있었던 거 하나 말씀드
릴게요. 아파트에 보면 방치된 자전거가 많잖아요? 우리 아파트
도 작년에 자전거 정리를 한 번 한 적이 있어요. 그래서 제가 또
폐자전거 수거업체를 알아봤죠. 그랬더니 한 대당 3천 원이나 주
고 가져간다는 업체가 있는 거예요. 그때 폐자전거가 육십 대 정
도 됐는데 그럼 돈이 얼마예요? 18만 원이나 되거든요. 그래서
제가 배 소장한테 이런 업체가 있으니까 이 업체랑 얘기해보라
고 했더니, 귓등으로도 안 듣는 거 있죠? 그러더니 어느 날 자전
거가 싹 처분이 됐어요. 그래서 제가 배 소장한테 따졌죠. 자전거

다 어쨌냐고. 뭐라는 줄 알아요? 돈 준다고 해도 가져간다는 업체가 없어서 그나마 자기가 무상으로 가져가겠다는 업체 찾아서 처분했다는 거예요. 제가 분명 한 대당 3천 원을 준다는 업체 연락처가 적힌 전단지까지 줬는데도 말이죠!"

유별라는 다시 부아가 치미는지 아이스커피를 들이켰고, 진절희가 말을 받아 이어갔다.

"그래서 제가 그걸 막 따지고 들었죠. 당신이 뭔데 마음대로 처분하냐고. 팔아묵고 그 돈 당신 주머니로 들어간 거 아니냐꼬. 수거해 간 업체 어디고? 이름 대라. 내가 직접 그 업체에 확인할끼다. 이렇게 계속 파고드니까 배 소장이 뭐라는 줄 아세요? 지가 자전거 싣는다고 고생한 직원들 밥이라도 사주게 사정사정해가 5만 원을 받았고, 그 돈으로 직원들 점심을 샀다는 겁니다!"

"완전 독단전행이네? 그러면 자전거 판 돈 지가 먹은 거나 다름없잖아? 이건 횡령이자 배임이지! 이 인간 진짜 안 되겠네! 자전거 도둑놈이 따로 없구만!"

아까까지 차분한 태도였던 명백화는 자전거 사건에 관한 얘기를 듣자, 목소리가 커지기 시작했다.

"배 소장님이 확실히 5만 원을 받았고, 그렇게 썼다고 얘기했다는 거죠?"

"네, 게다가 제가 이거 미친 거 아니냐고 전 회장이랑 동대표들한테 얘기하면서 횡령죄로 고발해야 칸다고 그래 얘길 했는데 씨알도 안 먹히데예."

"이건 좀 심각한 문제네요. 제가 배 소장님에게 직접 물어볼게요. 얼마가 됐든 이건 아파트 수입이죠. 게다가 무상으로 처리를 했든 아니든 입대의 의결을 거쳐서 동대표들이 결정해야 하는 거지 소장 마음대로 해서는 안 되죠. 회의 기록도 추궁하겠습니다."

정한은 안경을 만지작거리며 결연한 표정을 지었다. 마치 일성전자에서 자주 보였던 그 표정을.

*

"소장님, 저랑 얘기 좀 하시죠. 아, 커피는 됐습니다. 그냥 앉으세요."

다음 날, 정한은 아침 일찍부터 배 소장을 찾았다.

"소장님, 작년에 폐자전거 육십 대 처분하신 거 기억하시죠?"

"아이고마, 또 그 얘깁니까? 부녀회장님이 또 그랍디까? 제가 진짜 자전거 때문에 속이 디비집니데이. 돈을 준다 캐도 가져간다는 업체가 없어가, 제가 예전 아파트에서 알던 업체에 사정사정해가 그나마 돈도 안 받고 수거해 갔는데, 그걸로 지를 고마 쥐잡듯이 잡데예. 그카면 자기가 알아보고 처분하지! 아무도 안 가갈라 카는 거 처분해줬으면 고맙다 캐도 시원찮을 판에……."

"아, 지금부터 녹음 좀 할게요. 동의하시죠? 이 업체, 부녀회장님이 찾아서 알려주신 거 아니에요?"

정한은 핸드폰 녹음 기능 킨 것을 배 소장에게 보여준 뒤, 그 당시 부녀회장이 배 소장에게 보여줬다는 폐자전거 수거업체 전단지 사진을 들이밀었다.

"아이고야……. 내 미치뿌겠데이. 회장님, 이 업체 지도 다 알아봤심더. 직접 와가 자전거 상태 보디만 안 가져간다 해뿌는 거라예. 지가 와 연락 안 해봤겠심꺼."

"그러셨구나……. 고생하셨겠네요. 그럼 소장님이 아는 업체 통해서 처리하면서 5만 원 받으셨다던데 맞아요?"

"그거는예. 자전거를 팔아가 나온 수입이 아니고, 제가 직원들 밥이라도 사주게 달라고 사정해가 받은 겁니더. 업체 사장이랑 지가 그래도 아는 사이라 오랜만에 봐서 반갑다고 더운데 고생한다카면서 직원들이랑 시원한 냉면이라도 한 그릇씩 하라고 준 거라예."

"그러니까요, 업체에서 받은 돈이 맞냐고요."

배 소장의 변명을 듣던 정한은 안경을 벗으며, 목에 들이댄 칼날 같은 눈빛으로 배 소장에게 물었다.

"맞긴 맞는데…… 자전거를 판 돈은 아니……."

"저기요. 배 소장님. 제 질문에 '예' '아니요'로만 답하세요. 뒤에 구질구질하게 뭐 갖다 붙이지 마시고. 다시 물을게요. 자전거를 수거해 간 업체로부터 5만 원 받으셨죠?"

"네……."

"그리고 그 돈으로 직원들이랑 식사를 하신 거고요?"

"네……."

"자전거 수거업체를 그 업체로 정한 경위는 뭡니까? 입대의 의결에서 정했어요?"

"입대의는 회의 때 얘기한 건 아니고……. 지 대표님이랑 안 대표님이랑 같이 결정한 겁니더."

"전 회장은요?"

"회장님은 별 관여 안 하셨고예."

"장난해요? 소장님, 공동주택관리법 몰라요? 우리 아파트에서 그거 제일 잘 아시는 분이 소장님인데? 그런 법규도 모르시면서 여기 앉아 계시면 안 되죠."

"원래 이 정도는 간소하게 이래 결정해왔심더. 그 당시에 지 대표님이 이사이기도 했고⋯⋯."

"나 참, 소장님! 지 대표가 여기 왕이에요? 말 나온 김에 한 가지 더 짚고 넘어갑시다. 아파트 커뮤니티 앱 부결된 거도 소장님이랑 지 대표가 그렇게 밀어붙인 거예요?"

"아닙니더! 무슨 말씀을 그래 하십니까?"

배 소장은 얼굴이 달아오르며 손사래를 치고 있었다.

"제가 분명 정중히 부탁드렸었죠? 아직 제가 동대표님들과 익숙하지 않으니 중간에서 역할 잘 부탁드린다고. 소장님, 제가 우스워요?"

"아, 아입니더. 회장님 무슨 말씀을 그렇게⋯⋯."

정한은 줄곧 나지막한 목소리로 배 소장을 추궁했다. 그 목소리가 더 심장을 더 덜컥거리게 했다. 게다가 중간중간 보이는 정한의 얼음 같은 웃음은 도무지 속내를 알 수 없는 포커페이스 인간 같아 소름이 끼치는 것도 사실이었다.

"앞으로 중간에서 처신 똑바로 하세요, 제 이빨 드러내기 전에. 자꾸 이런 식이면 앞으로 나이도 뭐도 없이 진짜 회사처럼 직급으로 대할 겁니다. 여기 조직도 보시면 소장님 제 아랫사람 맞죠?"

소장실 벽에 걸려 있는 조직도를 가리키자, 배 소장은 고개를 숙였다.

"소장님, 나이도 한참 어린 저한테 그런 대우 받고 싶지는 않으시죠? 저도 존중해드리고 싶으니까 존중받을 수 있게 행동하세요. 자, 그럼 정리해보면, 어쨌든 자전거 수거 비용을 받으셨고, 그 돈을 마음대로 쓰셨고, 횡령이자 배임 인정하시죠?

"아이고, 회장님 뭘 또 거까지 갑니꺼? 꼴랑 5만 원이라예. 그것도 직원들 밥 사줬심더!"

"꼴랑 5만 원? 이봐요, 배 소장님! 단돈 50원도 횡령이고 배임입니다. 다음 회의 때 봅시다."

정한은 배 소장의 목에 대고 있던 칼날과 녹음 중이었던 핸드폰을 거두며 얼음장 같은 미소를 보이고는 소장실을 나갔다.

*

얼마 전 결성된 아파트 어벤저스 '정한, 명백화, 진절희, 유별라'는 수시로 연락하고 모이는 사이가 되었다. 낮말은 새가 듣고 밤말을 쥐가 듣는다는 말이 있다며, 앞으로 보안을 철저히 강화해야 한다는 명백화의 말에 따라 어벤저스의 아지트는 아파트 근처 카페에서 청학 북카페로 바뀌었다. 아지트에 들어서자, 정한은 그녀들에게 배 소장과 나눴던 대화를 들려주었다. 그녀들은 분노하지 않을 수 없었다. 특히 배 소장이 '꼴랑 5만 원'이라는 생각을 했다는 것에 가장 분노하고 있었다.

"제가 생각했을 땐 의외로 많은 것들이 엮여 있을 거 같습니다. 배임각, 지건만, 안일해 이 삼각형과 그 중심에 있는 유어홈. 그들끼리 뭔가 있어요."

"제 말이 맞잖아예, 회장님. 아이고마……. 제가 그 인간들 뭔가 있다는 걸 몇 년 전부터 캐치해가 그래 따져댔는데 씨알도 안 먹혔어요. 그러니 내가 미치죠!"

진절희는 이제야 말이 통한다는 표정으로 눈에 힘을 주어 말했다.

"회장님, 배임각이가 돈을 먹었다는 걸 인정한 녹음 파일까지 있고, 자기가 녹음에도 동의했으니 이걸로 확 보내버릴까요?"

"맞아요, 그렇게 해야 해! 게다가 근무 태만이지. 어디 근무 시간에 고스톱 게임질이야? 그 자식은 진짜 우리 아파트에서 아무것도 안 하고 따박따박 월급만 받아 가는 날강도예요!"

명백화가 주먹을 불끈 쥐며 말하자, 진절희와 유별라가 맞장구를 치며 고개를 끄덕였다.

"잠시만요. 세 분 다 저 믿으시죠? 저한테 좋은 작전이 있는데, 이렇게 한번 해봐요."

어벤저스는 정한의 작전에 귀를 쫑긋 세우고 온 신경을 집중했다.

배임각을 해임하라

"여보세요. 지 대표님, 혹시 그거 들었는가예?"

"머선 얘기?"

아침부터 달갑지 않은 진절희의 전화에 지건만은 짜증 섞인 말투로 대꾸했다.

"그 폐자전거 사건 알죠? 내가 배 소장이 해무따고 했던……."

"또 그 얘기가? 참말로 지겹데이. 부녀회장이면 부녀회장 일이나 좀 하소! 돈 떼묵은 기 아니라카이, 거참!"

"뭐가 아입니꺼? 5만 원 묵은 기지."

"아따 마, 입 아프네! 진짜. 그 돈은 자전거 판 돈이 아이라, 업체 사장이 배 소장 오랜만에 봐가 반갑다고 고생한다고 줬다 안카나. 게다가 지 혼자 어디에 쓴 거도 아니고 직원들이랑 점심 한 끼 사 무따고. 부녀회장 니, 직원들 복지 모리나? 복지! 그라고 5만 원 가지고 무슨 횡령이니 배임이니 해쌌노?"

117

"복장 터지는 소리 하시네. 암튼 공 회장님은 그렇게 생각 안 하시던데? 공 회장님이 배 소장이랑 다 확인했고, 돈 먹은 거 시인하는 녹음까지 했다대. 그래가 배 소장 해임 건으로 내일 시간 되는 동대표들이랑 부녀회랑 같이 의논 좀 하자 캐가 연락드립니다."

"뭐라꼬? 니 그걸 굳이 회장한테 쪼르미 달려가가 말했나? 하이고, 내 참 갑갑하데이. 그라고 그런 걸로 무슨 사람을 자르고 말고 한단 말이고?"

"뭐, 암튼 내는 분명히 전달했심더. 오늘 오후 두시 청학 북카페. 아 참, 이거 배 소장한테는 즐대 비밀. 동대표들이랑 부녀회만 먼저 의논하는 거니까. 대표님 배 소장이랑 아무리 친해도 이건 얘기하지 말라꼬! 자기 자른다는데 좋아할 사람이 어딨노? 시간 되면 참석하이소. 아시겠지예?"

정한은 알고 있었다. 당일 아침에 연락을 돌려 긴급 사항이라며 오후에 의논하러 나와달라고 하면 나올 사람이 거의 없을 거란 것을. 그럼에도 불구하고 만사 제치고 나올 사람은 배 소장을 감싸려거나 배 소장을 보내고 싶거나 둘 중 하나가 명확한 사람이라는 것도 알고 있었다.

"제가 너무 급하게 연락을 돌렸죠? 죄송합니다. 정말 긴급 사안이라서요. 바쁘신데 이렇게 나와주셔서 감사합니다. 긴급한 일이 뭔지부터 말씀드리자면……."

정한은 5만 원 횡령 및 배임 사건에 관해 얘기하기 시작했다. 그리고 고스톱 게임을 하고 있었다는 목격담까지. 카페에는 아파트 어벤저스와 3동 대표 레이첼, 7동 대표이자 이사 박지새,

6동 대표 지건만이 모였다. 예상대로 지건만은 만사를 제치고 달려왔고, 레이첼 역시 적극적으로 참가해주었다. 박지새는 일부러 정한이 연락해 이사님 한 분이 꼭 있어야 한다고 사정해 나와달라 했다. 왜냐하면, 지난 회의 때 대세를 따르겠다는 박지새의 모호한 태도가 지건만 쪽 사람인지 아닌지 확신이 서지 않았기 때문이었다. 그리고 이 모임 공지 포인트는 바로 지건만을 제외한 다른 사람들에게는 배임각 해임 건이라는 말은 하지 않고, 그냥 긴급 논의 사항이라고만 알렸다는 것이다.

"그래서 제 의견은 다음 주에 배임각 소장 해임에 대한 임시회의를 개최해 저희 동대표들의 해임 의결을 통해 배 소장을 교체를 진행하는 게 어떨까 싶습니다."

"당연히 내보내야죠! 전 대찬성! Crazy? 정신 나간 사람이네요. 근무 시간에 고스톱? Oh no. 게임에 횡령까지. 회장님이 들어갔는데도 버젓이 게임을 계속했다는 건 얼마나 우리를 우습게 보는지 알겠네요."

가만 보면 단발머리에 차분하고 조용한 분위기의 레이첼은 외모와는 달리 의외의 적극적인 성격으로 가장 먼저 손을 들며 단호하게 동의했다.

"저 아시죠? 전 동장입니다. 저는 지금 동장도, 동대표도, 부녀회도 아니지만, 아파트 입주민 입장으로 참여했고요. 저도 이런 인간은 반드시 내보내야 한다고 생각합니다."

오늘따라 유난히 더 힘이 실린 것 같은 올백 백발 머리의 명백화가 레이첼의 말을 받으며 강력한 어투와 강단 있는 표정으로 말했다.

"박지새 이사님 생각은 어떠세요?"

"저는……."

정한은 박지새의 의견을 단도직입적으로 물었다.

"저도 이건 아닌 거 같습니다. 의결해야죠."

마치 뽀빠이를 연상케 하는, 키는 작지만 다부진 체격의 박지새는 체격만큼이나 다부지게 답했다. 다행이었다. 박지새가 지건만 쪽이 아니라는 것이 지금 동대표 구성원 내에서는 정말 큰 힘이 될 수 있기에. 그리고 정한의 부재 시 정한을 대신하는 동대표 이사이기에 그 필요성이 더 컸다.

"그럼 다 동의하셨고, 마지막 지건만 대표님은요?"

테이블에 앉아 있는 모든 사람의 시선이 지건만에게 집중했다.

"그 새끼 그거 너무 오래 있었다. 물이 고이면 썩는다고 인자 금마 그거도 썩었는기라. 고마 처내삐야지!"

"지 대표님 괜찮으시겠어요? 그래도 배 소장님이랑 한솥밥을 꽤 오래 드셨는데."

"뭐라카노? 금마가 어데 내랑 겸상할 군번이가? 나는 대표고 지는 내 밑의 소장이라! 내가 금마랑 절대 친한 게 아니다. 내사 마, 잘 달래가 일 좀 잘 시키묵고 부려묵고 할라고 잘해주는 척한 기지. 하모!"

정한이 많은 사람들 앞에서 배 소장과의 지건만의 관계를 각별한 것처럼 들먹이자, 지건만은 정색을 하며 손을 저었다.

"다행이네요. 저는 사실 지 대표님이 배 소장님이랑 가까우신 거 같아서 그게 가장 마음에 걸렸거든요. 그럼 다음 주 임시회의 때 의결하시는 겁니다?"

"두말하면 입 아프다. 그런 도적놈은 당장 내보내야지!"

"아, 그리고 지 대표님. 부탁 하나 드려도 될까요?"

"뭔데? 내 뭐 돈 들어가는 거 아이면 다 들어주게!"

"진짜죠? 저번에 아파트 앱 도입하자고 한 거……. 이번 임시회의 때 다시 올릴 테니까 가결되게 좀 도와주세요, 네? 이거 말씀처럼 돈 안 들어가는 겁니다?"

"그기 꼭 필요하나?"

"당연하죠. 돈도 안 들어가는데 통과 좀 시켜주세요. 제가 박지새 대표님이랑 지 대표님 이렇게 두 분을 이사로 추천하려고 했는데 안 대표님이 눈치 없이 갑자기 튀어나오는 바람에……. 사실 좀 불안불안합니다. 경험 많은 지 대표님이 이사로 계셔야 제가 든든한데 말이죠."

"그래요, 지 대표님. 우리 아파트도 요즘 아파트에서 하는 건 해야죠. 비록 저번 회의 때 저랑 얼굴 붉혔지만 그건 다 잊고 앞으로 아파트 발전을 위해서 잘해보자고요."

"맞아요. 그렇게 해요."

정한은 살얼음 같은 웃음을 보이며 지건만의 비위를 맞추자, 명백화가 곧장 장단을 맞추었고 다른 사람들까지 고개를 끄덕이며 분위기가 기울었다. 결국 지건만도 더는 달리 말할 수 없었다.

"이사 거 뭐라고! 내 그런 거 안 해도 잘 도와줄 끼다. 아파트 앱인가 뭐시긴가 그거도 걱정 말그라!"

"감사합니다! 그럼 긴급 임시회의 안건은 배임각 소장 해임 안
과 아파트 앱 도입 안 두 가지 그리고 기타 안건으로 진행하겠습
니다. 모두 다음 주에 뵙도록 하겠습니다. 아 참, 당연히 아시겠
지만, 이 사안은 배 소장님께 절대 비밀입니다."

카페를 나온 정한은 긴급 임시회의 소집 공고를 위해 곧장 관
리실로 향했다.

*

똑똑.

"소장님? 잠깐 얘기 좀 나누실까요?"

소장실 문을 노크한 후 정한이 들어서자, 배 소장은 화난 복어
같이 뚱한 표정으로 정한의 눈도 마주치지 않으며 인사했다.

"다음 주에 긴급 임시회의를 하려고 합니다. 화요일 오전 열한
시로 공지해주세요."

"예."

긴급 임시회의를 연다는 말에 배 소장은 전혀 놀라지 않을 뿐
만 아니라, 왜 긴급 임시회의를 여는지 조차도 묻지 않았다. 예
상대로 지건만은 진절희의 전화를 받자마자 배 소장에게 해임에
대한 움직임을 알려주었던 것이다.

"소장님, 긴급 임시회의인데 안건이 뭔지 묻지도 않으시네
요?"

"지야 뭐, 까라면 까는 기지 물어서 뭐 하겠심꺼?"

평소에 정한과 얘기를 나누면 소파에서 등을 떼고 앉아 말하던 배 소장이지만, 오늘은 등을 소파에 바짝 기대고 양쪽 팔걸이에 팔을 올리며 흔히 말하는 사장님 자세로 앉아, 턱만큼 삐죽 튀어나온 입으로 퉁명스럽게 일관했다.

"에이, 또 무슨 그런 말씀을. 뭐, 소장님 입장에서는 좀 그러시겠지만, 임시회의 안건은 소장님 해임 건입니다. 폐자전거 비용 횡령 및 배임이 금액을 떠나 중대한 사안이라 어쩔 수 없이 진행하게 됐어요. 뭐, 잘 아시겠지만, 동대표님들이 가결한다고 해서 소장님을 저희가 마음대로 해고하지는 못합니다. 다만, 이 사안에 대해 동대표님들의 의견을 공식적으로 들어보고 만약 가결이 나온다면 유어홈에 통보해 저희 의견을 전달할 생각이고요. 하지만 그 전에 소장님께서 스스로 책임을 지고 물러나주셨으면 합니다. 만약 반대로……"

"알겠심더. 가결되면 내 깨끗이 물러날게예. 근데 부결이면 우째할까예?"

"부결되면 그 사건에 대해 깔끔하게 사과하시고 앞으로 아파트 발전에 더 열심히 힘써주세요. 부결되면 다른 분들도 이 건에 대해 다시 얘기하지 않도록 할 겁니다."

배 소장은 내내 '나 지금 기분 나쁘다'는 기색을 숨기지 못한 채, 얼굴에 불만이 가득했다.

*

긴급 임시회의 하루 전, 아파트 어벤저스는 아지트인 청학 북
카페에 모였다.

"배 소장 해임안 의결될까요?"

"대충 표를 세어보면……."

진절희가 불안한 표정으로 입을 열자, 명백화는 종이를 들고
와 뭔가 쓰기 시작했다.

"자, 현재 동대표 현황 먼저 정리해볼게요. 부녀회장님이랑 총
무님은 이분들 나이대랑 몇 번째 연임인지만 알려주세요."

1동 대표 겸 이사 〈안일해, 남, 50대〉 3선

2동 대표 〈유유희, 여, 40대〉 초선

3동 대표 〈레이첼, 여, 40대〉 초선

4동 대표 〈오들갑, 남, 70대〉 3선

5동 대표 미 출마로 공석

6동 대표 〈지건만, 남, 80대〉 4선

7동 대표 겸 이사 〈박지새, 남, 50대〉 재선

8동 대표 겸 회장 〈공정한, 남, 40대〉 초선

9동 대표 겸 감사 〈우길려, 여, 70대〉 3선

10동 대표 겸 감사 〈추태자, 여, 70대〉 3선

"이렇게 총 아홉 명이에요. 여기서 확실히 찬성표를 던지실 거

같은 분은 2동, 3동 대표님 이 두 분은 확실해 보여요. 일단 3동 레이첼 대표님은 저번 긴급 모임 때도 나오셔서 해임에 대해 강력하게 찬성하셨고, 지난 회의 때 아파트 앱 도입도 찬성하셨었고요. 그리고 저번 회의 때 방청객에서 보니까 2동 유유희 대표님이랑 가까워 보이시더라고요."

"맞아요. 원래 이 두 분이 친해요. 이번 동대표도 두 분이 같이 나오셨고요. 명백화 님 예리하시네요!"

명백화의 분석에 유별라가 감탄의 박수를 쳤다.

"제가 공무원으로 30년 넘게 일하면서 얼마나 많은 민원인을 봤겠습니까? 딱 보면 척이죠. 그럼 지금 관계들을 토대로 대충 표를 나눠보면 이렇게 되지 않을까요?"

명백화는 다른 종이에 다시 무언가를 쓰기 시작했다.

찬성: 2동 유유희, 3동 레이첼
반대: 1동 안일해, 4동 오들갑, 6동 지건만, 9동 우길려
애매: 7동 박지새, 10동 추태자

"반대표가 확실히 더 많네요. 지건만 패거리가 확실한 사람만 해도 네 명이니 총 아홉 명 동대표 중 거의 절반이에요. 게다가 회장님은 투표권이 없으니 여덟 명 중에 절반이네요. 나 원 참!"

막상 적고 나니 더 기가 막히는 듯 명백화는 볼펜을 테이블에 툭 던지고는 팔짱을 꼈다. 그러자 정한이 다시 펜을 잡고 무언가를 쓰기 시작했다.

찬성: 2동 유유희, 3동 레이첼, 7동 박지새, 10동 추태자

반대: 1동 안일해, 4동 오들갑, 6동 지건만, 9동 우길려

"이렇게 되면 4 대 4 동률이라 마지막 투표권은 회장인 제가 행사할 수 있겠네요."

"아 참! 회장님은 동률일 때 투표권이 생기죠? 근데…… 이렇게 될까요? 부녀회장님이랑 총무님 생각은 어때요?"

"저희가 이 아파트에 오래 살기도 했고 지금까지 이 인간들 관계를 누구보다 잘 아는데 제가 그려보면 이래예."

진절희가 다시 종이와 펜을 가져가 쓰기 시작했다.

지건만 측근: 1동 안일해, 4동 오들갑, 6동 지건만, 9동 우길려, 10동 추태자

측근 아님: 2동 유유희, 3동 레이첼

애매: 7동 박지새

"우길려는 저번 회의 때 보셨죠? 그냥 무조건 우기고 반대하는 거. 그 사람은 지건만이 시키면 시키는 대로 합니더. 그라고 추태자는 조용해 보이지만 지건만 쪽이랑 노상 붙어 다녀요. 지금 동대표랑 감사까지 계속하고 있는데 감사는 할 줄도 모리고 무조건 도장부터 찍어삐는……. 물론 우길려 감사도 똑같지만 예. 일단 3선 이상 역임한 동대표들은 다 지건만이 시키가 동대표 자리 연임하고 있는 거라 보시면 됩니다. 초선인 동대표들은

그쪽이랑은 관계없는 게 확실하고……. 근데 재선인 7동 박지새 대표는 저도 잘 모르겠심더. 이 사람은 대체 어떤 사람일까예?"

부녀회장은 박지새 대표에 대해 고개를 갸웃거렸다.

"다들 너무 걱정하지 마세요. 부결돼도 괜찮습니다."

"네? 회장님, 그게 무슨 말씀이세요?"

"사실, 이 투표가 가결 될 거라 생각해서 하는 건 아니에요."

"아니, 그럼 굳이 왜……."

정한의 말을 듣자 어벤저스는 모두 어리둥절할 뿐이었다.

"이 투표로 인해 애매한 박지새 대표 같은 분이 어느 쪽인지 확실해지겠죠. 그리고 2동, 3동 대표님들도 우리 쪽이 맞는지도요. 그분들도 우리의 추측이지 아직 불명확해요. 이번 투표 찬반 수만 봐도 거의 정확하게 판단될 겁니다. 전 사실 그걸 확인하고자 하는 게 더 커요."

"그거만 확인해서 될까요? 그걸 확인해도 배 소장을 내보내지는 못하잖아요."

"아니요. 나가게 될 겁니다. 반드시."

어벤저스는 정한이 확신에 찬 미소를 보이자, 서로를 번갈아 쳐다보며 연신 갸우뚱할 따름이었다.

*

긴급 임시회의 개최.

"바쁘신 와중에도 임시회의에 참석해주심에 감사드립니다.

금일 참석자는 저를 비롯해 2동 유유희, 3동 레이첼, 4동 오들갑, 6동 지건만, 7동 박지새, 9동 우길려, 10동 추태자 대표님이시고 1동 안일해 대표님은 개인 사정으로 불참하셨습니다.”

"그 새끼 그거는 이럴 거면 대표든 이사든 다 때려치아라 해라! 만날 빠질 거면 지가 이사는 와 하노? 지하창고는 정리하고 있긴 한 거가!”

내심 자신을 이사로 추대해주길 바랐던 지건만은 안일해의 약점인 지하창고까지 들먹이며 책상을 쳤다. 이사직을 빼앗긴 것 그리고 지난 회의 때의 말다툼으로 인해 그들의 관계는 이미 금이 갈 대로 간 상태였고, 그 금 사이의 있는 정한은 웃고 있었다.

"오늘은 사안이 사안인 만큼 배임각 소장의 참석을 배제하고 투표는 비밀투표로 진행하도록 하겠습니다. 투표에 앞서 지난 회의 때 부결됐었던 아파트 앱 도입에 대해 재의결을 하도록 하겠습니다. 아파트 앱은 무료로 사용이 가능하고, 주차 등록이나 중고거래도 가능해져 단점보다 장점이 많으니 동대표님들의 지지를 부탁드립니다. 그럼 이 건은 거수로 결정하겠습니다. 찬성하시는 분?”

2동, 3동 대표 둘이 가장 먼저 손을 들었고, 지건만이 손을 들자 그의 눈치를 살피던 동대표들이 일제히 손을 들었다.

"네, 그럼 아파트 앱 도입은 만장일치로 가결되었음을 선포합니다.”

땅땅땅!

"감사합니다.”

"하이고, 공 회장 첫 공약이 드디어 가결돼뿟네. 축하한다, 공 회장."

자기가 힘을 써서 가결된 거라는 걸 짚고 넘어가기 위해 지건 만은 정한을 향해 거들먹거리며 말했다.

"감사합니다. 다 여기 계신 동대표님들 덕분입니다."

정한은 살얼음 같은 웃음을 보이며 내심 쾌재를 불렀다. 왜냐 하면, 그가 이 앱을 어떤 용도로 활용할지 아무도 모르고 있었기 때문이다.

"자, 그럼 두 번째 안건인 배임각 소장의 해임 투표가 있겠습 니다. 배임각 소장은 폐자전거 처분 비용 5만 원을 횡령 및 배임 하였고, 근무 시간에 고스톱 게임을 하는 등 근무 태만이 심각합 니다. 본 투표는 비밀투표로 앞에 있는 종이에 'O, X'로 표기 부 탁드립니다. 해임에 찬성하면 동그라미, 반대하면 가위표를 해 주시면 된다는 얘깁니다. 저는 찬반 동률이 나오면 투표하도록 하겠습니다."

적막한 분위기 속에 모두 각자의 투표용지에 자신의 의견을 담기 시작했다.

"자, 그럼 개표하겠습니다."

히든카드

"투표 결과는 총 여덟 명 참석, 회장을 제외한 일곱 명 투표 결과로 찬성 두 표, 반대 네 표, 무효 한 표로 '부결'되었습니다!"

땅땅땅!

"너거 완전 미친 거 아이가? 소장이 횡령을 했다 카는데도 이걸 부결시키나? 미칫나!"

"당신들도 다 한패지? 이거 개판이 따로 없네!"

방청객에 앉아 있던 진절희와 유별라는 눈을 뒤집으며 소리를 질렀다.

"쫌 조용히 해라! 지금 동대표들 회의 시간인 거 모리나? 방청객이면 조용히 방청을 하라꼬!"

지건만이 맞받아 소리를 지르자, 명백화가 되받아치려는 걸 정한이 눈짓으로 참으라는 표시를 보냈다. 낮에 열린 회의라 지훈이 학교에 가고 없는 게 그나마 다행이란 생각이 들 정도였다.

부결이었지만 정한은 실망하지 않았다. 이미 부결될 걸 알고 있었기 때문이다. 그리고 얻은 게 있었다. 박지새는 마치 정한의 앞에선 같은 편인 거처럼 하더니 투표 결과, 박쥐 같은 인간이란 게 확인됐기 때문이다. 만약 그의 표가 아무것도 표시하지 않은 한 장의 무효표라 할지라도 호언장담했던 찬성을 하지 않은 건 변함이 없었다.

"회장님, 이제 회의 끝난 거죠? 빨리 종료해주세요. 저 약속 있습니다."

4동 대표 오들갑이 회의 종료를 독촉했다.

"잠시만요. 한 가지 안건이 더 있습니다."

정한의 말에 동대표들은 술렁이기 시작했다.

"길게 걸리진 않을 겁니다. 바로 안일해 대표이자, 이사에 대한 해임 투표 건입니다."

동대표를 비롯해 방청객에 있는 어벤저스까지 모두 들썩이기 시작했다.

"다들 아시다시피 안일해 대표는 동대표임에도 불구하고 지하주차장의 공용부지를 불법적으로 사용하여 입주민들에게 피해를 주었습니다. 그에 따라, 1동 대표이자 이사 안일해 님에 대한 동대표 및 이사직 해임 투표를 진행하도록 하겠습니다."

"잠시만요, 회장님. 그건 회의 안건에 없었잖습니까? 그런데 동대표 해임처럼 중요한 안건을 사전 안건에도 없이 진행하는 건 말이 안 되잖아요?"

오들갑이 눈을 부라리며 강하게 어필하기 시작했다.

"임시회의 안건 목록에 보시면 '기타 안건'이라고 보이시죠? 이게 바로 기타 안건 중 하나입니다."

"무슨 말도 안 되는 소리예요? 이게 어떻게 '기타 안건'입니까?"

오들갑이 말꼬리를 잡고 계속 따지고 들자, 정한은 안경을 벗고 한숨을 토했다.

"후. 저기요, 오들갑 대표님. 여기 회장은 접니다. 제가 진행자라는 말이에요. 기타 안건이 뭔지는 제가 결정합니다. 회의 진행에 감 놔라, 대추 놔라 하지 마세요. 월권입니다."

"Yes, He is a chairman. 언더스탠."

레이첼의 언더스탠과 정한의 혹한기 겨울 칼바람 같은 눈빛이 함께 들이닥치자, 오들갑은 부라린 눈을 돌리며 불만이 가득한 표정만 지을 뿐이었다.

"이어서 말씀드리자면, 감히 입주민대표회의 자리에서 지건만 대표님과의 다툼까지 있었고, 회의에 연속으로 참석하지 않는 점 등을 미루어 동대표와 이사를 지속할 의사가 없다고 판단, 동대표님들의 생각을 투표로 여쭙고자 합니다. 만약 가결되면 정당한 절차를 거쳐 해임하고 이사는 여기 계신 동대표님들 중에서 새로 선출하도록 하겠습니다."

"그래, 이런 싸가지 없는 새끼는 동대표 자격이 없는 기라! 창고로 을매나 속을 마이 썩였노? 느그 저번에 다 봤제? 대가리에 피도 안 마른 새끼가 한참 행님인 내한테 눈깔 디비가 지랄 떠는 거! 회장 말 잘했다. 고마 확 잘라뿌자!"

그랬다. 이 긴급 임시회의의 주목적은 배 소장의 해임 건이 아니라 바로 안일해의 해임 건이었다. 정한은 이 히든카드를 모두에게 꽁꽁 숨기고 있다가 기습적으로 내밀 속셈이었던 것이다. 그 누구도 사전 모의를 할 수 없도록, 그 누구도 이 판을 쥐고 흔들지 못하도록 말이다. 다행히 정한이 그린 밑그림에 지건만이 확실히 색깔을 칠해주었다. 정한은 요 며칠 사이 지건만에게 '이사직'을 들먹이며 일부러 그를 자극해왔다. 박지새 이사는 내보낼 명분도 없거니와 그래도 회장 정한의 추천이라 어쩔 수 없지만, 안일해는 지하창고로 내보낼 명분도 있겠다, 저번 싸움으로 미운털도 박혔겠다, 내보내면 입주민들에게 칭찬도 받을 수 있는 지건만에게 있어서 아주 좋은 먹잇감이었던 것이다.

"회장, 고마 빨리 투표하자! 여기 남은 종이에 하면 되제?"

지건만이 투표를 서두르자, 나머지 대표들은 뜬금없다는 표정이었지만 지건만을 따라갈 수밖에 없었다.

"1동 대표님 해임 안에 대한 투표 결과를 말씀드리겠습니다. 총 일곱 명 투표, 찬성 일곱 표로 만장일치 통과되었습니다. 이로 인해 안일해 동대표의 해임안은 가결되었습니다!"

땅땅땅!

방청객에 앉아 있던 어벤저스는 '이게 무슨 일이지?'라는 표정으로 서로를 마주 보았지만, 어쨌든 그들에게도 눈엣가시 같은 안일해를 해임한다는 건 좋은 결과임은 분명했다. 정한은 히든카드가 통했음에 혼자 고개를 숙이고 웃음을 짓고 있었다.

"아니, 회장님. 안일해는 갑자기 왜 해임을 시켰어요? 이건 또 무슨 반전이야……. 회의 방청이 아니라 무슨 반전 영화 관람인

줄 알았다니까!"

"내 말이! 회장님 갑자기 안일해 해임이라니? 이건 뭐라예?"

명백화와 진절희가 번갈아가며 상기된 표정으로 정한에게 말했다.

"놀라셨죠? 저는 오늘 얻을 거 다 얻었습니다."

"그게 무슨 말이에요? 정작 중요한 배 소장 해임안은 부결됐는데……."

"여기서 얘기하기는 좀 그렇고 우리 청학 북카페로 갈까요?"

"저. 저도 가도 될까요?"

회의실을 빠져나오는데 레이첼이 회의실 입구에서 기다렸다는 듯이 말을 걸었다.

"그럼요, 당연히 가능합니다."

정말 환영하는 미소로 정한이 답하자, 어벤저스도 미소로 응하며 레이첼을 반겨주었다. 레이첼의 참여로 다섯 명이 된 어벤저스는 정한의 입만 바라보고 있었다.

"회장님, 빨리 얘기 좀 해보세요. 갑자기 안일해 해임은 다 뭐예요?"

"제 전략이었습니다."

"네?"

정한의 '전략'이었단 말에 어벤저스는 벙찐 표정으로 서로를 두리번거렸다.

"오늘 긴급 임시회의는 겉보기엔 배 소장의 해임이 주목적으로 보였을 거예요. 하지만 저의 주목적은 그게 아니었습니다. 설사, 배 소장의 해임이 가결된다 해도 노동법상으로 해임 못 하는 거 아시잖아요? 아무 효력이 없는 투표죠. 하지만 전 이 투표를 통해 누가 아군이고 누가 적군인지 확실히 구분할 수 있었습니다. 우리 앞에서는 찰떡같이 해임 안에 찬성하겠다고 했던 지건만 대표는 역시나 반대를 했고요. 긴가민가했던 박지새 대표 역시 어제 통화에서 저에게는 당연히 해임해야 한다고 큰소리쳐놓고 반대를 했지요. 이거 보세요. 박지새 대표가 얼마나 박쥐 같은 인간인지를…….”

정한은 핸드폰에 있는 문자를 어벤저스에 보여주었다.

ー회장님, 어쩌다 이게 부결됐는지 참 답답하네요. 안타깝습니다.

회의가 끝난 후, 박지새가 정한에게 보내온 문자 내용이었다.

“본인도 반대표를 던져놓고 마치 아닌 것처럼, 자신도 안타까운 것처럼 방금 저에게 문자를 보내셨네요.”

“진짜 야비한 인간이네! 사실 내도 박지새는 잘 몰라가 어느 쪽인지 궁금했거든요. 정말 믿을 인간 하나도 없다. 그 인간들 다 한통속이야!”

진절희가 주먹을 불끈 쥐며 분노를 삼켰다.

“어쨌든 이 투표로 박지새 대표도 그쪽이라는 게 확인됐어요. 그리고 안일해 대표 해임 건이 오늘의 제 히든카드였습니다. 죄송해요. 여기 계신 분들을 못 믿어서가 아니라 이건 정말 아무도 모르게 제가 허를 찌르고 싶었습니다.”

“근데 회장님, 동대표는 입주민 선출직이라 이렇게 해임이 안 될 텐데요?"

"네, 압니다. 저의 목표는 안 대표의 해임이 아니라 그들의 결속력을 헤집어놓기 위함이에요."

질문한 유별라부터 모두가 정한의 대답에 또 어리둥절해했다.

"저들끼리 지금까지 죽이 아주 잘 맞아왔습니다. 그런데 얼마 전부터 지하창고 때문에 균열이 가기 시작했어요. 게다가 안 대표와 지 대표는 회의 때 크게 싸우기도 했죠. 때문에 안 대표는 회의에 계속 불참 중이고요. 이런 와중에 지 대표는 이사직 연임을 못 했습니다. 누구 때문에? 자신을 추천할 줄 알았던 안 대표가 되려 이사를 하겠다고 나와버렸죠. 지 대표는 지금 여기에 엄청난 불만이 있습니다. 아까 보셨죠? 지 대표가 나서서 해임안 투표 빨리하자고 서두르는 거. 게다가 만장일치로 해임에 찬성이 나왔어요. 이 소식을 안 대표가 듣는다면 어떨까요?"

"안 대표, 그 불같은 성격에 웃짱 까고 나오겠는데요!"

유별라가 손뼉을 마주 치며 기뻐했다.

"바로 그겁니다. 그들끼리 싸우게 될 거예요. 그럼 어떻게 될까요? 이제 서로가 서로의 약점을 노리게 될 거라는 거죠. 두고 보세요. 집 안에 불은 났고, 이제 이 불이 누구 탓인지 싸울 테니까요. 불을 끌 생각부터 하지 않고 누가 불을 냈는지 싸우다 결국 다 타 죽을 겁니다."

어벤저스는 정한이 히든카드의 전부를 펼쳐 보이자, 모두 감탄하는 표정이었다.

"잠깐만요. 저도 한마디 해도 될까요?"

오늘 처음 합류한 레이첼이 수줍게 손을 들자, 모두 그녀를 바라보았다.

"저 사실 회장님이 너무 젊어서 이분들을 다 끌고 나갈 수 있으려나 걱정했었거든요. I'm worried about it. 그런데 오늘 더 걱정돼요. 너무 잘하시면 어쩌나 하는 걱정이. 언더스탠?"

레이첼의 농담 섞인 한마디에 모두 빵 터지며 유쾌하게 웃었다. 그리고 정한이 던진 히든카드는 이미 안일해에게 전달되고 있었다.

*

"회장님, 대박이에요!"

다음 날 아침, 정한이 전화를 받자마자 진절희가 들뜬 목소리로 소리를 질렀다.

"안일해가……. 양심선언을 하겠답니다!"

"양심선언이요?"

"네, 회장님의 작전이 정말 제대로 먹혔쓰예. 자기 해임하자고 찬성한 사람들이 지금까지 한 짓 다 까발리겠대요! 지 혼자 안 죽을 거라며 좀 전에 저한테 전화 와가 씩씩거리고 난리도 아니었다 아입니까. 큭큭!"

수화기를 들고 있는 정한도 씨익 웃음을 짓기 시작했다.

"게다가 더 대박인 게 뭔 줄 아세요? 저한테 녹취 파일도 이미 보내왔다 이겁니더! 자기는 일 때문에 모든 통화를 자동으로 녹음해두는데 예전에 지건만이나 배 소장이랑 통화한 내용도 다 있다면서 몇 개를 보내줬는데 정말 가관이라예. 그라고 곧 회장님께 직접 전화한대요. 양심선언 할 테니 자기는 정상참작 해달라나? 웃기제, 증말!"

진절희와의 전화를 끊자마자, 바로 전화가 걸려 왔다.

"회장님, 나 안일해요."

"네, 안 대표님. 무슨 일이세요?"

"시방 이게 뭔 일이다요? 어제 나 동대표 잘라분다고 나 없는데 투표까지 해불고 게다가 만장일치라고라? 왐마, 회장님. 지요, 억울해서 가만 못 있것소. 나가 지금까지 그 인간들한테 먹인 술이며 밥이며, 에어컨도 원가만 받고 달아줘불고, 아파트에 뭐만 생기면 나헌티 오라, 가라 함서 부려먹을 땐 언제고 인자 나만 세상 쓰레기 같은 인간으로 만들어불고 나가라고요? 이래불면 나만 못 죽제!"

"안 그래도 억울하실 거 같았습니다. 막말로 지하창고도 자기들이 계약까지 해준 거 아니에요? 그래놓고 이제 와서 안 대표님만 욕하는 건 좀 아니죠. 사실 저도 어제 만장일치 나온 거 보고 깜짝 놀랐어요. 다들 안 대표님이랑 오래 알고 지내셨고 꽤 가까운 사이 같았는데, 좀 충격이었습니다."

"지는요, 지금 울화가 치밀어서 일도 못 하것소. 회장님, 나가 시방부턴 양심선언 할랍니다. 그 인간들이 지금까지 한 짓거리랑 배임각이 그 느자구없는 시키가 어떤 인간인지 지가 다 말헐라요!"

"안 대표님, 정말 지금 마음 안 좋으시겠어요. 사람에 대한 배신감, 그거 진짜 아픈 건데. 일단 진정하시고……."

"나가 지금 진정하게 생겼소? 인자부터 지는요. 이 폰에 있는 수많은 녹취 파일 다 까불고요. 추잡한 인간들 짓거리도 다 까발리렵니다. 지도 잘한 거 없응게, 동대표에서 물러나고요."

"정말 괜찮으시겠어요?"

"아따, 사나이 한 입으로 두말한다요? 회장님, 나 못 믿소?"

"아뇨, 아뇨. 전 믿습니다. 다만 안 대표님이 걱정돼서 그래요."

"제 걱정은 접어두쇼. 지도 지금까지 겁나게 찝찝했는데 이참에 다 털어불랍니다. 지하창고도 싹 정리해불고요!"

"좋습니다. 그럼 저도 안 대표님 돕겠습니다. 우리 아파트 더 잘되도록 함께 도와주세요."

"근디…… 부탁 쪼까 해도 될란가 모르것네요."

"그럼요. 뭐든지 말씀하세요."

"지는 나중에 양심선언자로 입주민들한티 명예 회복 좀 시켜주십사 부탁 좀 드리것소. 안 그래도 지하창고 땀시로 주민들헌티 욕을 하도 먹어부러서 우리 집사람도 얼굴을 못 들고 다니고 아들 볼 면목도 없어붑니다."

"그거라면 걱정하지 마세요. 이렇게 아파트를 위해 양심선언까지 해주시는데 그 정도는 당연히 해드려야죠. 양심선언, 그거 쉬운 거 아닙니다."

"고로코롬 생각해주시면 참말로 고맙소잉. 그라믄 회장님한테 적극 협조해불라요. 인자 아파트를 위해서 지대로 도와보것소!"

"좋습니다. 조만간 만나서 자세한 얘기 나누시죠."

정한의 히든카드가 먹히자 일이 쉽게 풀리기 시작했다. 사실 어떤 비리를 캐고 밝힌다는 것은 내부고발이나 양심선언 같은 것이 없이는 정말 어려운 일이란 걸 누구보다 잘 알고 있기 때문이다. 그가 제공하겠다는 증거가 이번 사태를 해결하는 데 결정적인 역할을 할 것이다. 정한은 가슴이 두근거렸다. 그냥 아무 생각 없이 맡게 된 아파트 회장이 그를 생각하게 만들어주었다. 회장을 맡자마자 이런 일에 휩싸이는 것 같아 그를 안쓰럽게 여기는 어벤저스였지만, 정한은 이런 상황을 오히려 즐기기 시작했다.

판도라의 상자

"너 요즘 바쁜 거 같더라? 아파트도 뭔가 시끌시끌한 것 같고, 엘리베이터에 붙은 공고문 보니까 소장을 해임하니, 안일해를 해임하니 그런 거도 붙어 있고 말이야. 너 괜찮겠어?"

"그냥 뭐, 내가 생각했던 거보다 의외로 신경 쓸 게 많네. 지하창고 문제도 그렇고."

"야, 그 사람 지하창고에서 용접도 한다며? 아파트 엄마들도 난리야. 미친놈 아니냐고."

"알아. 곧 해결될 거야."

"어떻게? 그거 몇 년 동안이나 아무도 해결 못 하고 있다던데?"

정한은 근래에 있었던 일들을 정해에게 말해주었다.

"역시는 역시, 공정한은 공정한이네. 연예인 걱정이랑 네 걱정은 하는 게 아닌데 내가 잠깐 미쳤었네. 내가 그랬지? 그 인간들

141

지금 잘못 걸린 거라고. 근데 양심선언 내용이 뭐야? 그 녹취 파일 나도 좀 들려주라. 재밌겠다!"

"나중에……. 아직 안심할 때는 아냐. 그 인간이 양심선언을 진짜 하려는 건지, 날 먹이려는 건지 확실히 확인은 해야 해. 조만간 조용히 만나기로 했으니까 그 후에 들려줄게."

들떠 있는 정해와는 달리 정한은 차분한 어조로 대답하며 밥을 먹었다.

"다녀왔습니다. 어, 삼촌 와 있었네?"

"얼른 손 씻고 와서 삼촌이랑 같이 밥 먹어."

마침 학원을 마친 지훈이 돌아와 정한을 보며 반겨주었다.

"삼촌, 이번 아파트 회의 때 나 또 가도 돼?"

"당연하지. 회의가 그렇게 재밌어?"

"응, 우리 토론 수업할 때랑 비슷해서 보고 있으면 재밌어. 그 '언더스탠' 아줌마도 재밌고. 아 참, 나 곧 학교에서 토론대회 있는데 삼촌이 내 토론 좀 코치해줘. 저번 대회 때는 우리 팀이 졌지만, 이번엔 상대방이 찍소리도 못 하게 이기고 싶어!"

정한은 지훈의 웃는 얼굴을 흐뭇하게 바라보더니, 밥그릇에 반찬을 올려주며 말했다.

"지훈아, 토론은 상대방을 이기기 위해 하는 게 아니야. 토론이 이기고 지는 경쟁이나 시합은 아니라는 거지. 토론은 서로 다른 생각을 교환하면서 상대방을 설득하기도 하고 더 좋은 방법을 찾아가는 거야."

"그래? 난 무조건 이겨야 하는 줄 알았어. 왜냐하면 토론대회

142

때 상대방이 하는 얘기에 대꾸를 못 하면 선생님께서 그 팀이 졌다고 그래. 반대쪽은 이겼다고 하고. 그래서 애들도 토론한다고 그러면 다 이겨야 한다고 생각해."

"우리 지훈이는 이제부터 다시 기억하자. 토론은 이기고 지는 시합이 아니라, '더 좋은 방향을 찾아가기 위한 대화의 방식이다' 라고. 알았지?"

정한은 고개를 끄덕이는 지훈을 바라보며 생각했다. 우리의 대화는 지금 얼마나 경쟁적인가. 목소리 큰 사람이 이기고, 상대의 실수를 끄집어내어 입을 막아버리며, 내 말을 관철시키기 위해 혀끝으로 독화살을 쏘아대고 있지 않은가. 대화마저 '이겨야 한다'고 가르쳐온 어른들의 잘못이 떠오르자, 정한은 문득 지훈에게 미안한 마음이 들었다.

*

"올 때 배 소장이나 지건만 패거리랑 마주치신 분 없죠? 우리 모일 때 조심해야 합니다."

"그나저나 안일해 대표 진짜 온대요?"

"오겠죠. 이렇게 녹취 파일까지 보냈으면 끝난 거지. 제가 이 녹취 파일 총무랑 들으면서 기가 막히고 코가 막혀서……. 진짜 가관이에요."

아침 일찍 청학 북카페에 모인 어벤저스는 안일해가 보내온 녹취 파일에 들떠 있었다.

"자, 여기 신선한 빵이 나왔습니다. 당 충전 좀 하세요."

"어? 우리 빵은 주문 안 했는데……."

이미라 작가가 트레이에 빵을 가득 담아 가지고 오자, 어벤저스는 다 같이 어리둥절한 표정으로 그녀를 바라보았다.

"아, 제가 베이커리도 같이 해보려고 준비 중이거든요. 그래서 시식이니까 부담 갖지 마세요. 그리고 이 빵은 삼랑진에서 딸기 농장 하는 제 친구가 재배한 딸기로 만든 빵인데 먼저 드셔보세요."

"삼랑진 딸기면 맛보나 마나죠! 우리나라 딸기 시배지인데 어련하겠어요? 이 작가님, 감사해요."

"우리 아파트를 위해, 동네를 위해 이렇게 열심히 일 해 주시는데 제가 이 정도 지원은 해야죠."

"Wow, great! 이게 바로 한국의 정이지. 아이 언더스탠. I love it."

레이첼은 미라를 바라보며 박수를 보내고 있었다.

"역시 작가님이야. 아, 맞다. 작가님도 커피 한잔 내려서 같이 앉아요. 우리 아파트 입주민인데 아파트 일에 대해 알 권리가 있잖아요. 안 그래요, 여러분?"

명백화는 알고 있었다. 미라 역시 어벤저스가 하는 일에 대해 궁금해 하고 있다는 것을. 사실 지난번 어벤저스가 모일 때. 미라가 무슨 일로 이렇게 자주 모이냐는 질문을 명백화에게 던졌던 터라, 더 이상 호기심 많은 작가의 눈빛을 외면할 수 없었다.

"명백화님, 레이첼 대표님 그리고 작가님은 아직 못 들어보셨을 테니 안일해 대표님 오시기 전에 제가 들려드리도록 하겠습니다."

정한은 핸드폰을 꺼내 안일해가 보내온 녹취 파일의 재생 버튼을 눌렀다.

"와, 씨…… 진짜……. 나 욕해도 되죠? 와, 진짜 내가 이 자리에서 욕은 못 하겠고, 이 개나리 십장생 같은 인간들!"

녹취 파일을 다 들은 명백화는 마치 끓어 넘치는 냄비처럼 식탁 자리에서 벌떡 일어나 이마를 짚으며 분노를 삭이려 애썼다. 안일해가 보내온 두 개의 녹취 파일 내용은 이랬다.

제1 녹취 파일: 안일해와 배 소장의 통화

"배 소장님, 우리 아파트 입구에 있는 쬐깐한 화단 좀 이쁘게 만들어볼랑께 직원들 몇 명만 보내서 좀 도와주쇼! 화단에 놓을 돌이랑 재료는 나가 아는 성님한테 사정사정해가꼬 공짜로 받았웅게. 이 재료만도 허벌나게 비싸부러요."

"뭔 소린교? 그 화단 작업하는 게 쉬운 줄 압니꺼? 그런 건 어데 돈 주고 인부들 불러서 하든가. 직원들이 그걸 말라 합니까!"

"아따…… 그라니까 이렇게 부탁한다 아니요? 나가 재료도 공짜로 받았고 나도 가서 삽질할텡께 직원 두 명 정도만 붙여주쇼. 나가 직원들 밥도 사 맥일라니까. 재료도 받았겠다, 우리 아파트도 명품 아파트로 만들어봅시다."

"명품은 무슨 얼어죽을 명품! 20년이 다 된 아파트가 화단 쪼매 손본다고 명품 되나! 어데 말도 아인 소린교!"

145

"아따, 그래도 나가 동대표인디 그러코롬 빽 소리까지 질러불면 쪼까 거시기하네요."

"마, 내는 못 들은 거로 할랍니다. 끊으이소!"

제2 녹취 파일: 안일해와 배 소장의 통화

"우리 안 대표님, 요즘 와 커피 마시러 안 들르나? 마이 바쁘나?"

"아따, 말도 마요. 요즘 성수기라 허벌나게 바쁘다니까."

"바쁘면 좋은 기지, 뭐. 대한민국 돈은 안 대표가 고마 다 쓸어 담겠다."

"나 지금 바쁜 게, 어쩐 일로 전화헛소?"

"오늘 저녁에 유어홈에서 동대표님들 소고기 대접한다고 한 거 기억하지예?"

"아, 그거? 나 바빠서 못 가것는디? 오늘 밤 늦게까지 일이 잡혀 있어부러요."

"에이, 우리 안 대표 빠지면 섭하다! 이번에 우리 아워홈 재계약도 안 대표가 제일 많이 도와줬다 아이가? 이번에는 회사에서 진짜 좋은 소고기로 대접한다 하니까 꼭 오이소. 우리도 축하주 한잔 땡기야지!"

명백화는 여전히 화가 가라앉지 않는지 자리에 앉지를 못했고 레이첼은 팔짱을 끼며 한숨을 푹 뱉었다. 그렇게 다들 녹취 파일에 녹다운이 되어 있을 때 즈음, 안일해가 청학 북카페에 도착했다.

"아따, 미안허요. 일이 좀 있어서 쪼까 늦어부렀소. 근디, 분위기가 어쩨 거시기허요잉?"

청학 북카페를 감싸고 있는 불쾌한 공기가 느껴졌는지 안일해는 괜히 머쓱해하며 명백화가 내준 의자에 앉았다.

"대표님께서 보내주신 녹취 파일 여기 계신 분들 방금 다 들으셨어요. 그래서 다들 분위기가 좀 그렇습니다."

안일해가 연신 눈치를 보고 있자, 정한이 지금까지의 일을 알려주었다.

"왐마? 꼴랑 이것 가꼬 요로코롬 초상집이다요? 이거보다 더한 녹취도 수두룩헌디? 나가 모든 통화가 다 자동 녹취가 돼부러가지고 파일이 허벌나게 많아서 찾지는 못허요. 어제 나가 쪼까 뒤지다가 이것도 찾아냈는디 들어볼랍니까?"

안일해가 핸드폰 꺼내 녹취 파일을 재생시키자 어벤저스는 모두 테이블 쪽으로 바짝 몸을 기댔다.

제3 녹취 파일: 안일해와 배 소장의 통화

"안 대표님, 지금 바쁜가?"

"괜찮해요. 뭔 일이당가?"

"오늘 회의 때 우리 직원들 월급 인상안 올라가는 거 알제? 찬성 좀 해돌라고."

"아따, 장사 하루이틀 허요? 나는 무조건 찬성이제."

"하하, 그렇제? 그라고……."

"또 뭐 있소?"

"내 월급도 고마 이번에는 좀 더 올려돌라고."

"왐마? 소장님은 이미 솔찬히 받아불고 있는디."

"에헤…… 그카면 섭하지. 작년에 부녀회장 그 가시나가 지랄 지랄 해가 내 월급은 쥐꼬리만큼만 올렸다 아이가! 기억 안 나나?"

"아아, 기억나제. 겁나부렀제. 어디 부녀회장뿐이요? 총무도 쌍으로 난리도 아니었제."

"그카니까 이번에는 그 누가 지랄을 떨어도 내 월급을 젤로 많이 올리주야 한데이. 집 문 앞에 꿀 한 상자 갖다 놨다. 일도 험한데 몸 좀 챙기라."

"어따, 뭘 또 그런 걸 갖다 놓고 그라요? 요즘 양봉은 잘된당가?"

"뭐, 그럭저럭. 주말에 양봉장에 함 놀러 온나. 내 진땡이 로열젤리 준다카이."

"그라지라. 일 좀 한가해지면 지건만 이사님이랑 한번 갈게요. 고맙게 잘 묵을게요. 나는 그냥 무조건 다 찬성잉께 걱정 붙들어 매쇼."

이 세 개의 녹취 파일로도 그동안 어떤 식으로 아파트를 관리해왔는지 충분히 알 수 있었다. 배 소장이 자신의 월급을 올리려 동대표들에게 청탁하는 녹취까지 듣자, 어벤저스는 일제히 어금니를 깨물었다.

"안 대표님, 이 녹취 파일 이번 회의 때 다 틀어도 정말 괜찮으시겠어요?"

"지는요잉, 한다면 허요. 그라고 이번에 이 느자구없는 족속들이 어떤 인간들인지 나가 확실히 알아부렀소. 지금까지 나 가지고 이용은 이용대로 해놓고 해임한다고 하니까 전원 찬성한 인간들 아니오? 나는 인자 이런 쓰레기 같은 인간들하고 연 끊어불고, 내 잘못도 다 인정허고, 동대표도 때려쳐불고 아파트에 진짜 봉사하면서 살라요."

안일해는 정한에게 결연한 눈빛을 보내며 답했고, 그 눈빛을 통해 정한도 확신을 가질 수 있었다.

"그럼 양심선언문을 작성합시다. 이건 내가 도와줄게요. 안 대표님, 하고 싶은 얘기 저한테 다 하세요. 제가 큰 글씨로 타이핑해서 프린터로 뽑아드릴게요."

명백화는 준비해 온 노트북을 테이블에 올려놓고 전원을 켰다.

"자, 다들 잘 들으세요. 우리는 이번에 배 소장뿐만 아니라 그와 연결된 동대표들까지 싹 다 뽑아내야 합니다. 안일해 대표님의 양심선언이 아주 큰 힘이 될 거예요. 그리고 무엇보다 중요한 건, 모든 걸 극비리에 진행해야 한다는 겁니다. 혹여 우리가 이런 준비를 한다는 게 저쪽으로 흘러 들어가면 저쪽에서 또 무슨 대응을 할지 몰라요. 특히 안 대표님, 지 대표님이나 배 소장님 연락 오면 그냥 일상적인 얘기만 하고 끊으세요. 아시겠죠? 퉁명스럽게 대하지도 말고요. 평소처럼 대하세요. 그리고 전 이제 본격적인 여론전을 준비하겠습니다."

"회장님, 여론전이라뇨? 어떻게요?"

"제가 왜 그토록 아파트 앱을 도입하자고 했을까요?"

"회장님, 그럼 이거 때문에 아파트 앱을?"

정한이 고개를 끄덕이자, 유별라가 입틀막 포즈를 취하며 놀라움을 금치 못했다.

"지금까지 우리 아파트는 커뮤니티가 없어 입주민들에게 제대로 알릴 루트가 없었죠. 게다가 이 사람들은 아파트가 어떻게 돌아가고 운영되는지 법적으로 해야 하는 공고조차 안 해왔어요. 그만큼 입주민들의 관심 밖에 있길 원했던 거죠. 거의 초반부터 이렇게 해왔으니 입주민들도 그냥 '그런가 보다' 하며 살아왔습니다. 제가 아파트 앱을 도입하고자 한 건, 바로 여론을 조성하기 위함이에요. 입주민들에게 이들의 추악함을 알려 여론을 등에 업을 겁니다. 그리고 스스로 못 버티고 나가도록 해야죠."

*

판도라의 상자를 열게 될 11월 입주민대표회의를 앞두고 정한은 도입한 아파트 앱 게시판에 글을 하나 게시했다. 글의 내용은 배임각 소장의 폐자전거 처리 비용 횡령 및 배임에 관한 내용이었다. 안일해와 다른 동대표 관련된 내용은 하나도 없었고, 오직 폐자전거 사건에 대한 경위와 해임안 부결에 관한 내용이었다. 그리고 마지막에 정한이 덧붙인 한마디가 있었다.

배임각 소장에 대한 해임은 부결되었으나, 이번 사건에 대해 입주민들께 사과가 있을 예정입니다. 입주민 여러분, 이번 회의에 부디 많은 분들께서 방청객으로 참석하시어 배임각 소장의 사과에 경청해주시고 앞으로 아파트 발전 방향에 대한 의견을 제시해주시기 바랍니다.

정한이 게시한 글의 파장은 실로 엄청났다. 아파트 앱에 가입한 입주민은 물론이거니와, 가입하지 않은 입주민들도 이 글을 보기 위해 가입을 하기 시작했다.

'소장은 당장 꺼져라!' '회장님, 고생이 많으십니다. 아파트 비리를 반드시 뿌리 뽑아야 합니다.' '5만 원은 횡령 아니냐? 형사처벌 바랍니다!'

글을 올린 지 한 시간이 채 안 되어 이런 내용의 댓글이 서른 개가 넘게 달렸다. 이 글과 댓글은 배 소장도 보고 있었다.

*

"지 대표님, 새 됐심더. 지금 아파트 게시판에 입주민들이 지 보고 고소한다 카고 난리라예"

"아파트 게시판? 그기 뭐꼬? 어데 붙었는데? 엘리베이터?"

"아니예, 아파트 앱! 이번에 의결해가 도입한 앱 있다 아입니까! 회장이 밀어가 저번 임시회의 때 의결한."

"앱? 그기 그런 기가? 내사 마 그런 거 아나? 내 지금 관리실로 가꾸마. 함 보자!"

지건만이 소장실에 도착하자, 배 소장은 자신의 핸드폰을 내밀며 정한이 게시한 글을 열어주었다.

"야, 이 자슥아! 이래 글씨가 작은데 내가 비겠나? 가가 큼지막하게 종이로 뽑아 온나!"

"강 주임!"

배 소장은 강 주임이 프린트해준 A4용지를 서둘러 지건만에게 넘겨주었다.

"이거 완전 또라이네! 꼴랑 5만 원 가지고 사람을 이래 빙시로 만드나?"

"그거보다 밑에 달린 댓글이 더 문젭니더! 대표님, 이번 회의 때 입주민들이 엄청나게 몰려올 거 같은데 우짭니꺼?"

"이 여우 같은 새끼가 이런 선동 짓거리 할라고 이런 거 도입한기라! 근데 배 소장아, 너무 걱정 말그라. 이 앱 해봐야 몇 명 보겠노? 우리 아파트에 앱 같은 거 몬 하는 사람이 절반은 넘는다, 이 사람아."

"아입니다, 대표님. 이거도 있어예."

배 소장이 지건만에 내민 건 다름 아닌 정한이 엘리베이터 안과 동별 입구 게시판에 게시하라고 배 소장에게 지시한 '입주민 공청회'라고 적힌 종이였다. 종이의 내용은 정한이 앱에 게시한 내용과 거의 다를 게 없었다.

"이걸 엘리베이터에 다 붙이라 했다고?"

"예······."

"이 새끼 이거 보통 또라이가 아이네? 사람 한 명 지기겠다는 거가? 니 이거 아직 붙이지 말고 있어라. 내가 인마 이거한테 전화하꾸마."

지건만은 이를 꽉 깨물며 정한에게 전화를 걸었다.

"아이고, 지 대표님. 어쩐 일이십니까?"

정한은 아무것도 모르는 척 능청스러운 연기를 펼쳤다.

"공 회장, 지금 잠깐 소장실로 올 수 있나?"

굳이 이런 인간을 마주하고 싶지도 않았을 뿐만 아니라, 관리실까지 가느라 타야 하는 엘리베이터 전기세조차 아깝다는 생각이 들었지만 정한은 소장실로 향했다.

"아, 왔나? 내 그럼 이바구 할꾸마. 배 소장은 잠깐 나가 있그라."

배 소장이 나가자, 지건만은 세상 거만한 자세로 바꿔 앉으며 정한을 깔아 보며 무겁게 입을 열었다.

"배 소장한테 붙이라고 준 종이 말인데, 이런 거 붙이는 건 좀 아닌 거 같다. 외부 사람들도 왔다 갔다 하는데 여기저기 이런 거 붙여놓으면 아파트 질도 떨어져비고, 사람들이 우리 아파트를 우째 생각하겠노?"

"그죠? 그래서 그나마 작은 종이 사이즈로 드렸어요. 눈 어두우신 어르신들이 많아서 원래 더 큰 사이즈로 하려다가, 보기 좀 그럴 거 같아서 A4 사이즈로 했습닷!"

정말 또라이 같은 정한의 대답에 지건만은 입술에 경련이 일면서 눈으로 욕을 발사했다.

"아니, 공 회장, 내말은 그게 아이고……."

"지 대표님, 여기까지만 하세요. 아파트에 오가는 사람 눈이 중요합니까, 아니면 지금까지 가려져 있던 입주민 눈이 중요합니까?"

"그래도 그렇지! 앱에 올렸으면 고마 됐다 아이가? 인민재판도 아이고 이게 뭐냐 이 말이다!"

"그러게 그때 의결이 됐으면 이렇게까지 안 해도 됐잖아요? 전 자꾸 합리적 의심이 들어요. 이렇게까지 배 소장님을 감싸고 드는 게 뭐가 있는 건 아닌가? 이런 합리적 의심."

"뭐라카노! 이 새끼가 뚫린 입이라고 말 함부로 하네? 대가리에 피도 안 마른 새끼가!"

지건만의 반말 마일리지가 이미 한껏 쌓여 있던 정한이었다. 그런데 '이 새끼, 저 새끼'까지 들으니, 그 마일리지가 순식간에 폭발하며 그는 안경을 벗어 던졌다. 그리고 지건만의 뒤통수를 넘어 벽까지 꿰뚫을 듯한 눈빛으로 바라보며, 드디어 마일리지 사용 버튼을 눌렀다.

"야, 지건만. 자꾸 입에 걸레 물고 씨부리지 마라."

지건만은 순간 급격하게 당황했다. 마치 떡이라도 목에 걸린 사람처럼 입만 벌린 채 아무 말도 나오지 않았다.

"니…… 니 방금 내한테 뭐라 캤노?"

"왜, 재방송해줘?"

"니 진짜 돌았나? 어데 어른한테 반말이고?"

"어른? 염병하고 있네. 반말은 처음부터 네가 먼저 했잖아. 나도 마흔이 넘었어, 이 양반아. 게다가 내가 니 밑엣사람이냐? 어디 회장한테 반말지거리야? 그리고 뭐? 새끼? 야, 이 새끼야! 내가 니 새끼냐? 너 내가 벼르고 있었어. 그 주둥이. 강 양아 커피타 와라? 여기가 다방이냐? 어디서 쌍팔년도 엿같은 습성을 아직도 못 버리고 있어? 너 한 번만 더 직원들 그따구로 불러봐. 오늘 내로 강 주임한테 정중히 사과해. 안 그러면 성추행 및 직장 내 괴롭힘으로 쓴맛을 보여줄 테니까. 그리고 나한텐 앞으로 회장님이랑 존댓말 꼭 붙여라. 알았냐? 나이를 드셨으면 나잇값을 하세요, 이 양반아!"

할 말이 있었고, 하고 싶은 말도 있었지만, 지건만은 누가 목구멍을 붙잡고 끌어당기는 것처럼 그 말을 억지로 삼켜야 했다. 엄밀히 따지고 보면 자신이 먼저 잘못했다는 생각이 어딘가 마음 한켠을 찔렀기 때문이다.

"아이고, 죄송합니다. 제가 지금 좀 급하게 처리할 게 있어가 컴퓨터 딱 1분만 쓰고 비켜드리겠심더."

때마침, 배 소장이 노크를 하고 들어와 옴짝달싹 못 하고 있는 지건만의 숨통을 틔워주었다. 정한은 안경을 고쳐 쓰며 자리에서 일어났다.

"아, 저희 얘기 다 끝났어요. 소장님 일 보세요. 그리고 이 종이는 퇴근 전까지 다 붙여주시고요. 그리고 지 대표님?"

"어? 아……. 네."

"제 말씀 이제 무슨 말씀인지 아셨죠?"

"예."

"그리고 앞으로 이런 거로 저 오라 가라 하지 마세요. 그럼 이만."

평소 지건만의 말버릇 때문에 이미 신경이 곤두서 있던 정한은 오래 미뤄왔던 '참교육'을 실행했다. 게다가 이번 게시물 공고 문제는 정한의 본래 목적을 더욱 확고히 만들어주었다. 모든 시선과 관심을 배 소장의 횡령 의혹에 쏠리게 하고, 자신을 험담하는 데 정신이 팔리게 만드는 것. 그 틈에 안일해에게는 신경조차 쓰지 못하게 만들어, 그의 '양심선언'을 아무도 예상하지 못하도록 하는 것. 한마디로, 다음 회의에서 터질 핵폭탄의 존재를 철저히 가려내는 것이 정한에게 주어진 가장 중요한 과제였다.

진정한 사과의 의미

"내용이 좀 다른 게 있어가 제가 수정을 좀 해서 다시 보내드려도 되겠심꺼?"

"내용이 다른 게 있다고요? 뭐, 그럼 수정해서 보내주세요. 제가 한번 볼게요."

정한이 퇴근 전까지 아파트 전체 엘리베이터 및 게시판에 공고하라고 지시했던 배 소장의 횡령 내용이 적힌 게시물에 대해 배 소장이 수정을 요청했다. 잠시 후, 배 소장의 수정안을 받자 정한은 어이가 없다는 듯이 콧방귀를 뀌며 전화했다.

"소장님, 이거 사실이에요?"

"하모예, 회장님이 잘 모르시는 부분이 있어가 제가 사실대로 고쳤심더. 지도 억울하다 아입니까."

"그러니까 그 돈은 소장님이 받으신 게 아니라, 직원인 손재주 대리님 주도로 받았고, 식사 비용으로 쓰자는 거도 손 대리님이었다, 그거죠?"

"맞심더. 인자 생각이 확실히 납니더."

"알겠습니다. 그럼 이번 회의 때 직접 그렇게 해명하세요. 뭐, 소장님께서 직접 했든 아니든 어쨌든 관리자 소홀이니 사과는 하시고요. 그럼 게시물은 이번 회의 후에 소장님이 직접 붙이시기 바랍니다."

전화를 끊고 난 후, 정한은 베란다 밖을 내다보며 생각했다.

'어딜 가든 이런 인간은 꼭 있네. 일 터지면 남한테 뒤집어씌우는 쓰레기 같은 인간들.'

*

11월 입주민대표회의 날이 되자, 정한은 처음 주관했던 회의보다 더 긴장되는 것 같았다. 지훈의 말처럼 마치 판사로서 오늘 이 중요한 심판을 하러 간다는 생각이 들었다. 이 회의를 위해 그동안 어벤져스들과 수시로 비밀 작전 모임을 가졌고, 안일해의 양심선언 계획이 밖으로 새어 나가지 않도록 그리고 그가 마음을 바꾸지 않도록 철저히 관리해왔다.

이제 모든 준비는 끝났다. 아마도 오늘 회의는 지난 회의보다 더 아수라장이 될지도 모를 일이었다.

다행히 안일해는 평소와는 달리 꽤 일찍 회의장에 나와 있었다. 그는 지금까지 정한이 보지 못했던 비장하고 진지한 표정으로 앉아 있었고, 맞은편에 앉은 지건만과는 눈 한 번 마주치지 않왔다. 그 모습을 본 정한은 다시 한번 마음을 놓았다. 그리고 또 오늘 회의의 다른 점이라면 방청석이 사전 신청한 입주민들로 꽉 차 있다는 것이었다. 자신의 요청에 달려와준 입주민들이 이렇게 많다는 것에 감사했다.

"11월 입주민대표회의 시작하도록 하겠습니다. 오늘은 공청회와 함께 진행하는 만큼 회의 마지막 순서에 입주민들과의 소통 시간을 갖도록 하겠습니다."

개회를 알리는 정한의 의사봉 소리와 함께 회의가 시작되었고, 필수로 해야 할 결재와 예산 집행에 대한 의결을 마쳤다.

"그럼 다음 순서로 폐자전거 횡령 건으로 인해 물의를 일으킨 배임각 소장님의 해명과 사과가 있도록 하겠습니다."

"먼저 제가 직원 관리를 못 한 것에 심심한 사과의 말씀을 드립니다. 사실 그 돈은 저희 직원이 실수로 받게 됐고, 마침 그때가 점심시간이라 그 돈으로 식사도 하게 됐심더. 제가 소장으로서 단돈 십 원이라도 함부로 쓰게 하면 안 되는데 관리를 잘 몬 했심더. 죄송합니다."

"뭐라카노? 니 그게 말이가, 빵구가? 어데 갑자기 직원들한테 뒤집어씌우노?"

"자, 자. 지금은 회의 진행 중이니 방청객 여러분은 정숙해주세요."

배 소장의 변명에 벌떡 일어나 고함을 치는 진절희에게 정한은 자중해달라는 표정을 지으며 말을 이어갔다.

"제가 확인차 다시 한번 묻겠습니다. 배 소장님 말씀은 배 소장님이 아니라 직원이 폐자전거 처리 비용 5만 원을 받게 되었고, 그 돈으로 직원들끼리 식사를 한 거다. 이게 맞나요?"

"예."

방청객에 앉아 있는 어벤저스는 서로를 보더니, 귓가에 검지를 돌리고 있었고 다른 사람들도 미간을 찌푸리며 의심의 눈초리로 웅성거렸다.

"일단 알겠습니다. 이 부분은 제가 더 확인하고 결과를 공고하도록 하겠습니다. 그리고 1동 대표 안일해 이사님께서 오늘 중대한 양심선언이 있다고 하십니다. 안 대표님, 준비되셨나요?"

기다렸다는 듯이 안일해가 자리에서 일어나자, 방청석에 있던 어벤저스는 내내 품속에 꼭꼭 감춰놨던 안일해의 양심선언문을 꺼내 방청객들과 동대표들에게 나눠 주기 시작했다. 지건만과 그 측근들은 양심선언문을 보더니 동공이 확대되면서 일제히 안일해를 죽일 듯이 노려보았다. 배 소장도 당황하는 기색이 역력했다. 하지만 안일해는 그들에게 눈길 한 번 주지 않은 채 양심선언문을 낭독하기 시작했다.

양심선언문

아파트를 위하고 주민들을 위해 봉사하고자 하는 마음이 진심이었는데 본의 아니게 일이 이렇게 돼서 유감입니다. 그래서 지금이라도 꼭 말씀드리고 싶은 게 있습니다.

첫째, 관리소장 및 동대표 교체와 고발 조치를 요청합니다.

관리소장의 비리는 아주 많지만 몇 가지만 말씀드리겠습니다. 먼저 녹취 파일을 들어보시죠.

1) 대가성 향응 제공에 대한 녹취 내용에 대해

아파트 관리업체 '유어홈' 재계약을 대가로 업체와 소장이 몇몇 동대표들에게만 시내에 소재한 소고기 식당에서 200여만 원의 소고기를 제공했습니다. 그리고 몇몇 동대표들은 2차 술자리까지 향응을 받았습니다.

이때 제가 이건 좀 아니다 싶어 이의를 제기하자 소장이 아파트 지하창고를 저렴하게 임대해준다고 했습니다. 그때 제가 유혹을 거절했어야 했는데 작은 이익에 눈이 멀어 코가 꿰었습니다. 이 창고 임대 이후로 소장은 저에게 온갖 잡일을 다 시키기 시작했고, 급기야 배 소장의 자택에 에어컨을 거의 원가에 달아줘야 했습니다.

2) 배 소장 자신의 급여 인상 동의 청탁 녹취 내용에 대해

이 녹취 파일에서 드러나듯 소장은 입대의 때 자신의 급여 인상안이 통과되도록 해달라며 저에게 부탁했고, 그걸 반대하는 동대표를 비난하며 '내가 이번에 그 사람 회장을 안 시켜줘서 그런다'는 말을 하고 있습니다. 회장의 임명이 자신의 권한이라 생각한다는 게 충격적입니다.

3) 배 소장의 아파트 발전에 무관심 녹취 내용에 대해

제가 명품 아파트 만들자는 취지로 화단 공사를 하자고 애걸복걸하며 부탁을 하는데 소장은 동대표인 저에게 소리를 지르며 "명

품 아파트는 무슨 명품 아파트를 만드냐?"며 화를 내고 전화를 끊었습니다.

소장은 아파트를 위해 군이 열심히 할 필요가 없다는 등과 같은 발언을 자주 하였고, 우리 아파트의 공금을 제 돈인 것처럼 하는데 저는 이를 모른 척했습니다. 지하창고 임대해주고 밥 사주고 술 사주는 것에 그만 눈감고 말았습니다. 정말 잘못했습니다.

둘째, 저는 오늘부로 동대표를 자진 사퇴하겠습니다.
좋은 마음으로 동대표를 시작했는데 그만 양심을 저버린 것 같습니다. 여기 앉아 계신 여러 대표님 중 저처럼 소장의 달콤한 언변과 술과 밥에 눈이 멀어 소장 해임안 부결하면서 양심에 찔린 분 많을 겁니다. 자신의 죄를 인정하고 조용히 물러나 더 이상 일이 커지지 않도록 협조하시길 바랍니다. 다시 한번 사죄드립니다.

안일해의 양심선언과 녹취 파일까지 공개되자, 방청객들의 웅성거림은 더 커졌고 지건만의 얼굴은 더 붉어지고 있었다.
"야, 이 새끼야! 이게 머선 양심선언이고! 잘못은 지가 다 저질러놓고 인자와서 뭐? 양심선언? 지랄을 한다!"
땅땅땅.
"지 대표님, 회의 중입니다. 경어 및 존칭 사용하세요. 그리고 발언권 없이 언성 높이지 마십시오."
정한은 안경을 밀어 올리며 지건만을 냉혹하게 쳐다보았다.
"먼저 안일해 대표님, 잘못된 것을 바로잡고자 용단을 내려주심에 감사드립니다. 그럼 정리해보겠습니다. 먼저 안일해 대표님의 양심선언과 녹취 파일 내용은 일치합니다. 첫 번째, 재계약을 대가로 200여만 원의 소고기 및 향응을 받았다고 하는데 이 자리에 계셨던 분 손 들어주시죠."

"잠깐만, 내 한마디 쫌 하자!"

"지 대표님, 정중하게 손 드시고 경어와 존칭 사용하시라고 했습니다."

"회장한테 한 말 아이다. 마, 안일해! 뭐? 소고기 200만 원? 미쳤나? 200만 원 같은 소리 하네! 그날 인당 먹은 거로 치면 10만 원도 될까 말까다! 우리만 있었나? 유어홈 직원들도 같이 묵었다! 직원들 수가 훨씬 많았고! 우리는 몇 명 돼도 안 해가 200만 원이 나왔든 300만 원이 나왔든 인당 먹은 건 10만 원도 안 된다 인마! 그기 뭐 그리 큰 잘못이고!"

지건만의 궤변을 듣더니 방청객들은 손가락질까지 하며 웅성거리기 시작했다.

"영감, 돌았어? 그게 말이야? 인당 먹은 게 얼마 안 되니까 뭐? 잘못이 없어? 영감탱이가 노망이 들었나!"

"뭐라꼬? 니 몇 살이고? 집에서 아새끼들 밥이나 할 것이지 어데 기어 나와가 동대표한테 삿대질이야!"

"뭐라고? 이 영감이 진짜……."

지훈 앞에 앉아 있던 30대로 보이는 여자 입주민이 지건만의 태도에 울화가 치밀었는지 지건만과 언쟁을 벌이기 시작했다.

땅땅땅!

"그만하세요! 한 번 더 소란 피우는 분은 바로 퇴실 조치하도록 하겠습니다. 제가 묻겠습니다. 지건만 대표님, 업체로부터 소고기 접대를 받으셨는데 잘못이 없다고 생각하십니까?"

"내 방금 말했다 아이가! 우리가 묵은 건 얼마 되도 안 한다고!"

"지건만 씨, 계속 존칭과 경어 사용 안 하시면 저도 생략합니다. 지건만 씨, 아시겠어요?"

반말이 습관이고 일상이 된 지건만은 경어를 쓰기 싫었는지 인상을 확 쓰고 이를 갈며 깨물었다.

"회장님, 제가 한마디 하겠습니다."

4동 대표 오들갑이 못마땅한 표정으로 손을 들었다.

"자꾸 우리가 뭐 큰 죄라도 지은 것처럼 그러시는데······. 그래요. 식사 좀 같이했습니다. 그리고 똑바로 아셔야 하는 게 재계약 해주는 걸 대가로 식사 대접을 받은 게 아니라, 재계약이 이미 된 후에 감사 표시로 식사를 같이한 겁니다. 엄연히 따지면 대가로 받은 건 아니라는 거죠. 그냥 업체의 인사치레라는 겁니다."

"오 대표님 말씀은 계약 후에 받은 건 잘못이 아니라는 말씀이네요. 방청객 여러분께 묻겠습니다. 업체와의 계약 전에 받은 건 잘못이나, 업체와의 계약 후에 받은 건 잘못이 아니라는 의견에 어떻게 생각하시나요?"

"잘못이죠. 그걸 말이라고 합니까!"

"다 물러나라!"

"당장 다 사퇴해!"

방청객에 있는 입주민들은 너 나 할 것 없이 모두 분노를 토해

내기 시작했다.

"오 대표님, 제 생각에도 이건 전후 관계가 중요하지 않습니다. 그런 행위가 있었다는 사실이 중요한 거죠."

"아니, 막말로 우리가 무슨 공무원입니까? 아파트 동대표일 뿐이라예. 게다가 봉사직이라고! 아파트를 위해서 봉사하는데 그 정도도 못 얻어묵나? 그럼 너거들이 동대표 하소!"

9동 대표 우길려가 자리에서 일어서며 흥분을 감추지 못했다.

"네, 맞습니다. 동대표라는 직은 출석 수당 5만 원만 받고 자신의 시간과 노력을 쓰며 봉사하는 봉사직이죠. 그럼 제가 묻겠습니다. 우 대표님은 지금까지 아파트에 어떤 봉사를 하셨나요?"

"그걸 우째 다 기억해요? 그럼 제가 놀았겠어요?"

우길려는 정한에게 띠꺼운 표정으로 짜증을 확 갖다 부었다.

"저는 이렇게 생각합니다. 진정으로 봉사하고자 하셨다면 지금 이런 사태가 일어나지 않았을 거라고 말이죠. 자, 이제 배임각 소장님께 묻겠습니다. 녹취 파일과 안일해 대표님의 양심선언 내용에 대해 어떻게 생각하십니까?"

배 소장은 지건만과 그 패거리들의 눈치를 흘끔흘끔 살피더니 입맛을 여러 번 다시고는 입을 열었다.

"우리 회사 유어홈에서 대접한 소고기는 그때 금액이 200만 원까지는 절대 아니었고예……. 그리고 화단 공사는 우리 직원들이 진짜 다른 일은 아무것도 몬 하고 화단에만 온종일 붙어 있어야 합니더. 그카고 그 공사가 쉬운 거도 아인데 그거까지 직원들한테 하라 카는 건 일종의 갑질이지예."

"그럼 본인 월급 인상 청탁은요?"

"그기 또 무슨 청탁입니꺼? 하하……. 그거는 예, 지가 워낙 안 대표님이랑 가깝다 보니 농담으로 웃자고 한 소립니더. 평소에도 그런 농담은 자주 주고받았심더."

"왐마? 시방 뭔 소리당가? 농담 같은 소리 하고 자빠져부네. 나만 보면 월급 올려달라고 노래를 불러놓고는. 나가 당신 꼬붕이여? 뻑하면 오라 가라."

"자, 자. 흥분하지 마시고요. 이어서 묻겠습니다. 소장님, 안 대표님이 소장님 댁 에어컨도 원가로 달아드렸나요?"

"은지예! 말도 아입니더! 지 받을 돈 다 받아먹었쓰예! 원가는 무슨 원갑니꺼! 인터넷 가격이나 별반 차이도 없드만."

"아따 느자구없어부네잉. 나가 그 먼 거리까지 가서 설치비, 출장비도 안 받고 순전 에어컨값만 받고 쌔빠지게 두 개나 설치해주고 와부렀는디 뭐라고라?"

안일해는 배 소장에게 눈깔을 부라리며 책상을 주먹으로 쾅! 하고 내리쳤다.

"안 대표님, 제가 발언권 드리기 전에 말씀하지 말아주세요. 그리고 배 소장님, 이건 어떻게 설명하실래요? 얼마 전 제가 소장실에 들어갔을 때 업무 시간에 고스톱 게임 하고 계셨죠?"

"하! 기가 막히네, 진짜."

"당장 나가라고! 그냥 잘라버려요!"

"저런 인간 해임 부결한 인간들이나 다 똑같네."

방청객은 다시 떠들썩해졌고, 게임을 했다는 말에 지훈도 뚱

그레진 눈으로 입을 틀어막고 있었다.

"그거는 쉬는 시간에 잠깐……."

"제가 찾아간 시간은 업무 시간이었는데요. 하물며 제가 뻔히 봤음에도 저한테 사과 한마디 없으셨죠?"

"그건 지가 잘못했심더. 지금은 게임도 다 지웠고 그런 일 다시는 없을 낍니더."

"야! 너 같은 소장 필요 없으니가 당장 사표 써!"

"지들끼리 오만 생쇼를 다 하고 있었네? 다 꺼지라고!"

방청객들이 다시 소리를 질러댔지만, 정한은 딱히 제재하지 않았다. 그들이 이 오물을 좀 더 뒤집어쓰길 바라고 있었던 것이다.

"자, 제가 마지막으로 정리하겠습니다. 소고기 회식에 자리했던 대표님은 4동 오들갑, 6동 지건만 대표님 외에 또 누구시죠?"

"어따, 누님들도 가셨담서요. 얼른 손 드쇼!"

안일해가 9동 우길려와 10동 추태자를 가리키며 소리 질렀다.

"그래! 갔다! 뭐 죽을죄 지었어? 기가 막혀서, 원!"

"그럼 오들갑, 지건만, 우길려, 추태자 대표님 총 네 분이 참석하셨던 거죠?"

"맞아요. 그날 나는 일이 많아서 못 가불고 박지새 이사님도 저한티 못 간다고 했었소. 유유희 대표님이랑 레이첼 대표님은 그때 동대표가 아니셨고요."

"잘 알겠습니다. 그럼 회의를 정리하기 전에 공청회인 만큼 방청객 의견을 듣는 시간을 갖도록 하겠습니다."

"저요!"

좀 전에 지건만과 언쟁을 벌였던 30대 중반의 여성 입주민이 손을 들고 일어났다.

"전 정말 우리 아파트에도 이런 일이 일어나고 있다는 사실이 놀랐습니다. 떳떳하지 못한 분들 다 자진 사퇴하시길 바랍니다. 저도 앞으로 아파트에 관심을 더 가져야겠다는 생각이 드네요. 당장 다 사퇴하세요."

곧바로 진절희가 손을 들었지만, 또 언성이 높아질까 정한은 일단 참으라는 눈짓을 보냈다.

"저요."

정한을 비롯한 모두가 손을 든 사람에게 시선을 옮겼다. 바로 지훈이 손을 들었기 때문이었다.

"네, 어린이 입주민 말씀해주세요."

지훈이 일어서자, 지건만은 '대가리에 피도 안 마른기!'라는 입 모양을 하며 고개를 휙 돌렸다.

"안녕하세요? 저는 삼문초등학교 5학년 유지훈입니다. 저는 아파트 회의를 보면서 어른들의 회의는 싸우는 게 회의라는 생각이 들었습니다. 그래서, 앞으로 싸우지 않고 토론하셨으면 좋겠습니다. 토론은 상대방을 이기기 위한 시합이나 경쟁이 아닌 더 좋은 답을 찾아가는 과정이라고 배웠거든요. 동대표님들께 부탁드립니다."

지훈의 말이 끝나자, 회의실은 적막이 흘렀다. 지건만 패거리를 제외한 동대표들은 고개를 숙였고, 명백화는 지훈의 머리를 쓰다듬어주었다. 그리고 정한은 지훈을 바라보며 투명한 미소를 짓고는 고개를 살짝 끄덕였다.

"Oh no, I'm very shocked. 대체 이게 무슨 shit 같은 일이에요? 거의 20년 만에 돌아온 고향에서 충격 그 자체네요. 제가 왜 미국에서 돌아온 줄 아세요? 한국의 정이 그리워서예요. 언더스탠? 잘못하신 분들 깔끔하게 나가주세요. 난 우리 아파트 정 넘치고 따뜻한 아파트로 만들고 싶으니까."

레이첼은 도무지 이해가 되지 않는다는 표정으로 고개를 쉬지 않고 저었다.

"여러분, 우리 모두 부끄러워해야 합니다. 이런 모습을 보이는 우리 자신들을요. 오들갑, 지건만, 우길려, 추태자 대표님. 초등학생 눈에도 보이는 부끄러움이 대표님들 눈에는 안 보이십니까? 게다가 우길려, 추태자 대표님은 감사직까지 겸하고 계세요. 감사라는 분들이 대체 뭘 하신 겁니까? 우길려 대표님, 이게 대표님이 말씀하신 봉사인가요? 그리고 배임각 소장님, 대체 지금까지 아파트를 어떻게 관리해오신 겁니까? 저는 여러분께서 이제라도 진정으로 사과하고 책임지는 행동을 하셔야 한다고 생각합니다. 그리고 진정한 사과는 머리만 숙이는 것이 아니라, 마음도 숙이는 것이라는 것. 꼭 잊지 마시기 바랍니다. 그럼 다음 회의 때 여러분의 진정한 사과와 행동을 기다리겠습니다. 이번 회의를 마치도록 하겠습니다."

이게 또 이렇게 풀리네

11월 회의가 끝난 후 아파트는 술렁이기 시작했다. 아파트 앱 커뮤니티에는 동대표들과 배 소장의 사퇴를 요구하는 글이 매일같이 올라오고 있었다.

"아니, 회장님! 이 공고문은 다 뭡니꺼? 폐자전거 판 돈 횡령을 손 대리가 주도했다고예? 그거 다 배임각이가 지어낸 소설입니다!"

"배 소장님 주장이 그렇더라고요."

"다 시뻘건 거짓말이죠! 회장님도 아닌 거 아시잖아예? 게다가 손 대리가 얼마나 친절하고 일도 잘하는 직원인데. 회장님도 손 대리 잘 아시지 않으십니꺼?"

"손 대리님 성실한 거…… 저도 잘 알죠. 근데 배 소장님 말이 이 글 내용에 손 대리도 동의했대요."

"이런 쓰레기 같은 인간이 다 있나! 어데 애먼 손 대리한테 이런 오물을 뒤집어씌우노! 회장님, 저 도저히 가만히 몬 있겠심더. 제가 손 대리랑 얘기할게요."

"부녀회장님, 잠시만요. 저한테도 계획이 있으니까 조금만 기다려주시죠. 저 믿고 잠시만요."

"아니, 아무 잘못도 없는 손 대리가 아파트 입주민들한테 욕을 먹고 있는데 글을 당장 내리든지 해야지, 와 기다리라는 거예요?"

"그 공고문 손 대리님이 발견하실 때까지만요. 잘못된 거니까 손 대리님도 보셔야죠. 그러니까 잠시만 기다려주세요."

진절희는 기다려달라는 정한이 이해되지 않았지만, 이 상황에서 그를 믿지 않을 수 없었다. 그리고 정한이 얘기했던 기다림은 예상보다 길지 않았다. 다음 날 오후, 정한은 진절희의 전화를 받았다.

"회장님, 손 대리가 공고문 보디만 배 소장 가만 안 놔둔다고 난립니더. 억울해 죽어뿐다고. 지금 입주민들 볼 면목도 없어가 일도 손에 안 잡힌다는데 우짭니까?"

"알겠습니다. 제가 손 대리님과 통화할게요."

정한은 직원 연락망에서 손재주 대리의 전화번호를 찾아 전화했다.

"아이고, 회장님. 안녕하십니까!"

"긴급한 사안이니 본론부터 말씀드릴게요. 좀 전에 부녀회장님이랑 통화했는데 폐자전거 판매 대금 횡령 공고문, 허위 사실이라고 들었습니다."

171

"예, 회장님. 저 정말 너무 억울해서 죽겠습니다. 제가 그 돈을 주도해서 받았다뇨? 좀 전에 엘리베이터를 탔다가 공고문 보고 피가 거꾸로 솟았습니다."

"배 소장님한테 그 공고문 받으면서 저도 영 이상하기에 배 소장님께 물었거든요. 이 내용 손 대리님도 확인하고 동의한 거냐고. 그러니까 다 확인했다고 하셔서 제가 결재했던 겁니다."

"회장님, 저 이 아파트에서 10년을 일했습니다. 그리고 배 소장님이랑도 벌써 수년이고요. 한솥밥을 수년이나 먹은 사람이 이런 짓을 하다니……. 정말 배신감에 아무것도 못 하겠습니다."

"그럼 손 대리님, 그날 있었던 일에 대해 자세히 적어서 보내주실래요? 그 내용을 토대로 제가 알아서 해결하겠습니다."

"물론이죠! 그건 어렵지 않습니다. 부디 제 누명만 벗을 수 있도록 해주십시오, 회장님!"

손재주 대리는 자신의 억울한 심정과 횡령 사건의 전말을 A4용지에 적어 정한의 우편함에 넣어두었다.

'소장입니다. 회장님, 모레 집에 일이 있어서 연차를 써야 할 거 같습니다.'

손 대리와의 만남을 배 소장이 눈치채지 못하게 하려다 보니, 퇴근 후에 따로 만나야 할지 고민 중이었는데 배임각은 알아서 도와주었다. 손 대리는 점심을 서둘러 마친 뒤, 청학 북카페에서 정한을 만났다.

"회장님, 바쁘실 텐데 저한테까지 신경 써주시고, 감사합니다."

"무슨 말씀이세요, 대리님. 우리 직원을 제가 신경 안 쓰면 누가 쓰입니까? 당연한 거니까 개의치 마세요. 이것도 제 일이에요."

"참, 제가 60 넘도록 아파트 시설 관리 일 해오면서 수많은 입주민대표 회장님들을 봬왔지만 공 회장님처럼 말씀해주시는 분은 처음입니다. 우리 직원으로 생각해주셔서 정말 감사합니다."

짧은 스포츠머리 사이에 드문드문 보이는 백발 그리고 테이블 위에 오른 거친 손이 그의 경력을 보여주는 것 같았다. 비록 경위서를 통해 파악한 폐자전거 횡령 사건이지만, 정한은 손 대리의 입을 통해 다시 한번 들었고 어젯밤부터 끌고 온 결론을 얘기했다.

"손 대리님, 배임각 소장을 경찰에 고소해주세요."

"네에?"

"명예훼손으로 고소하셔야 합니다."

"아이쿠, 회장님, 저는 단 한 번도 그런 거 안 해봤습니다. 경찰서 근처에도 가본 적이 없어요. 그리고 저는 그저…… 소장님이 저한테 사과하시고 공고문 내용만 수정해주시면 됩니다. 고소는 아닌 거 같아요."

손대라는 연신 손사래를 치며 당황하는 모습이 역력했다.

"대리님, 이건 심각한 범죄입니다. 그리고 배 소장은 절대 대리님께 사과하지 않을 거예요. 사과할 줄 아는 사람이었다면 이런 짓도 안 하죠. 배 소장님이 제대로 된 리더였다면 설사 정말 손 대리님의 잘못이라 해도 자신의 잘못이라고 덮어주는 게 맞습니다. 하지만 배 소장님은 오히려 자신의 잘못까지 손 대리님께 뒤집어씌웠어요. 그 사람은 그냥 그런 사람입니다. 저도 법 좋아하지 않습니다. 하지만 대리님께서 확실히 사과받고 이 일을 바로잡으려면 고소하셔야 해요. 저도 도와드리겠습니다."

손 대리는 거친 두 손을 모아 꼼지락거리며 어쩔 줄 모르는 표정이었다.

"저, 회장님. 사실 어제 제가 아침 회의 시간에 소장님께 얘기하니까 자기가 잘못 알았다고 사과는 했습니다. 그래서 곧 소장님이 바로잡아주시지 않을까 싶습니다."

"네, 대리님 생각이 그러시다면 그 생각 존중합니다. 대리님 본인이 괜찮으시다는데 그럼 된 거죠. 하지만 대리님. 대리님도 잘 아시다시피 사람 절대 안 변합니다. 전 그 사과에 진정성이 1퍼센트도 없는 거 같거든요. 게다가 사과를 하려면 입주민들도 알게 했어야죠. 뭐, 일단 대리님 뜻이 그러하니 그렇게 알고 있겠습니다. 저도 지금 관리실 갈 일 있으니 같이 들어가시죠."

관리실에 가까워지자, 어벤저스와 안일해가 관리실 입구에 있는 모습이 보였다.

"다 같이 어쩐 일이세요? 일단 들어가시죠."

정한이 어벤저스에게 인사를 건네고 손 대리도 일하러 가겠다며 돌아서려는 순간, 정한의 폰으로 배 소장의 전화가 걸려 왔다. 그 짧은 찰나에 정한은 갑자기 무슨 계획이 섰는지 일하러 가려는 손 대리까지 불러 어벤저스와 다 같이 직원 회의실로 들어갔다.

"네, 소장님. 무슨 일이세요?"

"제가 어제 말씀 안 드린 게 있심더."

"뭔데요?"

"그 폐자전거 관련해가 어제 아침 회의 때 손 대리가 직원들 앞에서 잘못도 인정하고 사과도 했심더."

"어제 아침에 손 대리가 사과를 했다고요?"

그의 입만 바라보고 있는 어벤저스와 손 대리를 향해 정한은 어이없다는 눈빛을 보내며 배 소장의 말을 일부러 반복했다. 손 대리는 마치 구겨져 쓰레기통에 버려진 A4용지 같은 얼굴을 하고 있었다.

"소장님, 제가 증거를 확실히 남겨야 하니까 녹취를 하겠습니다. 동의하시나요?"

"예, 개안심더."

정한은 녹취 버튼을 누르고 동시에 스피커 모드로 바꿨다. 그리고 소장실에 있는 모두에게 '쉿'이라는 제스처를 띄웠다.

"자, 제가 다시 한번 반복할게요. 그러니까 소장님 말씀은 폐자전거 대금 횡령이 손 대리가 한 게 맞고 손 대리가 그걸 어제 인정하며 직원들에게 사과까지 했다는 거죠?"

"예, 그래가 저도 고마 됐다고 그냥 넘어가자 했심더. 그라니까 이제 그 공고문은 떼도 되지 않겠심꺼?"

스피커를 통해 배 소장의 치졸함이 흘러나오자, 손 대리의 두 주먹이 점점 말려 들어가고 있었다.

"제가 듣기론 소장님께서 전 직원에게 사과를 하고 잘못을 인정했다고 들었는데, 아닌가요?"

"예? 누가 그런 소릴 합니까?"

"손 대리가요."

"어허! 손 대리도 참. 와 그라지? 아무래도 손 대리가 회장님이 어려워가 그래 얘기한 거 같습니더. 지가 내일 출근하면 손 대리한테 잘 얘기할게예."

"소장님, 지금까지 하신 말씀 다 사실인가요?"

"하모요."

"소장님, 소장님이 지금까지 말씀하신 거, 스피커로 손 대리도 같이 듣고 있었어요."

"예?"

배 소장은 갑자기 목이 메었는지, 아까와는 달리 목소리가 흔들리기 시작했다.

"소장님, 접니다. 손 대리, 어떻게 이러실 수가 있습니까? 지금까지 소장님 믿고 함께 일한 시간이 있는데……. 정말 배신감 느낍니다!"

좀 전까지만 해도 어떻게 이렇게까지 차분할 수가 있나 싶던 손 대리는 마치 다른 사람이 된 것처럼 목소리를 높였다.

"제가 그 얼토당토않은 공고문을 보고도 소장님이 제대로 사과만 하시면 그냥 넘어가려고 했습니다. 그런데 뭐라고요? 횡령도 제가 했고 사과도 제가 했다고요? 소장님이 사람입니까? 그래도 제 상사라 이 얘기까진 안 하려고 했는데 이제 말할게요! 그날 업체 사장이 소장님 계좌로 돈 부친다는 걸 소장님 계좌로 받으면 안 된다고 제 계좌번호 알려주라고 한 거까지 똑똑히 기억합니다. 그래서 저도 싫다고 하니까 지금은 퇴사한 최 주임 계좌로 받았잖아요! 방금까지만 해도 저한테 소장님 명예훼손으로 고소하라는 걸 그래도 같이 일하는 식구끼리 그건 아니다 싶어서 참았습니다. 그런데 이젠 못 참겠네요! 저 고소하러 갑니다!"

"손 대리! 손 대리! 그게 아이고 내 말 좀 들어봐라! 여보세요?
손 대리!"

폐자전거 횡령에 대한 손 대리의 자세한 내용까지 들은 어벤
저스는 연신 입을 틀어막으며 놀라움을 금치 못했다.

"접니다, 배 소장님, 정말 추하게 왜 이러세요? 직원들을 감싸
주지는 못할망정 이게 뭡니까? 안 부끄러우세요?"

"……."

"대답하세요. 안 부끄러우세요?"

"……."

"그래요. 뭐 부끄러움을 아는 사람이면 이렇게까지 오지도 않
았겠죠. 차라리 부끄러워하지 마시고 그 부끄러움 아껴두세요.
앞으로 부끄러울 일 천지일 테니까. 그럼 전 이만 손 대리님이랑
경찰서로 갑니다. 곧 서에서 연락 갈 거예요."

정한은 배 소장의 대답도 듣지 않고 통화 종료 버튼을 눌렀다.
손 대리는 마음의 상처가 깊었는지 앉아서 고개를 푹 숙이고 있
었고, 안일해는 손 대리의 어깨를 토닥이고 있었다.

"손 대리님, 인간의 아름다움은 끝이 있지만 추악함은 끝이 없
습니다. 배 소장도 얼마나 더 추악해질지 모르겠네요. 어쨌든
전 대리님 결정을 존중하겠습니다."

"회장님 말씀이 맞습니다. 제가 착각했었네요. 사람 고쳐 쓰는
거 아니죠! 고소하겠습니다. 가시죠, 경찰서로."

손 대리는 자리를 박차고 일어나며 단호한 표정으로 정한을

바라보았다.

"왐마? 손 대리님도 경찰서간다요? 나도 지금 가려고 왔는데. 하긴 방금 배 소장 이 잡노무 새끼가 하는 거 보고도 가만있으면 등신이제."

어벤저스와 안일해가 관리실 앞에서 정한을 기다린 이유는 안일해도 배 소장을 비롯한 아파트 비리를 고발하러 가기 위함이었다. 양심선언 후에 배 소장을 비롯한 동대표들이 안일해에게 매일같이 전화로 욕설을 퍼붓고 문자로 폭언을 일삼아 안일해의 뚜껑도 열린 참이었다.

"그럼 다 같이 가시죠. 우리 다 같이 경찰서 가서 고소 고발하고 옵시다. 아무리 생각해도 이 인간은 다른 해결 방법이 없네요."

정한이 일어서자, 어벤저스와 안일해, 손재주 대리는 11월의 추위도 아랑곳하지 않고 경찰서로 함께 향했다.

*

결국, 손 대리는 배 소장을 명예훼손으로 고소했고 안일해는 고발장을 접수했다. 쉽게 풀리지 않을 것 같던 일이 안일해의 양심선언과 배 소장의 손 대리에 대한 명예훼손이 튀어나오며 예상치 못한 방향으로 술술 풀리고 있었다. 다음 날, 배 소장은 출근하자마자 정한에게 전화를 걸었다.

"아침부터 뭡니까?"

"회장님, 고소는 좀 취하해주시면 안 되겠심꺼?"

배 소장은 전에 없던 절절매는 목소리로 읍소하기 시작했다.

"제가 고소했습니까? 손 대리가 했지."

"제가 오자마자 손 대리한테 진짜 진심으로 사과했심더. 손 대리는 회장님 허락 없이 고소 취하 몬 한다 카던데, 회장님, 제가 진짜 잘몬했심더. 우째 안 되겠심꺼?"

"네, 안 돼요. 조사 성실히 받으시고 평생 반성하며 사세요."

"지가…… 우째 하면 되겠심꺼? 말씀 좀 해주이소. 회장님이 하라는 대로 할게예."

"그래요?"

마치 이 말을 기다렸다는 듯, 정한은 또 웃음을 짓기 시작했다.

"그럼 사건의 진실에 대해 상세히 반성문 써서 아파트에 재공지하세요. 그리고……."

"예! 그건 당연히 그래야지예."

"그리고 지금까지 일도 개판으로 하셨고 죄까지 지셨으니 책임을 지셔야죠. 안 그래요?"

"사직…… 말씀이신가예?"

"어우, 무슨 말씀이세요. 누가 들으면 제가 소장님 밥줄 끊으려고 하는 줄 알겠어요. 전 그냥 알아서 책임을 잘 지어달라는 얘기만 했습니다. '결자해지' 아시죠? 그냥 그 뜻이에요."

사직을 종용하면 나중에 문제가 될 수도 있다는 걸 감사실장까지 했던 정한이 모를 리가 없었고, 배 소장 역시 정한의 뜻을 모를 리가 없었다. 그리고 일주일도 채 되지 않아 배 소장은 정말 경찰서에서 출석해달라는 전화까지 받게 되자, 고소를 취하하는 조건으로 12월 입주민대표회의 때 공개 사과를 하고 즉각 사퇴하기로 약속했다.

그리고 한편, 지건만과 그 패거리도 고발 소식을 받게 되며 현실 자각이 일어나기 시작했다.

"내다."

"'내다'가 아니라 '접니다'라고 하세요. 안 그러면 끊습니다."

전화를 받자마자 반말하는 지건만에게 정한은 존댓말 교육부터 시전했다.

"고마 내 부탁이 하나 있소이다."

"요즘 왜 이렇게 저한테 부탁하는 분들이 많죠? 그래요. 지 대표님, 뭔데요?"

"내가 동대표들 다 같이 사퇴하도록 할 테니까 고소 고발 같은 거 다 취하 좀 해주고 배 소장한테 붙이라고 한 공고문에 우리 이름은 좀 빼주소."

"아니, 공고문에 이름을 빼면 나머지 죄 없는 동대표님들도 같이 욕먹을 텐데요? 어느 동대표가 잘못했는지는 확실히 구분해야죠."

"그러니까, 이래 부탁한다 아니요? 내가 동대표들 사퇴서 다 모아가 제출할 테니까, 그래도 우리가 오랫동안 아파트를 위해 봉사해왔는데 명예는 좀 지켜주소 고마."

"하하하하, 또 봉사하셨다고 하시네? 지 대표님, 이런 식으로 봉사하는 사람 없습니다. 그러니까 봉사라는 단어는 함부로 쓰지 말아주세요. 뭐 그건 그렇고. 그래서 잘못한 건 인정하세요?"

"잘못했다기보다 우짜다 보이 오해가 쫌 생깄네."

"하, 이게 오해라고요? 그럼 오해만 풀면 되겠네요? 지 대표님, 그냥 사퇴하지 마세요. 저는 공고문에 이름 다 넣고 고발 취하도 안 합니다. 오해가 풀릴 때까지."

"아니, 내 말은 그기 아이고……. 어느 정도 실수가 있었던 건 인정합니다. 그래도 우리가 아무도 안 하려고 하는 동대표 몇 년 동안 머릿수 채워온 노고도 있긴 있다 아니요!"

"그 노고 정말 눈물겹네요. 뭐 저도 길게 말하기 피곤하니까 요점만 얘기할게요. 참고로 제가 사퇴하라고 한 적 없습니다. 대표님이 하신다고 한 거예요. 공고문은 일단 이름은 빼고 적절하게 고쳐드릴게요. 그리고 고발 취하는 이번 입주민대표회의 결과를 보고 결정하겠습니다."

잘한 것도 있다

 12월 입주민 대표 회의도 11월과 마찬가지로 많은 입주민이 참석했다. 그 이유는 폐자전거 횡령 사건의 진실과 배 소장의 사과 그리고 사퇴 의사까지 적힌 공고문을 보고 그냥 지나칠 수 없다는 입주민들이 많았기 때문이다. 어벤저스는 이번 회의를 끝으로 이 지긋지긋한 인간들이 정리될 수 있다는 기대감에 조금은 들뜬 표정이었다. 지금까지 있었던 일을 들은 정해도 아파트에서 알고 지내는 엄마들을 대동했고, 지훈 역시 빠지지 않았다. 동대표들의 표정은 여느 때보다도 무거웠고 배 소장은 고개를 들지 못하고 있었다. 방청석에서 그들을 바라보는 입주민들의 분위기는 날씨보다 더 싸늘한 것 같았다.
 "그럼 12월 입주민대표회의를 시작하겠습니다."
 땅땅땅.
 정한이 개회를 알리는 의사봉을 내리치자, 공명이 일어나며 긴장감이 휘몰아치기 시작했다. 예산 집행에 대한 안건을 먼저 처리하고 정한은 본론으로 들어갔다. 방청석에 있는 어벤저스는 일제히 침을 꿀꺽 삼켰다.

"다음 순서로 현재 우리 아파트의 가장 중대한 사안으로 넘어 가겠습니다. 먼저 공고한 바와 같이 배임각 소장님은 폐자전거 판매 대금을 본인이 받아 사용했음에도 불구하고, 자신의 부하 직원인 손재주 대리가 주도한 일이라고 허위 사실을 적시하여 공고했습니다. 그로 인해 손재주 대리가 명예훼손으로 고소 조치를 한 상태입니다. 배임각 소장님, 맞습니까?"

"예……."

"완전 쓰레기네."

"저런 놈이 우리 아파트에서 대체 몇 년 동안 해먹은 거야? 감 방 보내버려요!"

방청객들은 다시 술렁이기 시작했다.

"자, 자. 방청객분들은 회의 중에는 정숙 부탁드립니다. 그럼 이 에 대한 배임각 소장님의 의견부터 듣겠습니다. 말씀하세요."

배 소장은 엉거주춤 일어서더니, 마치 자기 발끝만 보고 있는 것처럼 시선을 아래로 깐 채 입을 열었다.

"공고문 내용대로 제가 잘못했습니다. 모든 잘못을 인정하고 저는 이번 달 말일부로 사직하겠심더. 죄송합니다."

"누구 마음대로 이번 달 말일이야! 오늘부로 당장 꺼져!"

"맞아요! 누가 이번 달까지 당신 같은 사람한테 일해달래? 당 장 나가세요!"

배 소장이 이번 달 말에 그만둔다고 하자, 입주민들은 반사적으로 일어나 삿대질을 하며 소리 질렀다.

땅땅땅.

"정숙하세요! 배 소장님, 입주민들의 의견이 이렇습니다. 어떻게 생각하십니까?"

배 소장은 잠시 눈을 감고 고개를 더 푹 숙이더니, 정면을 바라보며 말했다.

"내일부로 사직하겠심더."

방청석에 앉은 입주민들은 당연하다며 박수를 쳤다.

"잠시만요. 내일 당장 그만두는 건 오히려 업무에 피해를 끼칩니다. 새 소장도 받아야 하고 인수인계도 필요하니, 기한을 일주일 후로 두는 건 어떻습니까? 배 소장님, 동의하시나요?"

정한의 의견에 입주민들도 고개를 끄덕였고 배 소장도 동의하며 자리에 앉았다.

"다음 건입니다. 지난 회의 때 여기 계신 안일해 대표님의 양심선언 내용에 따라 부적절한 처신을 하셨던 동대표들의 이야기를 듣도록 하겠습니다."

"먼저 지가 야그하것소. 여그 사퇴서요. 나는 양심선언 때 야그한 것처럼, 오늘부로 동대표 및 이사직에서 사퇴헙니다. 그라고 당신들도 얼른 사퇴허요. 추잡한 짓거리 인자 고만하고 나와줍시다."

안일해가 일어서며 사퇴서가 담긴 하얀 봉투를 자기 책상 앞에 툭 떨어뜨리고 지건만과 패거리들을 번갈아 보며 말했다.

"나 원 참, 더버러가. 여기 사퇴서!"

이어서 지건만이 일어서며 사퇴서를 툭 내던졌다. 모두의 시선이 지건만을 향하자, 주머니에 손을 넣은 채 말을 이어갔다.

"어차피 이번 순서는 우리 재판 아니요? 길게 말할 거 없심더! 소고기 얻어묵은 기 잘못이라면 잘못이겠지. 내 더러븐 꼴 더 보기 전에 고마 사퇴할라요!"

"저도 사퇴합니다."

오들갑이 이어 일어섰다.

"내 참 추잡스럽네……. 내도 사퇴! 하라캐도 안 한다! 기껏 봉사해줬디만 사람을 아주 빙시로 만들어삐네!"

우길려가 온몸을 부들부들 떨며 분노에 찬 목소리로 소리치자, 방청객에서 한 남자가 우길려에게 말했다.

"봉사 같은 소리 하네. 당신들 매달 회의 출석하면 받는 5만 원 때문에 한 거잖아! 그지처럼 와서 출석비 받고 식대로 밥이나 얻어 처먹으려고!"

"뭐어? 5만 원에 거지? 이 양반이 뚫린 입이면 아무 말이나 해도 되는 줄 아나! 당신 대체 뭐야! 더러워서 원! 난 그 소고기 얻어먹지도 않았지만, 이런 개소리나 들을 바엔 안 해! 전 지금 사퇴서 쓰겠습니다!"

조용히 분위기 파악만 하고 있던 박지새가 이 말에는 자기도 열이 받았는지 박차고 일어나 방청객을 향해 따지더니 사퇴서를 작성하기 시작했다.

"What are you talking? 이 말은 저도 기분이 very 몹시 나쁘네

요! 누구신지 모르지만 사과하세요! 동대표들에게 이 무슨 shit 같은 말이죠? 이런 shit까지 들으며 저도 동대표 이까짓 거 더 하고 싶지가 않네요. 아 돈 언더스탠."

레이첼마저 동요하며 사퇴 얘기를 꺼내자, 정한은 다시 한번 의사봉을 힘껏 두드리며 일어났다.

"방금 막말하신 분, 앞쪽으로 나오셔서 정중히 사과하십시오. 사과하지 않으시면 저에게도 하신 말씀으로 간주하겠습니다!"

"아니, 회장님, 저 사람들이 잘못한 거 맞잖습니까?"

"누가 잘했다고 했습니까? 잘못한 거에 관해서 얘기하면 되지, 방금 하신 말씀은 입대의 전체를 모욕하신 겁니다. 빨리 사과하세요!"

아까부터 안경을 벗은 채 얘기하는 정한의 눈빛은 그 누구도 마주 보기가 쉽지 않았다.

"네, 방금 한 말은 제가 실수했습니다. 죄송합니다."

갑자기 몰려오는 부끄러움을 느꼈는지, 그는 주머니에서 마스크를 꺼내 쓰고 고개를 푹 숙였다. 정한은 다시 안경을 고쳐 쓰고 나지막이 얘기했다.

"여러분, 저는 이 사태가 비단, 이분들만의 잘못은 아니라고 봅니다. 지금까지 아파트의 일에 무관심했던 우리 모두의 잘못입니다. 그리고 이분들께 잘못만 있는 건 아닙니다. 잘한 것도 분명히 있지요."

정한의 '잘한 것도 있다'라는 말에 방청객은 술렁이기 시작했다. 누군가는 수군거리고, 또 누군가는 의아한 표정으로 서로의 얼굴을 바라봤다.

"바로 매달 나와서 자리를 채워주는 것. 좀 전에 말씀하셨죠? 5만 원 때문에 나와 있냐고. 그럼 여러분은 그 5만 원 때문에 매달 여기에 나와 앉아 있을 생각 해보셨습니까? 동대표. 서로 안 하려고 하시지 않나요? 다 내 생계에 바쁘고 내 일이 중요해서 아무도 안 하려고 하는 자리……. 법적으로 채워져야 하는 그 자리를 이분들이 채우고 있었던 겁니다. 이분들 사퇴하고 보궐선거 진행하면 여기 계신 분들 중에 동대표 하실 분 있으신가요? 있으시면 지금 저한테 말씀해주십시오. 이거 보세요, 없잖습니까? 자리만 채우고 있는 것도 아무나 할 수 있는 일은 아닙니다. 비난할 건 비난하더라도 인정할 건 인정합시다. 사퇴서 내신 동대표님들 그동안 수고 많으셨습니다."

사퇴하길 바라던 사람들이 모두 사퇴서를 던졌는가 했는데, 한 사람이 남아 있다는 걸 진절희가 놓칠 리 없었다.

"추태자 대표님, 대표님도 소고기 같이 드셨잖아? 와 사퇴 안 해요?"

"제가 그날 먹은 밥값…… 해봐야 3만 원도 안 할 건데요. 저 그날 얼마 안 먹었거든요. 김영란 법인가? 거기도 3만 원이라던데……. 저 그날 소고기 별로 안 먹고 된장찌개에 밥 위주로 먹었어요."

추태자의 대답에 회의실 곳곳에서 어이없다는 탄식과 비웃음이 섞여 나오고 있었다.

"와……. 진짜 기가 막히네. 창의적이다! 창의적이야!"

"술은 마셨지만, 음주는 아니다야 뭐야?"

"추태자 씨, 추태 그만 부리고 사퇴하세요. 칠순도 넘긴 양반이 무슨 추태야, 증말!"

사람들은 추태자에게 맹비난을 쏟아내고 있었다. 하지만 추태자는 고개를 빳빳하게 치켜들고는 모르쇠 표정을 지으며 딴청만 부릴 뿐이었다.

"정숙해주세요. 사퇴는 개인 의사이지 여러분이 종용해서는 안 됩니다. 그런데 추태자 대표님, 제가 한 가지만 여쭙겠습니다. 감사직을 겸해오셨는데 저번 감사 의견은 뭐였습니까?"

"예?"

정한의 질문을 받자, 빳빳하던 추태자의 고개와 동공이 흔들리기 시작했다.

"아니, 저번 감사 의견서를 제가 봤는데 '의견 없음'이라고 돼 있더라고요. 정말 감사 제대로 하신 거 맞습니까?"

갑자기 적막해진 회의장은 마치 추태자의 숨소리만 들리는 것 같았다.

"제가 아파트 장부를 보니 몇 가지 자잘한 문제들이 보이던데……. 혹시 감사님도 보셨나 해서요. 보셨는데 그냥 넘어가신 건지, 아니면 못 보신 건지 궁금합니다. 그냥 넘어가셨다면 감사의 자격이 의심스럽고요. 제 눈에도 보이는 걸 못 보신 거면 감사의 자격이 없는 거고요. 어느 쪽입니까?"

그랬다. 지금까지 봉주르 아파트의 동대표 감사는 비단 추태자뿐만 아니라 모두가 이런 식으로 해온 것이었다. 하지만 누굴 탓하겠는가. 방금 정한이 했던 말처럼 아파트 일에, 내가 사는 내 집의 일임에도 모두가 무관심한 것을.

"추 감사님은 회의 끝나고 저랑 감사보고서 좀 다시 보시죠."

정한은 쩔쩔매며 고개를 처박다시피 하고 있는 추태자를 더 이상 몰아붙이지 않았다. 동대표 절반이 빠져나간 회의실의 빈 자리를 보며 정한은 마냥 좋아할 수만은 없었다. 이제 빈자리를 보궐선거로 채워야 하고, 동대표의 자리를 채우는 것 자체가 얼 마나 어려운 것인지 익히 들었기 때문이었다.

"여러분, 제가 9월부터 회장 임기를 시작한 후 3개월이 지났습 니다. 이 3개월 동안 정말 생각지도 못한 많은 일을 겪었습니다. 그리고 반성했습니다. 저도 지금까지 아파트에 무관심했다는 것 을요. 가끔 기사를 통해 아파트 비리를 볼 때 남의 얘기라고만 생 각했습니다. 하지만 누군가에게 일어나는 건 누구나에게 일어날 수 있는 일이란 걸 뼈저리게 느꼈습니다. 아파트…… 어쨌든 내 집입니다. 앞으로 우리 모두 내 집이라 생각하고 함께 신경 쓰고 함께 발전시켜나갔으면 좋겠습니다. 올해 마지막 회의 이만 마 치도록 하겠습니다."

사람들은 회의실을 나가며 정한에게 수고했다며 격려했다. 하 지만 한 명은 회의실을 나가지 못하고 자리를 지키고 있었다.

"추태자 대표님, 회의 다 끝났는데 안 가세요?"

"저, 회장님께 드릴 말씀이 있어요."

추태자는 사람들이 다 나가길 기다리고 있었고 정한은 배 소 장에게 회의실 열쇠를 받으며 뒷정리는 자신이 할 테니 먼저 돌아가라고 일렀다.

"추 대표님, 이제 말씀해보세요."

"사실, 저 감사에 대해 아무것도 모릅니다. 그냥…… 할 사람이 없다고 저한테 하라길래 지금까지 해온 거예요."

"잘 알고 있습니다. 대표님뿐만 아니라 공동주택관리법이나 아파트 제도에 대해 알고 일하시는 동대표님들 거의 없습니다."

"그래서 저도 사퇴할 거예요. 이제 정말 젊고 일 잘하는 분들에게 맡기고 싶습니다. 아까 제가 그렇게 고집을 피운 건……."

추태자는 말을 하려다 다시 집어삼키며 머뭇거리기 시작했다.

"대표님, 편하게 말씀하세요."

"저도 부탁드릴 게 한 가지 있어서……."

"얼마든지요. 말씀하세요."

"사실 제가 동대표라는 것…… 감사라는 것이 우리 손주들에게 큰 자랑거리예요. 손주들 볼 때마다 할머니 동대표라고, 감사님이라고 얼마나 자랑스러워하는지……."

그녀는 다시 말꼬리를 흐리며 안절부절못했다.

"대표님, 손주들이 할머니 자랑스러워하는 거 정말 뿌듯하시죠? 그런데 대표님. 이런 자리는 누구에게 자랑하기 위해서 하는 게 아니에요. 1500세대에 대한 책임과 의무가 따르는 결코 가볍지 않은 자리입니다. 대표님께서 정말 잘하실 수 있는 일을 찾아서 하신다면 손주들에게 진정 자랑스러운 할머니가 될 거라 믿어 의심치 않습니다."

"네……. 그렇게 말씀해주셔서 감사합니다. 저도 동대표와 감사직에서 사퇴할게요. 다만……."

"어려워하지 마시고 말씀하세요."

"동대표 사퇴 공고에 소고기 사건 같은 내용과 제 이름은 빼주시면 안 될까요? 손주들이 오가며 보기라고 하면 제가 손주들 볼 낯이……."

"알겠습니다, 대표님. 저는 아까도 말씀드렸다시피 지금까지 대표님들께서 자리를 채워주신 것도 큰 수고라고 생각합니다. 그런 부분은 제가 다 감안해서 공고할게요. 그동안 수고하셨어요."

그렇게 올해 마지막 회의가 마무리되었고 정한은 약속대로 사퇴하는 동대표들의 실명을 배제한 후 개인 사정으로 인한 사퇴로 공고하며 그들의 마지막 명예는 지켜주었다.

"회장님, 나요. 안일해."

"네, 안 대표님. 어쩐 일이세요?"

"인자 동대표도 아닌디 뭔 대표요. 허허."

"왜요, 에어컨 업체 대표님 맞으시잖아요."

"하하, 허긴 그것도 그라요. 지가 전화드린 이유는요. 사실 지는 이 아파트랑 밀양에 솔찬히 정이 많이 들어부렀소. 나가 먹고 살아보것다고 전라도서 경상도까지 넘어오믄서 월매나 걱정을 많이 했간디요. 지금이야 덜 허지만 옛날엔 전라도 차는 경상도서 기름도 안 넣어준다는 말도 있었지라. 근디 그런 나를 아무 편견 없이 받아준 것이 이 아파트 주민들이요. 솔직히 여그 사람들 아니었으믄, 이 아파트 아니었으믄 나도 먹고살기 허벌나게 힘

들었지라. 일이 어떻게 이렇게 꼬여부렀지만 이 아파트 사람들 중에 좋은 사람도 많아요. 뭐 지금은 이사 가고 이사 오고 함서 사람도 많이 바뀌긴 했지만 그려도 난 믿어요. 우리 아파트는 분명 좋은 사람들이 더 많다고. 그라고 우리 아파트처럼 하늘이 내려분 환경을 가진 아파트가 어디있소? 지는요, 아무리 화나고 속상한 일 있어도 우리 아파트 송림 따라 밀양강 천도길까지 걸어불고 나면 세상 근심 싹 사라져부러요. 가끔은 여그가 아파트인지 전원주택인지 헷갈려부러요! 하하!"

"안 대표님 말씀 맞습니다. 삼문동도 그렇고 우리 아파트도 그렇고 동네가 이렇게 살기 좋다는 건 그만큼 좋은 사람이 많아서 그런 거겠죠. 그래서 이제 그 좋은 분들과 함께 더 좋은 아파트 만들어보려고요."

"그래서 말인디, 나가 죄책감도 좀 있고 여그를 원채 사랑한께 인자 진짜 제대로 봉사해불라고요. 동대표는 아니지만 입주민으로서!"

그동안 아파트에 해를 끼친 것에 보답하기 위해 자신의 기술을 아파트 일에 쓰겠다는 진심에 입대의는 안일해를 기술 고문으로 위촉했다. 그리고 안일해는 지하창고도 깔끔하게 비우고 새 창고로 이전하며 입주민들과의 약속을 지켜냈다. 배 소장은 다른 아파트에도 소문이 쫙 퍼져 소장직도 구해지지 않아 이제 양봉에 전념하며 노후를 보내겠다고 밀양 인근 고향으로 돌아갔다. 이로써 혜성처럼 등장한 젊은 회장이 아무도 해결하지 못했던 아파트의 묵은 문제를 단 3개월 만에 해결했다는 소식이 퍼지며 봉주르 아파트와 인근 아파트까지 떠들썩했다. 하지만 정한은 마냥 기뻐할 시간이 없었다. 이제 보궐선거로 빠진 동대표 자리를 메워야 했고, 소장도 새로 뽑아야 했기 때문이다. 보궐선거가 더 걱정인 이유는 이번에 이런 초대형 푸닥거리를 모든 입주민이 목도했기 때문에 동대표 자리를 더욱 기피할 것이 뻔했기 때문이다.

"역시 넌 죽지 않았어. 대단해. 이번에도 깔끔하고 신속하게 정리했군!"

정해는 이번에도 축하 파티를 열어야 한다며 집에서 조촐한 술자리를 열어 공정한 회장님의 성과를 치하했다.

"정리는 했지만 이제 할 게 더 많아. 동대표 보궐선거가 가장 걱정이고. 누가 이런 자리를 하려고 하겠어?"

그러자 정해, 정한, 지훈의 눈길이 동시에 정해의 남편에게 꽂혔다.

"뭐? 나? 절대 안 해. 그리고 나 같은 회사원이 동대표를 어떻게 해? 보니까 평일 낮에도 신경 써야 할 게 엄청 많던데. 처남, 섭섭해하지 마. 진짜 내가 회사원만 아니었으면, 당장 동대표 나가서 우리 처남 보좌하지!"

"괜찮아요, 매형. 회사원은 진짜 동대표 하기 힘들죠. 그래서 아파트 동대표나 회장들 보면 다 퇴직 이후 하시는 분들이라 고령화돼 있거든요."

"나도 하고 싶은데……."

"하하하, 지훈이 넌 고등학교만 졸업하면 돼. 네가 그때 동대표 나오면 최연소 동대표겠는걸? 아니면 그때 내친김에 회장까지 해봐!"

정한은 지훈이 머리를 헝클이며 웃었다.

"그래도 내 주변 엄마들이 이번에 회장 제대로 뽑은 거 같아 다행이라고 난리야. 그 1동 아저씨 지하주차장 개인 창고처럼 쓴 거 해결한 거도 그렇고 특히 관리소장! 엄마들 얘기가 관리소장 내보내는 게 쉬운 일이 아니라더라고. 근데 그걸 내 동생, 공정한이 단시간에 깔끔하게 해결했다는 거 아냐! 여보, 이거 보여? 내 어깨에 힘 들어간 거."

"얼씨구, 어깨 뽕이 남산만큼 솟아올랐네! 이러다 처남, 정치하는 거 아냐? 우리 회사 사람들한테 처남 얘기했더니 정치할 거 같다던데. 근데 거 정치는 나중에 하더라도 일단 내가 접때 얘기한 거 있지? 우리 회사에……."

"스탑, 당신 취했네. 잡소리 할 거면 그만 마시고 가서 좋아하는 게임이나 해."

"잡소리, 맞아. 나 지금 처남 Job 소리 하려고 하잖아. 있지, 처남. 우리 회사 나쁘지 않아. 경남권에서는 꽤나 알아주는 중견 기업이야. 그리고 처남 머리가 너무 아깝잖아. 인사팀장이랑 대표님은 처남 얘기 듣자마자 꼭 한 번 만나자고……."

"아오……. 내가 하지 말랬지? 한국대학교에 일성전자 임원까지 했던 애를 어디 지방에 코딱지만 한 회사에 갖다 붙이려고?"

"어허……. 우리 회사 안 작다니까! 암튼 처남, 하늘은 우릴 향해 열려 있어, 회사는 처남 향해 열려 있어. 알겠지? 언제든지 말만 해."

매형은 듀스의 〈여름 안에서〉 노래를 흥얼거리며 정한에게 맥주를 따라주었다.

매형은 정한을 볼 때마다 자기 회사에 들어오라며 러브콜을 던졌고, 그럴 때마다 정해는 기겁하며 남편의 입을 틀어막았다. 이런 광경이 종종 반복됐지만, 정작 정한은 항상 아무 말이 없었다. 이럴 때면 되려 그에게는 예전 회사 생활의 모습들이 주마등이 되어 더욱 선명하게 펼쳐지기만 할 뿐이었다. 그는 채워지는 맥주를 보자, 고된 프로젝트를 마치고 술 한 잔씩 기울이던 그때가 떠올랐다. 좋아하고 잘할 수 있는 일을 하던 그때. 대부분의 회사원이 회사는 어쩔 수 없이 다니는 거라 하지만, 그에게 있어 회사는 다니고 싶어 다니는 곳이었다. 개인의 목표와 회사의 목표가 일치할 수 있는 실낱같이 희박한 확률을 거머쥐고 있었던 그였기에 회사 생활이 고될 리가 없었다. 다만 부수지 못하는 벽을 부수려면 내가 먼저 으스러져야 한다는 것을 깨닫기 전까지는.

*

정한의 일성전자 감사팀장 시절.

"야, 이 새끼야! 너 미쳤어? 지금 이걸 감사 계획이라고 올려! 너 인마, 내가 너 이딴 거 하라고 임원 달아준 줄 알아? 이 새끼가 잘한다 잘한다 하니까, 이제 노브레이크네 아주?"

"전무님, 이건 심각한 사안입니다. 반드시 제대로 감사하고 여

195

기서 멈추도록 해야 합니다!"

"누가 심각한 거 몰라, 인마? 그리고 누군 몰라서 지금까지 감사 안 했냐! 아무리 심각해도 사람 봐가면서 해야지! 너야말로 상대가 누군지 몰라서 이러냐!"

미래전략본부장인 곽 전무는 정한이 상신한 서류를 테이블에 내리꽂으며 목소리가 더욱 커지고 있었다.

"공정한이…… 너 인마, 여기서 회사 생활 좀 칠 거야? 너 그 잘난 공명심 발휘하다가 인생 좀 칠 거냐고?"

"전무님, 제가 언제 공명심 발휘한다고 했습니까? 저는 그저 제 일을 하려는 것뿐입니다."

"하! 그래, 일 좋지. 누군 일할 줄 몰라서 그래, 어? 아무리 일을 하더라도 오너 2세는 아니지! 네가 지금 감사하겠다는 게 로열패밀리 중 다음 오너로 가장 유력한 노 상무니까 내가 지금 이러는 거 아냐!"

"감사에 성역이 어디 있습니까? 전무님, 이거 이대로 모른 척하고 두면 나중에 호미로 막을 거 가래로 막게 됩니다. 분식회계라고요! 자칫 언론에 알려지기라도 하면 회사 이미지 추락하고 주가도 폭락, 아니 상장폐지까지 될 겁니다!"

"하……."

곽 전무는 공기청정기를 틀더니, 전자담배를 꺼내 물며 한숨을 돌렸다.

"공정한이. 이거 분식회계 아니야. 그리고 막말로 그렇다고 쳐. 이걸 왜 감사팀이 끄집어내? 나중에 경찰이나 검찰이 하겠지! 그리고 우리 회사 오너면 이 정도 일은 충분히 무마시킬 힘이 있어. 네가 감사를 해서 긁어놔봐야 부스럼밖에 안 된다 이 말이야. 너 인마, 최연소 감사실장 너 혼자 된 거 같아? 다 노 상무가 만들어준 거야. 왜 그런 줄 알아? 자기 어리다고 무시하고 반기 드는 팀장들, 임원들 털어내면서 오너까지 가려면 너 같은 젊은 칼이 필요하다고. 그런 사람한테 이빨 드러내면 되겠냐? 키워준 사람은 물면 안 되지."

"전무님, 제 이빨 감추라고 키워주신 거면 전 차라리 제 이빨 뽑겠습니다."

"정한아, 말 좀 들어라. 너 노 상무 건드리면 지방 발령으로 안 끝나."

"감사팀에만 있던 저라서 제 동기들도 저랑은 밥도 안 먹습니다. 다른 팀이든 지방이든 감사팀 출신은 받아주는 데도 없다는 거 전무님도 잘 아시잖아요. 그래서⋯⋯."

"그래서 뭐? 옷이라도 벗게? 이 자식이 진짜⋯⋯. 너 지금 딸린 처자식 없다고 사직이 쉽냐? 로열패밀리 털고 회사 나가게? 네가 무슨 논개야? 아니지. 논개는 같이 빠져 뒈지기라도 했지. 넌 인마 혼자 빠져 뒈지는 거야. 계란으로 바위를 꼭 쳐봐야 깨질지 안 깨질지 아냐? 어쨌든 난 이 감사 계획 반려야. 너 행여 허튼 생각 하지 마. 알았어? 인마, 이건 네가 대학 때 학생회장 날린 거랑은 차원이 다른 거야. 원칙도 비벼볼 만한 사람끼리나 지키는 거야. 아랫것이 왕한테 지키려는 원칙은 아랫것이 부리는 발칙으로 보일 뿐이라고."

곽 전무의 만류는 정한의 신념까지 붙잡아둘 수는 없었다. 감사에 대한 결재가 떨어지지 않자, 정한은 결국 내부고발과 단독 감사를 단행하였고, 그 결과는 역시 참혹했다. 검찰이 들이닥쳐 노 상무의 방을 압수수색까지 단행됐지만, 그것은 다 보여주기식 쇼에 불과했고, 3년간의 재판이 진행되며 정한은 배신자의 낙인을 안고 회사 생활을 힘겹게 이어가야 했다. 그럼에도 정한은 반드시 유죄가 확정되어 자신의 선택이 옳았음을, 원칙은 누구에게나 공평하게 지켜져야 함을 증명하고 싶었으나 긴 재판의 결론은 무죄였다. 무죄가 확정되자, 일성전자의 광고로 먹고사는 언론 역시 정한의 무모한 내부고발을 물어뜯기 시작했다. 결국, 회사의 오너는 자기 아들을 3년간 검찰과 법원을 들락거리게 한 대가로 모두에게 보란 듯이 정한의 감사를 진행했고, 오만 가지 사유를 달아 그를 실장에서 과장으로 강등시켰다. 그런 수모에도 꿋꿋이 출근하는 정한이 괘씸했는지 노 상무는 서울에서 가장 먼 남미 공장으로 정한을 발령을 내버리며 정한의 회사 생활도 결국 마침표를 찍었다.

남들과 다른 길을 간다는 것. 그것은 남들이 겪지 않아도 되는 것을 겪어야 하는 것을 의미했다. 그 길에서 무엇을 마주하더라도 오롯이 자신이 감당해야 한다는 것을 의미했다. 흔하디흔한 우리는 이 뻔하디뻔한 결과를 너무도 잘 알고 있기에 남들이 남겨둔 발자국만 따라다닌다.

"꼴 좋다. 어린놈이 너무 설친다 했어."

"그러게. 저번에 법인카드 사용한 거 가지고 어찌나 사람을 잡던지……. 어휴!"

"야, 나는 저 자식 대리일 때 과장이었는데도 감사실에 불려 갔더니 저 자식이 상사 같더라니까?"

"그리고 막말로 지 능력으로 임원 됐어? 키워준 은혜도 모르고 까불었으니, 쯧쯧!"

그 누구도 정한을 위로하거나 편을 들어주는 사람은 없었다. 원칙을 지키며 사는 것은 어쩌면 나를 버리고 사는 것과 같았다. 내가 내 일을 열심히 하는 것이 누군가에게는 불편함이 되는 이 불합리한 현실. 그래서 사람들은 편함을 유지하기 위해 불합리와 합의한다.

*

봉주르 아파트는 이제 새로운 동대표를 뽑는 보궐선거와 새 소장의 채용을 한꺼번에 진행해야 했다. 사람들은 오랫동안 아무도 내보내지 못한 능구렁이 소장도 나가고 그와 결탁한 동대표들도 사임했으니 새해답게 아파트도 새롭게 태어날 거라는 기대감을 얘기하기도 했다. 하지만 정한은 그 어떤 기대도 기쁨도 없었다. 해는 바뀌어왔지만 세상은 바뀌지 않았고, 계절은 변하지만 사람은 변하지 않기에, 아파트 광장에서 홀로 반짝이며 어둠을 밝히고 있는 크리스마스트리를 바라보며 마치 자신이 광장에 서 있는 것 같은 기분이 들었다.

이름 모를 잡초야

봉주르 아파트의 연말은 분주하고 부산했다. 총 아홉 명의 동대표 중 여섯 명의 동대표가 사퇴하고 2동 유유희, 3동 레이첼 그리고 8동의 정한 이렇게 세 명이 남게 되어 당장 보궐선거를 치러야 했다. 그리고 배 소장의 사직과 더불어 아파트 관리업체인 유어홈, 경비를 담당하는 보안업체, 청소를 담당하는 미화업체의 계약 만료도 도래해 입찰을 통해 새로운 업체를 정하고 사람도 뽑아야 하는 숙제들이 한꺼번에 쏟아져 내렸다.

보궐선거를 위한 동대표 출마 공고를 붙였지만, 지원하는 사람은 1동 대표였던 안일해 자리를 메꾸겠다며 명백화뿐이었다. 총 10개 동이 선거구인 봉주르 아파트는 법에서 요구하는 총 선거구의 3분의 2, 즉 최소 일곱 명의 동대표가 구성되어야 했다. 그러기 위해서는 지금 있는 세 명의 동대표와 네 명의 새로운 동대표가 필요한 상황이었다. 명백화는 정한을 도와 아파트를 더 잘 만들어보겠다며 선뜻 나서주었지만, 합당한 보상도 없이 잘 해도 욕만 먹는 동대표를 내 시간까지 뺏겨가며 할 사람은 역시나 많지 않았다.

"명백화님이 나와주셔서 이제 세 명만 더 나와주시면 되는데……."

"세 명 가지고 안 됩니더. 그래도 네 명은 있어야지. 하다가 한 명이라도 이사를 가삐거나 사퇴해삐면 또 문제니까요. 그런 상황을 대비해가 네 명은 더 있어야 합니데이."

"혹시 부녀회장님이랑 총무님, 동대표 하실 생각 없어요? 아파트에 이렇게 관심도 많으시고 아파트 일도 잘 아시는데 이참에 동대표 하시는 건 어때요?"

"그러네요. 저희도 부녀회장님이랑 총무님이 같이해주시면 좋을 거 같은데……. 사실 부녀회 예전에는 활동했지만, 지금은 거의 활동도 없으니까 아파트를 위해 동대표로 활동해주세요."

어벤저스가 모인 자리에서 모두 진절희와 유별라에게 동대표 출마를 권하자, 둘은 서로 눈을 맞대고는 보이지 않는 메시지를 주고받았다.

"아, 저희는 부녀회를 지켜야죠."

"아니, 이건 서운하게 듣지는 마시고요. 사실 부녀회 유명무실해진 지 오래 아니에요? 정기 모임도 없어졌고, 부녀회원도 없다시피 한 거로 아는데 차라리 두 분 동대표로 들어오셔서 아파트 일에 확실히 개입해주세요. 저도 바쁘지만 이렇게 좋은 회장님 돕자고 나가잖아요."

명백화는 진절희와 유별라에게 명료한 어조와 또렷한 눈빛으로 동대표를 권했다.

"부녀회도 나름 활동하기는 합니더……. 예전만 몬한 건 사실이지만 그래도 활동하는 게 있어요."

"그러시면 겸임하시면 되죠. 관리규약에 겸임 안 된다는 조항이 있지도 않던데. 그러고 보니 갑자기 궁금한데……. 부녀회장님, 총무님 지금까지 아파트 문제들 다 잡아내고 투쟁해오셨는데 왜 동대표나 회장은 한 번도 안 하셨어요?"

명백화의 물음에 진절희와 유별라는 서로 눈치를 보며 당황하는 기색을 드러냈다.

"Yes, I agree. 그러네요. 저는 두 분이 동대표 하시면 잘하실 거 같은데."

레이첼이 명백화의 말에 맞장구를 치자, 진절희가 얼버무리기 시작했다.

"아, 저는 뭐……. 학력도 낮고, 배운 거도 엄써가, 동대표 이런 거는 안 맞습니더."

"에이……. 동대표 학력을 누가 봐요? 동대표 자격에 학력 제한이 있는 거도 아닌데. 그런 거 괘념치 마시고 이번에 나오세요. 막말로 우리가 다 뒤엎어놓고 회장님한테 모든 짐을 떠맡기는 거 같아 저는 동대표라도 해서 도우려는 거예요. 게다가 이번에 동대표들 그 난리까지 겪으면서 사퇴했는데 누가 동대표 하려고 하겠어요? 안 그래도 안 하려는 동대표, 더 안 하려고 하지. 물론 이렇게 정리된 거 정말 좋지만, 이제 뒤치다꺼리는 남은 분들이

해야 하거든요. 저는 그 정도 책임감은 느낍니다. 그러니 두 분도 함께해주시죠."

진절희의 말은 핑계이고 변명이라고 못 박은 명백화는 더 강한 어조로 둘의 동대표 출마를 종용하기 시작했다.

"아니, 저희는 저희 할 일이 있다고예."

"그럼 말씀 좀 해주세요. 부녀회장님, 총무님 무슨 일 하시는지. 지금까지 부녀회에서 할 일이 아니라 동대표들이 할 일을 해오신 거 아녜요? 부녀회가 왜 이런 거에 참견하냐는 말도 많던데 차라리 동대표로 당당하게 일하시라고요."

아지트의 분위기가 마치 창문을 다 열어버린 것처럼 냉랭해지기 시작했다. 그러자 정한이 분위기를 수습하기 위해 입을 열었다.

"자, 자. 그만들 하시고요. 모두 각자의 위치에서 자신의 할 일만 잘해주시면 됩니다. 저는 앞으로 부녀회장님이랑 총무님이 부녀회를 좀 더 활성화시켜주셨으면 해요. 앞으로 우리 아파트에서 이벤트 같은 거도 해보고 싶고, 편의 시설도 만들고 싶고 그렇거든요. 그때 부녀회에서 많이 도와주세요. 그리고 두 분이 아파트에 아는 분들도 많으시니까 동대표 하실 만한 분 추천도 부탁드립니다."

정한의 말이 끝나기가 무섭게 진절희와 유별라는 먼저가 보겠다며 자리를 떴다. 명백화는 여전히 이 둘이 이해가 안 가는지 말을 이어갔다.

"회장님, 너무 이해가 안 가지 않아요? 지금까지 그렇게 증거까지 모아오며 아파트 문제를 잡아내고 고발한다고 구청에 뻔질

나게 오가며 살아와놓고 막상 동대표 하라니까 발 싹 빼잖아요."

"저도 그건 좀 이해 안 가긴 하네요. 아 돈 언더스탠."

레이첼도 고개를 연신 갸웃거리며 말했다. 명백화는 숏커트 옆머리를 양손으로 바짝 붙여 넘기더니 단호한 어조로 말했다.

"내가 하기는 싫고 누군가는 해줬으면 좋겠고. 한마디로, 내가 총대 메고 앞에 나서기는 싫다 이거지."

속으로는 동감하는 정한이었지만, 겉으로 동감하면 기름을 붓는 격이 될까 봐 입을 닫고 있었다.

"저는 저런 사람들 정말 싫어해요. '내 뜻대로는 하고 싶지만, 책임은 지기 싫다' 이런 거니까. 항상 남들 뒤에 숨어 쭝알쭝알대는 부류들. 학력이 낮니, 부녀회도 할 일이 있니, 이런 거 다 핑계잖아요. 누가 봐도 납득이 안 가는 이유들인데. 누군 시간이 남아돌아서 동대표 나온 줄 아나……. 본인들은 어떤 책임감도 없이 떠들어제끼기만 하겠다 이거지. 욕은 동대표들이 먹고."

레이첼도 정한도 모두 고개를 미미하게 끄덕이며 명백화의 말에 소리 없이 동의하고 있었다. 아니, 자신들이 하고 싶은 얘기를 명백화가 대신해주어 더 이상 말이 필요 없다고 생각하는지도 모르겠다.

이번 아파트 사태를 거치며 정한은 약간의 기대감은 가지고 있었다. 아파트 앱을 도입하니 많은 입주민이 이번 사태에 대해 소상히 알게 되었고, 그러면서 입주민들의 아파트에 대한 관심이 높아지는 것 같았다. 어떤 이는 댓글로 정한을 응원했고, 또 어떤 이는 앞으로 아파트 일에 관심을 두겠다며 의지를 보이기도 했다. 그래서 정한은 이번 동대표 사퇴 공고를 올리면서 입주민들의 동대표 지원을 독려했고, 내심 많은 사람들이 지원할 거라 기대하고 있었다. 하지만 기대와는 달리 명백화 이외에 지원하는 사람은 아무도 없었다.

진절희나 유별라만 탓할 건 아니었다. 대부분의 사람들이 그렇기 때문에. 아파트 앱이라는 온라인 공간에서 비판하고 지적하는 건 익명에 숨어 손가락만 움직이면 그만이기에 누구나 적극적일 수 있지만, 고작 출석 수당 5만 원을 받으며 자기 시간을 뺏기고 얼굴까지 팔려가며 입주민들에게 욕먹고 싶은 사람은 아무도 없는 게 당연한 것이기 때문이다.

그날 이후로 부녀회장과 총무는 연락이 뜸해졌고 어벤저스가 모이는 일도 없었지만, 다행히 남은 이들의 노력 끝에 청학 북카페 대표인 이미라를 포함, 다섯 명의 동대표가 나오게 되어 보궐선거가 치러지며 총 여덟 명의 입주민대표회의가 구성되었다.

　　1동 대표 및 이사 명백화(60대, 여)

　　2동 대표 및 이사 유유희(40대, 여)

　　3동 대표 및 감사 레이첼(40대, 여)

　　4동 없음

　　5동 대표 나위주(70대, 여)

　　6동 없음

　　7동 대표 및 감사 이미라(50대, 여)

8동 대표 및 회장 공정한(40대, 남)

9동 대표 안재림(50대, 남)

10동 대표 김성욱(30대, 남)

입대의가 새롭게 구성되며, 새 업체 선정을 위한 입찰도 진행할 수 있었다. 업체 역시 새로운 업체로 바뀌었고 면접을 통해 새 아파트 소장은 뽑았지만, 업체가 바뀌더라도 기존 직원들 중 일을 잘하는 사람은 계속 봉주르 아파트에 남겨야 하기에 고용승계에 대한 의견이 나오기 시작했다.

사실 동대표라고 해서, 회장이라고 해서 경비원이나 미화원 한 분 한 분이 어떻게 근무하는지 면밀히 알 수는 없었다. 그렇다 보니 정한은 고용이라는, 남의 생계를 감히 혼자 결정할 수가 없다는 생각에 동대표들과 진절희에게 추천을 부탁했다. 그러자 진절희는 남기고 싶은 경비원과 미화원 명단을 정한에게 건네주었고, 몇몇 동대표들도 추천을 해주었다. 그런데 이 과정에서 찜찜한 연락도 꽤 많이 받게 되는 정한이었다.

"회장님, 저 아시죠? 저번에 엘리베이터에서 인사드렸던 예전 8동 동대표였다고…….”

"아, 네. 기억합니다. 제 연락처는 어떻게 아시고…….”

"아, 제가 실례인지는 알지만 부탁드릴 게 있어서 아는 분께 연락처를 받았습니다. 다름이 아니라, 이번에 업체 바뀌지 않습니까? 그래서 좀 남기고 싶은 경비원분이랑 미화원분들이 있거든요.”

연락처를 마음대로 준 사람에게도 받은 사람에게도 기분이 언짢음과 동시에, 느닷없는 인사 개입은 더욱 용납이 되지 않았다.

"그걸 왜 선생님께서 관여하시는 거죠?"

"아, 제가 동대표도 했었고 경비원분들이랑 자주 마주쳐서 어떤 분이 괜찮은 분인지 좀 알거든요. 일 잘하시는 분이 계속 일해야 아파트를 위해 좋은 거 아닙니까?"

사람들은 이런 식이었다. 마치 자신이 누군가를 구원해줄 수 있는 권한이 있는 것처럼 보이고 싶어 안달이었다. 일자리가 간절한 경비원, 미화원들에게 '나만 믿으라' '내가 얘기해주겠다'라며 마치 그들의 구원자인 것처럼 허세를 떨어 자신에게 머리를 조아리길 바라는 인간들. 그리고 만약 고용승계가 이뤄진다면 마치 자신이 도와줘서, 얘기해줘서 그렇게 됐다며 뭣도 아닌 주제에 뭐라도 되는 것처럼 굴고 싶은 인간들. 남의 권한을 무단 도용해 마치 자신의 권한처럼 휘두르며 권한만 도용하고 책임은 지기 싫은 인간들. 고용승계 결정 시기가 되자, 이런 인간들이 이름 모를 잡초처럼 자라나기 시작했다. 그래서 정한은 아파트 행정에 대한 공식적 결정권이 있는 입주민대표회의 구성원, 즉 동대표가 아닌 사람이 한 추천은 배제하여 고용승계 인원 명단을 새 업체에 넘겼다.

"회장님, 접때 추천해달라고 하셔서 명단까지 보내드렸는데, 왜 제가 추천한 분들 중에 고용승계 명단에서 빠진 사람들이 있나요?"

"부녀회장님께서 주신 명단 받으면서 말씀드렸죠? 이분들 모두 승계 안 될 수도 있다고요."

"아니, 그럴 거면 뭐 하러 저한테 추천해달라고 하셨어요?"

"부녀회장님. 제가 정해달라고 했습니까? 언제까지나 '추천'이잖아요. 추천한 사람이 될 수도 있고 안 될 수도 있는 거죠. 그게 당연한 거 아닌가요?"

"회장님이 그러시면 제가 뭐가 돼요? 그분들한테 고용승계 될 거라고 안심하라고 다 얘기해놨었는데 제가 뭐가 되냐고요."

안 그래도 여기저기서 나오는 인사 청탁에 신경이 날카롭던 정한은 전화를 받자마자 수화기로 쏟아내는 진절희의 짜증에 임계치가 넘어서며 안경을 벗었다.

"뭐가 되는데요?"

"네?"

"그러니까 부녀회장님이 뭐가 되냐고요."

'뭐가 되냐?'는 질문이 진절희에게 주는 느낌은 복합적이었다. '그래서 당신에게 무슨 불이익이 있느냐?'로 들리기도 했고, '당신 대체 뭔데?'라는 비아냥처럼 느껴지기도 했으며 '그러게 뭣도 아닌데 왜 자꾸 설쳐?'라는 식의 조롱처럼 맴돌기도 했다. 그래서 진절희는 기가 막힌 지 잠시 아무 대답이 없었다.

"부녀회장님, 제가 저번에 말씀드렸죠? 이제 부녀회는 부녀회 일을 좀 해달라고. 아파트 근무 인원에 대한 인사는 입대의 소관이지 부녀회 소관이 아닐 텐데요?"

"기껏 도와달래서 도와줬더니 뭐요? 이제 쓸모없으니 꺼지라는 거예요? 내 참 어이가 없어서!"

"그럼 저는 안 도왔습니까? 부녀회장님이 처리해달라고 한 거, 다른 인간들이 몇 년 동안 처리 못 한 거 다 제가, 아니 우리가 같이한 거 아닌가요? 같이 잘되자고 함께한 거지 부녀회장님이 일방적으로 도왔다고 생각하십니까?"

"회장님 말씀 참 섭섭하게 하시네. 제가 이번에 회장님 당선시키려고 얼마나 노력한 줄 아세요? 저 아니었으면 회장님 당선도 안 됐어요! 누구 때문에 된 줄도 모르고 말이야. 은혜를 몰라!"

은혜도 모르는 사람. 그는 회사를 나오며 들었던 말이 다시 귓가에 맴돌았다. 그 누구에게도 은혜를 구걸하지 않았지만, 그들은 정한이 은혜도 모르는 괘씸한 인간이라 했고, 빌려달라 한 적도 없는 그 빚을 갚아야 한다고 생각했다. 사람들은 몸서리칠 정도로 야비했다. 자신들의 필요로, 자신들의 이익을 위해 이용한 것을 마치 나를 위해 은혜를 베푼 것처럼 둔갑시키기 일쑤였다.

"저기요, 부녀회장님. 회장 당선 전에 저 알았어요? 제가 회장님 찾아가서 당선시켜달라고 한 적 있습니까? 먼저 저한테 도와달라고 연락하신 건 회장님이랑 총무님 아닌가요? 아, 알겠다. 그럼 지금 설마…… 부녀회장님이 절 회장 만들었다는 생각으로 이러시는 겁니까?"

진절희는 또다시 아무 대꾸도 없었다.

"말은 똑바로 합시다. 진절희 회장님. 회장님이 저를 회장으로 민 게 아니라 안일해가 회장이 되는 게 싫었던 거잖아요. 저에 대해 아는 것도 없었으면서 뭘 보고 절 밀었다는 거예요?"

"정말 은혜도 모르는 사람이네! 앞으로 저한테 연락하지 마세요!"

연속으로 정곡을 찔린 진절희는 묵묵부답만 이어가더니 소리
를 꽥 지르고 전화를 끊어버렸다.

"나를 이런 식으로 팽시킨다 이거지? 공정한, 너 어디 두고 보
자!"

진절희는 핸드폰을 꽉 주며 분노하기 시작했다. 어제의 적이
오늘의 동지가 되고 오늘의 동지가 내일의 적이라는 말이 이럴
때 나오는 것인가. 사람의 관계도 사람의 체온처럼 유지될 수 있
다면 우리는 좀 더 행복할 수 있을까.

*

"회장님, 부녀회장님이랑 총무님 우리 단톡방 나가셨던데 무
슨 일 있어요?"

진절희와 유별라가 단톡방을 나가자, 이상 징후를 포착한 명
백화가 레이첼과 정한을 청학 북카페로 불렀다. 자연스레 이제
동대표까지 된 이미라 청학 북카페 대표도 동석하게 되었다. 정
한은 진절희랑 나눴던 통화 내용을 뉴 어벤저스에게 말해주었다.

"부녀회장님이 선 넘으셨네. 언제까지나 부녀회장이지 동대
표도 아닌데 직원들 인사권까지 휘두르려고 하는 건 좀 아니죠."

"I think so. 그렇게 동대표 나오라고 할 땐 나오지도 않더니,
뒤에서 이러는 건 좀 아니죠. 아 돈 언더스탠."

이미라와 레이첼은 정한의 얘기를 듣자, 황당하다는 반응을

쏟아냈다.

"아니, 제가 부녀회장님보다 바쁘면 더 바빴지……. 저도 이렇게 동대표를 하는데 자기는 하지도 않고 누굴 남겨라 마라인 거죠? 가만 보니까 둘 다 참 야비하네. 지들이 치워달라는 똥 치워준 사람한테 할 말은 아니죠."

"저도 명 대표님 말씀에 동의해요. I agree. 딱 보니 앞으로 이런 식으로 자기가 앞에서 나서진 않고 뒤에서 하고 싶은 대로 하려고 할 거 같네요. 아파트 문제야 다 같이 합심해서 처리할 수 있지만, 아파트 운영까지 흔드는 건 아니죠. 그러면 입대의랑 동대표가 뭐 하러 있어요?"

"레이첼 대표님 말씀이 맞습니다. 회장님, 이건 확실히 해야 할 거 같네요. 앞으로 부녀회는 부녀회 일만 하라고 하죠. 사실 저도 이 두 사람 점점 피곤하다고 느끼고 있었어요. 배 소장 같은 놈 치워줬고, 유어홈도 다른 업체로 바뀌었고, 썩은 동대표도 다 도려냈으면 그만이지, 이제 자주 연락할 일도 없는데 시시각각 이거 문제다, 저거 빨리 처리해야 한다, 사진이며 문자며 너무 피곤하게 하더라고요. 이런 식으로 뒤에서 조종하고 이용하려고 저한테 동대표 하라고 했나 싶기도 하고. 그래서 앞으로 전 무시하렵니다. 회장님도 이참에 선 그으세요. 딱 봐도 싹수 보이잖아요? 지 마음에 안 드니까 바로 돌아서는 거. 단톡방도 보세요. 가타부타 말도 없이 둘이 싹 나가버리는 거. 지금까지 지들 때문에 경찰서 왔다 갔다 하고 시간 뺏기고 허구한 날 여기 모여 그 난리 블루스를 춰놓고! 기본이 안 된 거지!"

업체들과 소장이 바뀌고, 새 업체들은 자신들이 해야 할 일을 잘 찾아서 했고, 바뀐 직원들도 별 탈 없이 자신의 일을 잘 수행했다. 동대표들은 서로 합의점을 잘 찾아가며 회의가 순조롭게 진행되었고, 새로 부임한 여성 소장인 김송이 소장은 토목과 출신답게 아파트 현장 문제들을 잘 처리해주었다. 비록 예전의 어벤저스는 더 이상 없었지만, 그렇게 봉주르 아파트는 안정을 찾아갔고 봄도 성큼 다가오고 있었다.

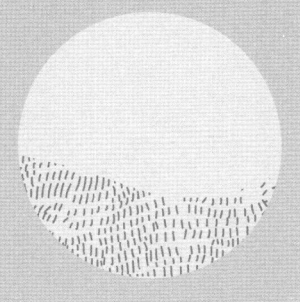

2부 아파트 재건축 후

아파트, 아파트

아파트 앱이 점점 활성화되면서 봉주르 아파트의 분위기도 많이 바뀌어갔다. 아파트 일에 대한 주민들의 관심이 늘면서 민원과 질문도 함께 늘어났다. 층간소음 항의 글, 불법주차 고발 글, 입대의나 관리소에 대한 항의 등 서로를 비방하고 꼬집는 글도 올라왔지만, 이따금 아파트 직원들에 대한 칭찬 글이 올라오거나 물건 나눔 같은 따뜻함도 봄꽃처럼 피어나기 시작했다.

"니 이 아파트 사나? 어데서 왔노?"

"네?"

"몇 동 몇 호에 사냐 이말이다."

아파트 놀이터에서 친구들과 놀고 있던 한 남자아이가 꿀 먹은 듯 아무 말 없이 고개를 숙이고 있었다.

"니도 글코 니 친구들도 글코 이 아파트에 안 살제?"

"네……."

"그라모 니 어데 사노? 이 아파트 옆에 있는 임대 아파트 사나?"

생글생글 웃으며 묻는 할머니의 말에 아이는 고개를 끄덕였다.

"그라모…… 당장 끄지라! 어데 그지 같은 임대 아파트에 사는 것들이 우리 아파트에 함부로 기어들어 오노! 느그 당장 안 꺼지면 가만 안 놔둔다!"

'임대 아파트'라는 단어를 듣자, 생글생글 웃던 할머니의 얼굴은 마치 변검술처럼 분노한 사천왕 얼굴로 변하더니 소리까지 질러대기 시작했다. 고함 소리에 놀이터에서 놀던 아이들은 모두 얼음이 되었고, 고개를 숙이고 있던 아이의 눈에는 눈물이 차올랐다.

"이 놀이터는 입주민 놀이터다! 니가 뭔데 동네 애들까지 끌고 와가 너무 아파트에서 놀고 있냐 이기다! 느그도 임대 아파트 맞제? 어데 그지 같은 것들이 명품 아파트에 들어와가 기생충처럼 놀고 있노? 썩 꺼지지 몬하나!"

"저는 이 아파트 입주민 맞는데요."

놀이기구 뒤에 가려져 있던 지훈이 나타나 대답했다.

"오호라, 니 공정한 회장 조카네? 피는 몬 속이다 카드만, 지 삼촌 싸가지를 쏙 빼닮았네. 어른을 봤으면 인사부터 해야지. 어데 눈을 부라리고 서 있노!"

"저는 어른 같은 어른한테만 인사해요."

"이기요? 어데서 배워먹은 버르장머리야? 어른한테 따박따박 말대꾸나 하고! 그래, 니는 우리 아파트에 산다 치자, 그럼 쟈들은? 니가 데리고 온 아들이가?"

"네, 제 친구들이에요. 친구들이랑 놀이터에서 같이 노는 게 무슨 잘못인가요?"

지훈은 할머니의 눈길 한번 피하지 않고 또렷하게 대꾸하고 있었고, 겁먹은 아이들은 지훈 뒤에서 눈치만 볼 뿐이었다.

"What's up? 대체 뭐예요? 왜 다 큰 어른이 애들한테 소리를 질러요?"

"이건 또 뭐고? 그 미국에서 온 가시나네?"

"What? 미국에서 온 가시나? Oh my god! 부녀회장님, Are you crazy? 말 다 했어요?"

그랬다. 지금 아이들에게 소리를 지르고 있는 사람은 다름 아닌 부녀회장 진절희였고, 놀이터에서 놀고 있는 딸아이들을 데리러 온 레이첼의 눈에 이 광경이 들어온 것이었다.

"와? 내가 틀린 말했나? 그카고 미국에 살다 온 주제에 니가 이 아파트를 아나? 이 맹품 아파트 옆에 그지같은 임대 아파트가 들어서면서 아파트값이 떨어지드만, 이런 것들이 들락날락하니까 아파트값이 안 오르고 있는 거는 알기나 하냐 이 말이다."

"Hey, 부녀회장. 반말은 하지 마시고요. 아파트값 떨어진 거랑 옆 아파트 애들이 와서 노는 거랑 상관있다는 증거 있나요? 아돈 언더스탠."

"하…… . 진짜 말 안 통하네. 니, 여기 산 지 얼마나 됐어? 내, 여기 산 지가 10년이야. 내가…… ."

'오래 있었다'라는 것을 마치 계급과 권력처럼 내세우는 사람

217

들이 있다. 오래 있었기 때문에 자신의 생각이 정답이라며 오답을 내놓는 사람들. 이런 텃세는 새로 온 사람들을 철새처럼 떠나게 만드는 기득권의 치졸한 무기 같은 것이었다.

사람들은 남에게는 긴 시간을 요구하면서 정작 자신에게는 짧은 시간을 요구한다. 남에게는 오랜 경력을 요구하고, 오래 있어야 인정하고, 오래 보아야 신뢰하면서 나는 한 달 만에 10킬로그램의 살을 빼고 싶고, 속성반에서 빨리 끝내고 싶고, 내 주식이 빨리 올랐으면 좋겠다. 나는 시간을 당기고 싶으면서 남은 시간이 걸리길 바라는 것이다.

"Hey, 여기 얼마나 살았는지는 이 얘기랑 전혀 상관이 없어요. 그리고 그쪽이 얼마나 오래 살았는지 관심도 없고요. 아 돈 케어. 다만 반말은 그만하세요. Stop it."

"가쓰나가 쎄빠닥에 버터를 발라났나 와 이래 혀를 꼬아쌌노? 니 한국말 몬하나? 말이나 똑바로 해라 이 양키 가쓰나야!"

진절희의 계속되는 반말과 비하 발언에 레이첼은 갑자기 영화 〈써니〉의 나미가 빙의를 하는 것처럼 눈빛이 달라지며 부르르 떨더니, 진절희를 노려보며 사투리를 퍼붓기 시작했다.

"아놔……. 이 할매가 또 고마 내 자아를 끄집어내뿌네. 야들아, 느그는 귀 단디 막고 있으라."

그러자 놀이터에 있는 아이들은 일제히 귀를 꽉 틀어막았다.

"야, 이 도란스 같은 할매야! 니는 그 쎄빠닥이 폴더폰처럼 접히가 말이 짧은 기가? 노안이 와가 눈까리에 비는 게 없는 기가? 내가 아까부터 몇 번 얘기하대? 반말 쫌 고마하라고. 뭐? 양키 가

쓰나? 아오……. 이걸 확 마 폴더폰처럼 접어가 밀양강 바닥에 처박아뿌까? 빠마리를 왕복으로 쎄리가 영남루 마당에 널짜뿌까? 니는 내 처녀때 삼문동에서 내랑 마주쳤으면 벌써 디짔다. 알겠나? 쓰레빠 같은 기, 당장 끄지라!"

진절희는 꼬일 대로 꼬여 있는 자신의 파마머리가 곤두서는 것처럼, 레이첼에게서 묘한 공포를 느꼈지만 지기 싫은 마음에 다시 받아치려는 순간, 그녀의 전화벨이 울렸다.

"니…… 양키 가시나! 내 절대 가만히 안 둔다! 두고 보재이!"

진절희는 전화를 받으며 놀이터에서 사라졌다.

"감사합니다."

"유 어 웰컴. 너 회장님 조카 맞지?"

지훈이 감사의 말을 전하자, 그녀는 마치 언제 그랬냐는 듯 다시 레이첼로 돌아와 지훈에게 미소를 보이며 대답했다.

"네, 저도 아줌마 알아요. 아이 언더스탠."

"뭐? 하하하하! 오케이. Anyway, 놀이터에서 혹시 여자아이 둘 못 봤니?"

"아! 아까 영어 잘하는 여자애 둘이 놀이터에서 저희랑 같이 놀다가 킥보드 탄다고 좀 전에 아파트 광장으로 내려갔어요."

"그래? 생큐! 그리고 놀이터는 너희들 구역이니까 마음껏 뛰어놀아. 우리 아파트 안 살아도 괜찮아. 언더스탠?"

*

"아싸! 내가 좋아하는 고추다!"

"지훈이 너 고추 좋아해? 무슨 초딩이 고추를 좋아해?"

정한은 저녁 밥상에 올라온 고추를 보며 좋아하는 지훈을 신기한 눈으로 바라보았다.

"니가 몰라서 그렇지 얘는 완전 어른 입맛이야. 너도 쌈장 찍어서 먹어봐. 밀양 고추라 진짜 맛있어."

"밀양 고추가 유명해?"

"이거…… 이거…… 명색이 밀양 삼문동 봉주르 아파트 회장님이신데 밀양 고추도 모르고 말이야. '밀양'이 왜 밀양이야? 빽빽할 '밀', 볕 '양'. 해가 잘 드는 곳! 그래서 고추가 맛있는 거지. 우리나라에서 고추 생산이 제일 많은 곳도 밀양입니다요."

"그래? 내가 너무 아는 게 없었네. 음, 맛있다."

"삼촌, 나 삼촌한테 할 얘기 있어."

지훈은 저녁을 먹으며 정한에게 놀이터에서 있었던 일을 얘기했다.

"진짜? 그런 일이 있었어?"

"응, 부녀회장 할머니 진짜 못됐어."

"듣고 보니 열받네. 내가 거기 있어야 했는데. 그 할매 알고 보니 진짜 인간성 바닥이잖아? 난 너한테 들으면서 그 생각을 했었거든. 아니, 어떻게 이렇게까지 아파트 일에 열성적일까? 부녀회장이라서 그 책임감이 강한 건가? 뭐 이런 생각들. 근데 저번 인

220

사권 개입부터 보니까 그냥 지가 뭐 되는 거처럼 굴고 싶은 거였어."

지훈의 애기를 듣자, 정해는 숟가락 쥔 손을 더 꽉 쥐며 흥분하기 시작했고 정한은 한숨을 깊게 내쉬며 생각에 잠겼다. 왜냐하면 진절희의 진절머리 날 정도의 성격을 잘 알기에 또 아파트가 시끄러워질 것이 분명했기 때문이다. 그리고 슬픈 예감은 또 틀리지가 않았다. 진절희는 아파트 앱에 글을 올리는 것을 시작으로 온 입주민들을 선동하고 다니기 시작했다.

*

임대 아파트 아이들 놀이터 출입 제한합시다!

이 명품 아파트 옆에 임대 아파트 들어오면 아파트값 똥값 된다고 그렇게 난리를 피웠건만, 결국 임대 아파트가 들어서서 아파트값 떨어졌습니다. 명품 아파트만 모여 있는 이 유로피아 시티 같은 좋은 동네에 결국은 임대 아파트 따위가 들어와 동네 이미지 다 깎아먹었잖아요! 그리고 놀이터 한번 보세요. 만날 임대 아파트 애새끼들 들어와서 시끄럽게 떠들고 쓰레기도 막 버리고. 이러니까 아파트값이 더 안 오르는 거 아닙니까? 게다가 예전에는 노숙자에, 아파트 화단에 노상 방뇨하는 인간들도 있었던 거 아시죠? 여긴 사유지입니다! 우리 재산은 우리가 지킵시다! 당장 아파트 입구에 외부인 차단 스크린 도어부터 설치해서 아무나 못 들어오게 막아 버립시다!

이 글이 올라오자, 아파트 앱은 다시 달궈지기 시작했다. 당장 스크린 도어를 설치해 아파트 보안을 강화하자는 댓글부터, 애들이 좀 놀러 올 수도 있지 뭐 그런 거 가지고 그러냐는 댓글까지. 결국 이 안건은 입대의 회의까지 상정되었다. 회의 때마다 방청객으로 나와 앉아 있던 진절희와 유별라는 회의실에 코빼기도 보이지 않았다.

"다음 안건은 외부인 출입 차단에 대한 건입니다. 현재 입주민들의 의견이 분분한데 이 사안에 대해 어떻게 해결을 했으면 좋겠는지 동대표님들의 의견 부탁드립니다."

"엄……. 제가 먼저 말씀드릴게요. 사실 얼마 전에 놀이터에서……."

3동 대표 레이첼은 놀이터에서 진절희와 있었던 일을 얘기하기 시작했다.

"전 좀 이해가 안돼요. 아 돈 언더스탠. 외부 아이들이 좀 와서 놀면 어때요? 우리 아파트 아이들끼리만 친구인 거도 아니잖아요. 친구야 여기 사는 애도 있고, 저기 사는 애도 있는데 같이 놀 수 있는 거 아닌가요? 그럼 임대 아파트 사는 친구는 우리 집에도 못 와요? 아파트 입구부터 못 들어오니까? Really really don't understand."

"저도 3동 대표님 말씀에 동의합니다. 임대 아파트 때문에 아파트값 떨어졌다는 거도 다 근거 없는 얘기고예. 우리 아파트뿐만 아니라, 지방 아파트값은 다 떨어졌심다. 그라고 20년이 넘었으면 떨어질 만도 하지예. 그걸 가지고 임대 아파트 때문이다, 사는 애들이 들락날락해서 그렇다……. 이건 마녀 사냥이나 진배없다 봅니다."

이번 보궐선거로 당선된 9동 안재림 대표는 180이 넘는 키와 큰 덩치 그리고 우렁찬 목소리 때문에 모두를 주목시키기에 충분했다.

"내는 그래 생각 안 합니더."

보궐선거로 뽑힌 동대표 중 가장 나이가 많은 70대의 5동 대표 나위주가 반기를 들었다.

"내는요. 아파트에 외부인이 들어오는 거 자체가 위험하다 생각합니다. 요즘 세상이 얼마나 흉흉헙니꺼? 묻지 마 폭행에 살인까지……. 차단할 수 있으면 차단해삐야지. 우리 아파트 놀이터는 우리 돈으로, 우리 아파트 주민들이 쓰라고 만든 건데 그걸 왜 외부 사람이 쓰게 놔둡니까? 카고, 여 오래 사신 분들은 아시겠지만, 예전에 놀이터 그네 줄 끊어묵고 도망간 기 결국은 누구였습니까? 우리 아파트가 아이라 다른 아파트에서 온 얼라 아입니까. 근데 그거 수리는 누구 돈으로 해쓰요? 우리 관리비! 우리 관리비로 수리했다카이! 카고 예전에 지하주차장에 노숙자 살던 거 아십니까? 세상에 아파트 지하주차장에 사람이 살고 있었다니!"

"저도 한마디 하겠습니다. 7동 대표 이미라입니다. 5동 대표님 말씀도 일리가 있습니다만, 그네가 끊어진 게 그 아이 탓만은 아니죠. 20년도 다 된 그네니까 끊어진 거 아니겠어요? 아이가 안 다친 게 천만다행인 거죠. 만약 나 대표님 손주가 놀러 와서 그랬다면 그거도 손주 잘못인가요? 그리고 노숙자나 외부인 출입은 이런 문 하나 단다고 나아지지 않습니다. 차라리 경비 인력을 강화하는 게 낫죠."

"뭐랍니까? 우리 손주들이야 내가 입주민이고 입주민을 찾아왔으니까……."

"그때 그네 타던 아이도 제가 아는 아이입니다. 저희 책방에 자주 오는. 우리가 정말 명품 아파트에 사는 사람들이라면 말도 행동도 명품답게 해야 하지 않을까요? 입에는 걸레를 문 사람들처럼 더러운 침 튀기며 소리만 질러대는데, 누가 명품 아파트 주민이라고 하겠습니까? 그리고 이제 명품 아파트 얘기도 좀 그만합시다. 우리 아파트 주변에 더 명품인 신축 아파트 줄줄이 들어서고 있어요. 이제 그런 허세 좀 버리자고요."

나위주는 이미라의 말이 아니꼽다는 표정으로 오만상을 찌푸리고 있을 뿐이었다.

"2동 대표 유유희입니다. 주변 신축 아파트 얘기가 나와서 말인데, 우리 아파트 옆에 작년에 입주한 '노블레스 오브 노블레스' 아파트 아시죠? 거긴 지을 때부터 외부 스크린 도어가 있었잖아요? 그래서 제가 지인 통해서 어떤지 좀 알아봤어요. 거기 사시는 분들 중에도 불편하다는 분들이 꽤 많았습니다. 아예 문 열어놓자는 말도 나온다고 하더라고요. 게다가 실질적으로 외부인 차단에 도움이 되는지도 잘 모르겠다는 얘기도 들었습니다."

"이번에 처음으로 10동 대표를 맡게 된 김성욱입니다. 제가 동대표 된 후로 아파트 앱을 자주 보는데 이 사안은 저희끼리 결정하는 거보다 입주민 투표를 바로 진행하는 기 어떨까 싶습니더.

제가 알아보니까 이런 거 설치할라카믄 어차피 입주민 동의를 받아야 하더라고요. 김송이 소장님, 맞지예?"

"네, 맞아요. 행위허가 사안이라 입주민의 3분의 2가 동의하지 않으면 외부 스크린 도어는 설치할 수가 없습니다. 입주민 동의가 필수예요."

"엄……. 소장님, 행위허가? 그게 뭐예요? 아 돈 언더스탠."

"아, 죄송해요. 설명을 드리자면, 아파트 구조물 설치에는 행위신고가 있고 행위허가가 있어요. 행위신고 대상은 우리가 하겠다고 구청에 신고만 하면 되는데 행위허가 대상은 입주민 3분의 2 동의를 받아서 구청의 허가를 받아야 합니다. 실질적으로 아파트에 추가로 설치하는 어지간한 구조물은 거의 다 행위허가 대상, 즉 입주민 3분의 2 동의가 필수라고 보셔도 무방해요."

"그럼 이렇게 하죠. 소장님 말씀처럼 어차피 입주민 동의가 필요한 사안이니 입주민 동의 투표를 진행합시다. 소장님은 외부 스크린 도어 견적을 좀 받아주세요. 예상 비용도 입주민들 입장에서는 중요하니 함께 정보를 제공해서 투표를 진행하는 게 좋을 거 같습니다."

"Good idea. 전 찬성이요."

"저도 찬성입니다."

정한의 의견에 3동 대표 레이첼의 찬성을 시작으로 9동 대표 안재림이 찬성하자, 다른 대표들도 모두 찬성을 표시했다.

"그럼 만장일치 찬성으로 입주민 투표를 진행하는 것으로 의결하겠습니다.

땅땅땅!

*

회의를 마친 정한은 김송이 소장과 함께 관리실로 돌아가 논의를 시작했다. 관리소장 나이로는 젊은 편인 50대 초반의 김 소장은 항상 미소를 띄고 있었지만 업무 얘기를 할 때만큼은 누구보다 전문가 포스가 느껴졌다..

"소장님, 입주민 투표 공고하고 진행해주세요."

"그런데 회장님. 입주민 찬성이 많으면 정말 외부 스크린 도어를 설치하실 건가요?"

김송이 소장은 걱정스러운 표정으로 정한에게 물었다.

"저도 원하는 방향은 아니에요. 하지만 만약 입주민 과반수 이상이 원한다면 해야 하지 않을까요?"

"예전에 다른 아파트에서도 스크린 도어 설치를 했었는데 정말 시끄러웠거든요. 특히 아파트 주변분들이 지나가는 길 막아서 돌아가야 한다며 항의도 엄청 많았어요. 사실 스크린 도어 설치해도 들어올 사람은 다 들어오는데……. 게다가 설치하고 나서 오히려 불편하다는 입주민도 상당수였고요."

김 소장의 말을 듣자, 정한은 소파에 기대며 마른손으로 얼굴을 훔쳤다.

"소장님, 저는 요즘 헷갈려요. 우리가 같이 사는 건지 갇혀 사는 건지. 서로 잘못만 잡아내려 주시하고 의심하며 서로를 가두며 갇혀 살고 있는 아파트 같단 말이죠. 스크린 도어까지 설치하면 이제 우린 더 갇히게 되겠죠. 같이 살고 싶은데 자꾸 갇혀 살게 되네요."

갇혀 사는 게 아니라, 같이 사는 아파트. 정한의 말에 김 소장은 고개를 끄덕이지 않을 수 없었다. 그의 말에 공감이 깊어질수록, 자신은 마치 감옥의 간수가 된 듯한 기분이 들기도 하고, 때로는 감시받는 죄수처럼 느껴지기도 했다.

외부인 출입문 설치에 대한 입주민 투표 공고가 뜨자, 아파트 앱 게시판은 순식간에 찬성파와 반대파로 갈라졌다. 서로가 '찬성해야 한다', '절대 반대해야 한다'를 외치며 논쟁이 오갔다. 그 와중에 진절희와 유별라는 "임대 아파트처럼 수준 낮은 사람들이 함부로 들어오면 안 된다"며, 입주민들에게 외부인 차단 출입문 설치 찬성을 노골적으로 선동하고 다녔다.

그렇게 봉주르 아파트의 주민들은 점점 스스로를 가두어가고 있었다.

갇혀 살 것인가, 같이 살 것인가

정한은 놀이터 그네에 앉아 하늘을 바라보았다. 같은 하늘 아래 살고 같은 동네에 살고 같은 아파트에 살지만, 점점 더 철저히 남이 되어가는 우리의 허탈한 모습과 답답한 마음을 그네에 실어 흔들기 시작했다. 놀이터 그네를 흔들자, 어린 시절로 돌아간 기분이 들며 초등학생 때 살던 아파트가 떠올랐다. 지금 생각해 보면, 초등학생 때 살던 아파트가 더 오래 전에 지어진 아파트임에도 불구하고 층간소음이라는 걸 느끼고 살지 않았다. 그리고 같은 동 아이들은 물론 옆 동, 뒷 동 아이들까지 모두 알고 지내며 집에 놀러가고 놀러오는 일도 참 많았다. 물론 그와 더불어 엄마들끼리도 알고 지내며 반찬을 가져다 줄 때도 있었고, 대신 아이를 돌봐주는 경우도 있었다. 그때는 아파트가 같이 사는 아파트였다.

같이 사는 아파트가 가능했던 이유는 서로 아는 사이였기 때문이다. 우리는 아는 사람에겐 관대하지만 모르는 사람에겐 혹독하다. 옛날 아파트에 층간소음이 없었던 것이 아니라, 윗집과 아랫집이 아는 사이이기에 윗집은 최대한 조심했고, 아랫집은 최대한 이해했다. 한 달에 한 번 열리는 반상회에 모여 많은 소통을 할 수 있어 이웃끼리 이해할 수 있는 기회가 있었다. 하지만 지금의 아파트는 혹독하게 모르는 사이로 지낸다. 반상회는 구닥다리 관습이 되어 서로를 이해할 수 있는 기회를 잃었고, 이해하지 않는 사람들은 오해만 쌓여간다. 아파트 높이가 높아질수록 쌓이는 오해의 높이는 높아졌고, 그럴수록 사람들의 이해는 낮아져만 갔다.

"어? 회장님, 여기서 뭐 하세요?"

"어? 레이첼 대표님, 안녕하세요."

흔들리는 그네를 멈추고, 정한은 일어서서 레이첼과 인사했다.

"저는 우리 애가 놀이터에 인형을 두고 왔대서 찾으러 왔는데…… 아, 저기 있다. 첫째가 절 닮아서 잘 덤벙대요."

"아, 네……."

"그런데 회장님은 왜 놀이터에 계세요? 혹시 조카랑?"

"아, 아뇨. 그냥…… 생각할 게 좀 있기도 하고……."

아이의 인형을 주워 오며 묻는 레이첼에 정한은 뭐라 대답해야 할지 몰라 어색하게 얼버무렸다.

"You look so serious. 회장님, 뭐 심각한 일있어요? 저도 동대표인데 아파트 일이면 말씀해주셔도 돼요."

"아니, 뭐 심각한 건 아니고요. 실은……."

정한은 레이첼에게 그네에 앉아서 했던 생각과 고민을 털어놓았다.

"아이 언더스탠. 난 회장님이 왜 고민하는지 알 거 같아요. Actually, 제가 미국에서 밀양으로 다시 온 이유가 뭔지 아세요? 바로 미국의 개인주의에 지쳐서예요. 사실 처음엔 그게 너무 편했어요. 아무도 날 신경 쓰지도, 상관하지도 않고 말을 걸지도 않는 거. 어릴 때 밀양에 살 땐 그게 너무 싫었거든요. 밀양은 정말 한 사람만 건너면 다 아는 사람이에요. 내가 누구 집 딸인지, 우리 집에 무슨 일이 있는지, 심지어 누구랑 사귀었었는지. Oh, my god! 그게 너무 싫어서 자유분방한 미국에 유학이라도 가자라며 갔는데 10년을 넘게 살았네요. 그리고 10년을 넘게 살아보니 그립더라고요, 내 고향이. 그렇게도 싫고 갑갑했던 이곳이 너무 그리워서 다시 왔어요. 지금은 저 어떤지 아세요? 완전 오지라퍼 돼서 아파트에서 마주치는 분들이랑 다 인사하고요, 가끔 아파트 벤치에 앉아서 얘기 나누시는 어르신들에 껴서 한참 얘기하기도 해요. 게다가 우리 동 경비 아저씨랑 페이스북 친구까지 돼 있다니까요."

"정말요? 전혀 그렇게 안 보이시는데……."

"개인적이고 프라이빗한 게 좋기만 한 줄 알았는데 아니더라고요. It's my misunderstanding. 제 오해였어요. 지금은 이 아파트에 사는 게 너무 좋아요. 나가면 다 인사해주시고, 우리 애들도 다 알아봐주시고. 그래서 애들끼리 나가 놀아도 전 별로 걱정을 안 해요. 애들도 미국보다 여기가 더 좋대요. 사실 이번에 제가 동대표를 하겠다고 마음먹은 이유도 회장님 생각이랑 같아요."

"어떤……."

"회장님처럼 갇혀 사는 게 아닌 같이 사는 아파트를 만들고 싶다. 〈응답하라 1988〉 드라마 보셨죠? 저 미국에서 그거 보고 한국이 그리워서, 내가 살던 곳의 정이 그리워서 얼마나 울었다고요. 그 드라마 속 동네 이름이 쌍문동인데 우리 삼문동이랑 이름까지 비슷해서 더 그랬어요. 다시 그 시대로 다시 돌아가지는 못하지만, 그런 이웃은 만들 수 있다고 믿어요. 저도 많이 도울 테니까 앞으로 애들 그네에 앉아서 혼자 고민하지 마시고 언제든 말씀하세요. 그리고 제가 여기 살아보니 우리 동네만 한 곳이 없어요. 이런 아파트가 어딨어요? 아파트 옆에 밀양강이 흐르죠, 그 강을 따라 걷고 뛸 수 있는 제방 산책로도 있죠, 봄이면 벚꽃만발, 가을이면 코스모스 잔치. 이렇게 강도 있고, 꽃도 있고 회장님처럼 좋은 아파트 사람들도 있잖아요. 같이 사는 아파트 만들려면 같이 고민해요. 언더스탠?"

그녀는 정한이 앉아 있는 옆 그네에서 일어나 인형을 안은 채 인사를 하고 놀이터를 빠져나갔다. 떠나는 레이첼의 뒷모습을 보며 정한은 살며시 혼자 중얼거렸다.

"예스, 아이 언더스탠."

*

"저도 사실 이 문은 안 다는 게 맞다고 생각해요. 업체 몇 군데

231

불러서 견적을 내보니 비용도 꽤 큰 데다 그 돈을 들여서 설치해도 향후 문제가 발생될 소지까지 있고요. 사실 입주민 3분의 2 동의는 거의 모든 입주민이 동의해야 가능한 거라 제 경험에 비추어 보면, 동의가 안 되는 경우가 많긴 했어요. 입주민들이 투표 자체를 잘 안 하시니까……. 투표를 안 하면 그건 자연스럽게 미동의가 되잖아요."

김송이 소장은 걱정스러운 표정으로 말했다.

"지금 입주민들 분위기는 어떤 거 같아요?"

"글쎄요, 보통은 미동의 되는 경우가 많긴 한데 여기는……."

"여기는…… 왜요?"

말꼬리를 흐리는 김송이 소장의 표정을 보자, 할 말이 있지만 꺼리는 것 같다는 생각이 들어 다시 묻는 정한이었다.

"제가 누구를 욕하는 건 아니고요. 부녀회장님이랑 총무님이 워낙 강성이라……. 두 분을 필두로 몇몇 입주민분들이 스크린 도어 설치해야 한다고 찬성 운동처럼 하고 다니시거든요. 하물며 관리실에도 빈번하게 오셔서……."

"관리실에 자주 와요? 와서 뭐 하시는데요?"

"이런 얘기 드려도 될지 고민했는데……. 욕이며 잔소리며 엄청 퍼붓고 가세요. 사실 직원들이 많이 힘들어해요. 경리한테는 할 일도 없는 게 월급만 받아 간다고 그러시고, 저는 여자라서 힘 쓰는 일은 할 줄도 모른다는 이런 모욕적인 얘기도 하세요. 그렇다고 입주민 얘기를 안 들어드릴 수도 없으니 듣다 보면, 기본 두 시간은 다른 일을 못 해요. 그리고 각 세대 우체함에 넣으라고 이

거도 주셨어요."

　김송이 소장은 A4용지 한 장을 정한에게 보여주었다. A4용지에는 외부 스크린 도어를 꼭 설치해야 한다는 내용이 적혀 있었다. 그리고 자극적인 노숙자 사진, 쓰레기 사진 등이 함께 첨부되어 사람들을 흔들기에 딱 좋아 보였다.

　"부녀회장님, 선을 많이 넘으시네요. 소장님, 진짜 우체함에 넣으신 건 아니죠?"

　"어우, 회장님, 제가 이걸 왜 넣어요. 입대의에서 의결한 거도 아닌데 당연히 못 넣죠. 못 넣어드린다고 하니까 또 욕 한 바가지 하시더니 자기가 넣겠다며 가셨어요. 이 정도면 정말 투표 결과가 어떻게 될지 저도 감이 안 와요."

＊

　봄비가 내렸다. 삼문동과 봉주르 아파트를 감싸고 있는 밀양 강도 봄비에 차오르며 넘실넘실 춤을 추기 시작했고, 온 동네를 분홍빛으로 물들였던 벚꽃은 서둘러 떠날 채비를 했다.

　"먼 노무 봄비가 한여름 장마같이 내리노? 그래도 오늘 아이면 시간이 없으니 가보자 고마."

　9동 대표 안재림은 큰 덩치에 맞는 큰 장우산을 들고 봉주르 아파트 옆에 있는 노블레스 오브 노블레스 아파트로 향했다. 동 대표로서 노블레스 오브 노블레스 아파트에 설치된 스크린 도어를 정문부터 후문까지 살펴보고 싶어서였다. 억수 같은 봄비에 지나가는 사람들은 거의 없었지만, 그는 정문에서 한참 서서 굳게 닫힌 스크린 도어를 바라보았다.

"이 길이 이래 막히뺐네."

노블레스 오브 노블레스 아파트가 들어서기 전에는 근처 송림 산책로로 바로 질러갈 수 있었지만 이 아파트가 들어서며 스크린 도어로 길이 막히고 나서는 대단지 아파트 외곽을 빙 돌아야 산책로에 닿을 수 있었다. 그 번거로움에 송림 산책로를 걷는 사람들도 예전보다 줄어든 건 사실이었다.

재림은 정문에서 왼쪽 울타리를 따라 걸었다. 노블레스 오브 노블레스 아파트는 대단지로 조성되었기 때문에 정문과 후문에서 먼 입주민들의 출입이 편하도록 양옆으로 쪽문이 있었다. 이 쪽문 역시 입주민이 아니면 들어갈 수 없는 스크린 도어로 만들어졌기에 그는 후문으로 가며 쪽문도 볼 요량이었다.

동대표를 하기 전에는 보이지도 않았던 문. 동대표를 하기 전에는 관심도 없던 남의 아파트 일이 이제 그의 눈에도 밟히기 시작했고, 그 눈길을 따라 빗길에 떨어진 벚꽃잎을 밟으며 걸었다. 쪽문에 다다랐을 때쯤, 빗줄기는 더 굵어지며 번개까지 번쩍이기 시작했다.

"하이고마, 이건 뭐 태풍 온 거맨치로 난리네. 후문까지는 몬 가긋다. 고마 드가자. 어? 근데 저거 뭐고?"

그렇게 쪽문을 훑고 돌아서려는데, 반투명 갈색 스크린 도어 넘어로 뭔가 눈에 들어왔다.

"뭐고? 저거…… 압! 저거 사람 아이가! 보소! 개안씸까? 내 목소리 들려요?"

재림은 우산을 내팽개치고 스크린 도어를 세차게 두드리며 우렁차게 소리를 질렀지만, 쓰러진 사람은 미동도 없었고 인터폰은 묵묵부답이었다. 굳게 닫혀 있는 문은 열리지 않았다. 설상가상으로 거센 비에 쪽문 너머로 지나가는 사람조차 없었다.

"아씨! 고마 돌겠네!! 119…… 119 먼저……."

그는 우산을 들지 않은 손으로 주머니에 있는 폰을 다급하게 꺼내는 순간, 불안정한 한 손에서 폰이 미끌어지며 쪽문 앞 하수 구멍으로 빠져버렸다.

"아, 젠장! 돌아뿌겠네! 에이, 내도 모르겠다!"

쿵쿵.

그는 우산을 내동댕이치더니, 스크린 도어에 전속력으로 달려와 온몸을 날려 부대꼈다. 그의 육중한 몸이 아무리 부대껴도 스크린 도어는 꿈쩍도 하지 않았다. 그의 머릿속에는 골든타임을 놓치면 안 된다는 생각뿐이었다.

"일단 사람은 살리고 봐야 할 거 아이가!"

그는 인도를 살피다 눈에 들어온 돌덩어리를 들어 스크린 도어를 향해 던져버렸고, 스크린 도어는 산산조각 나며 그가 들어올 수 있는 틈을 내주었다.

"보소, 보소! 어르신! 내 말 들리요?"

노인의 의식은 돌아오지 않았고, 쓰러지면서 다쳤는지 이마에서는 피가 흐르고 있었다. 일단 비를 피해야겠다는 생각에 의식이 없는 노인을 안고 처마가 있는 아파트 현관으로 뛰었다. 그는 아파트 현관 앞에 노인을 눕히고 입고 있던 바람막이 점퍼를 벗은 뒤 돌돌 말아 노인의 머리를 받쳤다. 그리고 노인이 입고 있는 셔츠 단추를 풀어 헤친 뒤, 두 손을 모아 심폐소생술을 시작했다.

"어머머머, 이게 뭔 일이고!"

그의 이마에 빗물인지 땀인지 구분이 안 되는 물기가 맺힐 즈음, 아파트 현관에서 한 아주머니가 나오며 기겁을 했다.

"헉! 헉! 아지매! 119…… 119 좀 불러주소!"

재림은 잠시 숨을 몰아쉬더니, 쉬지 않고 노인의 가슴을 압박했고, 아주머니는 손을 벌벌 떨며 119에 전화를 걸었다.

"아지매! 이 할배 손 좀 주물러주이소! 비가 와가 체온이 너무 떨어졌쓰예!"

아주머니는 철퍼덕 무릎을 꿇고 앉아 노인의 양손을 번갈아 주물렀다.

"제발 일어나이소! 할배요! 제발!"

재림의 힘은 빠져갔지만, 그는 멈추지 않았다. 아니, 멈출 수 없었다.

"컥! 컥!"

"어르신! 할배! 정신이 드소?"

노인은 마른기침을 하고 난 뒤, 숨을 가다듬으며 실눈을 천천히 열었다.

"아! 인자 살았네! 살았어!"

노인의 호흡이 돌아오는 걸 확인한 재림은 경비실로 바로 달려갔다.

"저기요! 저기 사람이 쓰러졌거든예? 덮을 담요 같은 거 있으면 좀 주이소! 일단 걸려 있는 잠바 먼저 좀 빌립시다!"

경비원의 점퍼를 빌려 와 노인의 몸을 따뜻하게 하려고 애썼다. 그러자 119 응급차가 사이렌을 울리며 도착했고, 아파트 사람들은 창밖으로 시선을 모으기 시작했다. 재림이 구조대원에게 발견 당시 상황과 자신이 처치한 내용을 설명한 후 연락처를 남기자, 응급차는 병원을 향해 출발했다.

"아지매 수고했심다. 아지매가 사람 하나 살렸쓰예."

"그분 살 수 있겠죠? 맞죠?"

"예, 호흡은 돌아왔으니까 아마 살 겁니다. 고생했심더."

재림은 바닥에 말려 있는 자신의 바람막이 점퍼를 주워 들고는 한숨을 돌렸다. 경비원에게도 점퍼를 돌려주고 돌아서는데 누가 뒤에서 그를 불렀다.

"저기요, 그냥 가시면 안 되죠."

"와예?"

"저기 스크린 도어 당신이 박살 내셨잖아요."

노블레스 오브 노블레스 아파트 관리소장은 그가 사람을 구한 것에 대한 감사 표현은 일절 없이 한 손에는 우산을, 한 손은 주머니에 손을 찔러 넣은 채 꼰꼰한 표정을 짓고 있었다.

"따라오세요."

우산 없이 비에 쫄딱 젖은 채로, 여전히 비를 맞고 있는 자신에게 우산을 씌워주기는커녕, 뒤도 돌아보지 않고 걷는 관리소장의 뒤를 따라 재림은 터벅터벅 걸었다.

인간다움을 찾아서

"신분증 좀 주시죠. 복사하고 드릴 테니."

재림은 흠뻑 젖은 바지 뒷주머니와 함께 젖은 가죽 지갑을 꺼내 신분증을 내밀었다.

"여기 신분증 아래 빈칸에 연락처 적어주시죠."

포마드 기름을 잔뜩 발라 한 치의 오차도 없는 2 대 8 가르마가 그의 깐깐함을 증명하듯, 노블레스 오브 노블레스 관리소장은 일관된 무표정과 건조함을 잃지 않았다.

"이 전화번호 당신 꺼 맞아요? 왜 전화를 안 받아요?"

"아, 제가 좀 전에 119 부를라 카다가 손을 미끌리가 핸드폰을 떨자뿌쓰예."

"진짜예요?"

"제가 와 거짓말을 합니까? 거 보자 보자 하니까 좀 너무한다 생각 안 하요? 비 쫄딱 맞고 핸드폰까지 이자뿌면서 당신네 아파트 입주민 살리보겠다고 혼자 쌩쇼를 했구만! 그카고 내가 문을 안 뿌샀으면 그 어르신 저세상 갔심다! 알겠쓰예?"

"그건 나중에 당사자랑 얘기하시고. 아파트 관리가 내 일이라 당신이 박살 낸 문이 나한테는 제일 큰 문제예요, 아시겠어요? 폰 없으면 여기 아내분이나 가족분 연락처 적으세요."

"누가 문 부순 거 책임 안 진답디까? 사람이 죽을 뻔했는데 당신은 아무 생각이 없쓰요? 관리소장이라는 사람이 말이야! 내도 봉주르 아파트 동대픕니다. 관리소장이면 입주민 안전도 신경 써야지! 이래 CCTV가 많은 아파트에서 사람이 쓰러진 거도 모르는 기 말이 됩니까?"

"아, 옆 아파트 동대표세요? 그럼 나중에 관리사무소로 공문 하나 보낼게요. 그리고 이런 데서 큰 소리 좀 치지 마시고요. 무식하게……."

"뭐라꼬? 무식? 니 말 다 했나, 어!"

"아 씨, 언제 봤다고 반말이야……. 야, 끌어내. 그리고 옆에 봉지인지 봉봉인지 그 아파트 관리실 같이 가서 이 사람 동대표 맞는지 확인만 하고 와."

관리소장은 큰 소리에 모여든 관리실 직원들을 향해 세상 귀찮다는 듯한 인상을 구기며 고개를 까딱거렸다.

*

노블레스 관리실 직원들이 돌아간 후, 김송이 소장과 재림은 한동안 얘기를 나누었다.

"안 대표님, 정말 고생하셨어요. 안 대표님이 한 분 목숨 살리신 거예요. 아무리 그래도 그렇지, 그 아파트 사람들 정말 너무하네. 비가 이렇게 쏟아지는데 우산도 안 빌려주고……. 그리고 사람 목숨이 왔다 갔다 하는 마당에 고맙다는 말 한마디도 없이 이렇게 쫓아와서 문 파손한 책임만 묻고 가네요."

"뭐 우짜겠심까? 제가 부순 건 부순거니 제가 물어내야죠."

"스크린 도어면 가격이 만만치 않을 거예요. 가격도 가격이지만 사람을 구했는데 이건 아니죠. 노블레스라고 진짜 자기들이 무슨 귀족이라도 된 줄 아나……."

"고마 됐심다. 누가 알아달라고 한 거도 아인데예. 이만 가볼 테니까네 저쪽에서 공문 보내오면 연락 주이소."

비에 흠뻑 젖은 채로 소장실을 나가는 재림의 뒷모습이 김송이 소장은 연신 마음에 걸렸다. 그녀는 잠시 고민하더니 정한에게 전화를 걸었다.

청학 북카페에서 책을 읽던 정한은 김 소장과의 통화가 끝나자, 재림에게 직접 들어볼 필요가 있다 생각해 한참 동안 재림과 통화를 했다. 재림으로부터 더 자세한 내용을 들은 정한은 읽던 책을 잠시 덮고 생각에 잠겼다.

"회장님, 오늘 어쩐 일이세요? 혹시 동대표 모임 있나요? 전 연락받은 게 없는데……."

"아, 아닙니다, 이미라 대표님. 오늘 비도 많이 오고 책 읽기 조용할 거 같아서 그동안 못 읽은 책 좀 읽으려고 왔어요."

"그러시구나. 혹시 커피 한잔 드릴까요?"

"아, 오자마자 한잔 마셨습니다."

"에이, 오시면 연락 좀 주시지 그러셨어요. 회장님은 제가 맛있는 커피 한잔 내려드릴 수 있는데. 저희 남편보다 제가 커피는 더 잘 만들거든요."

이미라는 한 손을 입가에 갖다 대며 소곤거리는 모양으로 말했다. 그렇게 짧은 인사를 하고 돌아서려는 그녀에게 정한이 물었다.

"혹시…… 이 대표님, 시간 되시면 저랑 잠깐 얘기 좀 하실 수 있나요?"

정한은 재림이 노블레스 오브 노블레스 아파트에서 겪은 일을 그녀에게 얘기하기 시작했다.

"와, 이 사람들 정말 너무하네요. 사람이 죽을 뻔했고, 그걸 구했는데 돈 얘기만 하다니……."

"좀 전에 안재림 대표님과 통화한 후로 저도 생각이 많아지더라고요."

"이게 다 인간다움을 잃어서 그래요. 제 직업이 작가라 그런지 모르겠지만, 저는 요즘 정말 심각하다고 느껴요. 책도 점점 더 안 읽고 글은 마치 쓰는 능력이 퇴화된 거처럼 안 쓰고 사유도 하지 않고 기록도 하지 않으려고 하죠. 전신에 AI 개발자 아니면 의사만 하라고……. 오죽하면 요즘 인문계로 진학하면 불효라고 한다니까요. 돈돈거리는 어른들도 문제지만 애들한테도 돈 되는 거만 하라고 부추겨요. 오죽하면 요즘 애들 장래희망 1순위가

'돈 많은 백수'겠어요. 이런 게 장래희망인데 우리나라 장래에 희망이 어딨어요? 근데 어디 사람 사는 게 그런가요? 돈 되는 거만 하고 살면 인간미나 정은 깡그리 사라지는 거죠."

인간과 동물이 구분점 중의 하나가 바로 '사유와 기록'. 동물은 철저히 현재에만 산다. 지금 배가 부르고, 지금 잠을 잘 수 있으며, 지금 좋으면 그만이다. 동물은 과거를 돌이켜보지 않고, 미래를 꿈꾸지 않으며, 기록도 할 수 없다. 하지만 인간은 어떠한가? 과거를 돌이켜보며 기록하여 역사를 만들 수 있고, 현재를 열심히 살아가려 노력할 수 있고, 미래에 뭔가 이루려는 꿈을 꿀 수 있다. 하지만 지금의 사람들은 사유하지도 기록하지도 않는다. 그래서 생각 없이 말하고 생각 없이 행동하고 생각 없이 살아간다. 기록을 하지 않기에 자신을 돌아보며 반성할 기회도 없다. 자신이 한 것에 대한 의미도 부여하지 않는다. 결국 동물처럼 변해가는 것이다. 기분 나쁘면 그냥 욕을 뱉어버리고, 분노가 차면 그냥 때려버리고, 그게 극에 달하면 극단적인 일까지 벌인다. 마치 나보다 약한 존재를 보면 달려가 물어뜯는 아프리카 초원의 동물처럼, 상대방의 입장이나 상대방이 입을 피해에 대한 사유는 눈곱만큼도 없이 그렇게 동물화되어갔다. 생각하기도 싫고, 쓰기도 싫은 인간은 점점 인간다움을 잃어가며 비인간적으로 변해가고 있었다.

"아이들 장래희망이 '돈 많은 백수'라니 놀라우면서도 씁쓸하네요. 우리는 인간인데 점점 인간미를 잃어가는 거 같아 안타깝습니다. 안 그래도 안재림 대표님 사건을 듣고 일말의 고마움도 없다는 거에 참 비인간적이라는 생각을 했어요. 그래서 어떻게 안 대표님께 도움을 드려야 할지 고민하고 있었습니다. 문 수리 비용도 만만치 않을 거고, 이게 다 남 돕자고 좋은 일 하자고 그러신 건데 그냥 보고 있기도 불편하고요. 이대로 배상만 해주고 넘어가면 앞으로 누가 남을 돕겠습니까?"

"저도 공 회장님 말씀에 백번, 천 번 동의해요. 그러게 그런 문은 왜 달아가지고! 이런 분은 상을 드려도 모자랄 판이죠. 안 되겠어요. 제가 움직여야겠습니다."

"네? 이 대표님이요?"

"후훗, 회장님, 저희 북카페 밀양에서 60년 넘은 거 아시죠? 원래는 서점이었던 걸 북카페로 바꾸면서 제가 하고 싶었던 게 여기를 누구나 올 수 있는 우리 지역 문화 센터처럼 만드는 거였어요. 저희 북카페에서 유명 작가님, 음악가님 공연도 은근히 많이 했어요. 그러면서 저에게 쌓인 건 '좋은 사람들'이랍니다. 돈은 안 쌓였지만요. 호호! 그래서 저 발 엄청 넓어요. 제가 방법 찾아볼게요. 적어도 우리는 인간답게 행동해야죠."

집으로 돌아오는 길에 정한은 이미라의 말을 계속 곱씹었다.

인간다움.

이 단어를 곱씹으며 정한은 과거를 돌이켜보았다. 회사에서의 스스로를 되돌아보며 자신은 얼마나 많은 사람들을 다치게 했는지, 그로 인해 마음을 닫히게 한 사람들을 반추하였고, 자신은 또 얼마나 다쳐서 이렇게 닫혔는지도 사유하게 되었다. 그리고 이제라도 같이 살며 인간다움을 느낄 수 있는 아파트를 만들어야 겠다고 결심했다.

*

며칠 뒤, 노블레스 오브 노블레스 아파트는 재림의 문 수리비용으로 500만 원을 청구한다는 공문을 보내왔다. 그리고 공문의 내용에는 주어진 날짜 내에 변상을 하지 않을 경우 법적 대응이 있을 것임을 경고하는 내용도 포함돼 있었다.

"대표님, 어제 노블레스 오브 노블레스로부터 받은 공문이에요. 이런 공문 전달해드리는 게 참…… 그러네요. 500만 원은 너무 과하니까, 제가 업체에 정확한 가격도 알아보고 그쪽 관리소장이랑 얘기해서 더 낮춰볼게요."

"아입니다. 소장님이 만다고 중간에서 고생합니까? 이건 제일이라예. 제가 알아서 처리할 낍니다. 신경 쓰지 마이소. 그라고 여기 소장한테 제 핸드폰 다시 했으니까네 제 연락처 알려주시고 인자 할 말 있으면 저한테 직접 연락하라 하이소."

김송이 소장으로부터 공문을 전달받은 재림은 썩은 웃음을 보이고는 소장실을 나서려는 순간, 낯익은 얼굴이 소장실로 들어서고 있었다.

"어? 어르신! 인자 몸은 괘안심까? 소장님, 이분이 며칠 전에 쓰러졌던 그 어르신입니더. 하이고마, 무사하셔가 천만다행입니다!"

재림과 김송이 소장 그리고 노인과 노인의 딸이 나란히 소장실에 앉았다.

"아빠를 살려주셨다는 분이 이 아파트 입주민 동대표님이라고 해서 찾아뵈러 왔는데 이렇게 바로 만나게 됐네요. 정말, 정말 감사합니다. 선생님 아니셨으면 저희 아버지 돌아가셨을 거예요."

"내가 그땐 정신을 잃어서 누군지 기억도 못 했네. 눈을 떠 보니 병원이더라고. 119 구급대원이 알려줬어. 자네가 심폐소생술을 잘해줘서 내가 살았다고 말이야. 자네가 내 생명의 은인이야. 내 자네에게 뭐라도 보답하고 싶은데…."

"아입니더, 어르신. 저 아니었어도…… 누구라도 그래했을 낍니다. 어르신이 이래 건강하게 돌아오셨으면 됐심다."

재림은 연신 손사래를 치며 얼굴을 붉혔다.

"저…… 선생님. 아빠 목숨값으로는 보잘것없지만 아파트 문 수리비는 오는 길에 제가 처리했습니다. 이거라도 해야 마음이 편할 거 같아서요."

"네?"

김 소장과 재림은 서로 놀란 눈을 마주쳤다.

"정말 별거 아닙니다. 불쾌하셨다면 죄송해요. 하지만 이건 당연히 제가 부담해야 하는 거라고 생각이 들었습니다."

"당연하지! 내 목숨 구하려고 부순 문 아닌가? 자네가 그때 그 문을 부수지 않았다면 난 이미 이 세상에 없어."

"아니, 그래도 그건 제가 부순 건데……."

"그런 말 하지 말아. 자칫 자네가 다칠 수도 있는 상황인데 이

늙은이 구한다고 뛰어들다니, 게다가 그날 비는 좀 많이 왔는가? 정말 고마워. 내 밥이라도 한번 살 테니 연락처 좀 알려줄 수 있겠나?"

"선생님, 그렇게 하세요. 저희 남편도 아이들도 다 선생님 뵙고 감사드리고 싶어 해요. 저희가 충분히 보답할 수 있게 해주세요. 그리고 이거⋯⋯."

노인의 딸은 흰 봉투를 재림에게 내밀었다.

"이게 멉니꺼?"

"좀 전에 저희 아파트 관리소장님께 선생님 연락처를 여쭤보니 그날 폰까지 잃어버리셨다고, 이걸로 폰도 하나 사세요."

"아⋯⋯. 이건 진짜 몬 받심더. 그라고 요래 폰도 이미 새로 했고예. 폰은 제가 손을 미끌리가 제 실수로 떨군 겁니다. 어르신이랑은 아무 상관 없심다."

"이보게. 받아주게. 자네가 안 받으면 내 마음이 불편해. 이걸로 폰 샀다 치고 받아주게. 대신 내가 자주 전화할 테니까 잘 받아주면 돼. 알았지?"

노인은 재림의 두 손을 잡고 포근한 양털 같은 미소를 보이며 고개를 끄덕였다.

재림이 파손한 노블레스 오브 노블레스 아파트의 스크린 도어는 그렇게 해결이 되었다. 그리고 발 넓은 이미라 작가 덕에 이 소문은 매스컴을 타며 뉴스까지 나오게 되었다. 그로 인해 재림은 용감한 시민상까지 받으며 봉주르 아파트와 삼문동의 자랑이 되었고, 스크린 도어 설치에 반대하거나 회의적인 글이 아파트 앱을 압도적으로 뒤덮기 시작했다.

'이번 일을 계기로 확실히 알았습니다. 왜 스크린 도어 같은 게 없어야 하는지 말이죠. 안재림 대표님, 정말 좋은 일 하셨습니다.'

'맞습니다. 굳이 큰돈까지 들여가며 담벼락 쌓지 맙시다. 좀 열려 있으면 어때요? 안 대표님처럼 좋은 분들이 우리를 도와주실 수도 있는 겁니다.'

'입주민 투표도 다 돈입니다. 아직 투표 전이니까 투표도 하지 마세요. 우리는 노블레스 오브 노블레스처럼 되지 말자고요. 자기 덫에 자기가 걸린 거나 뭐가 달라요?'

스크린 도어 설치 철회가 입주민대표회의 안건으로 다시 올라왔고, 나위주를 제외한 모든 동대표들의 찬성으로 스크린 도어 설치는 자진 철회되었다.

"저는 우리 아파트에 필요한 건 스크린 도어처럼 갇혀 사는 아파트로 만들어버리는 게 아닌 서로 소통하며 같이 사는 아파트로 만들어주는 게 필요하다 생각합니다. 우리가 서로 소통하고 아는 사이가 된다면 더 살기 좋은 아파트가 되지 않을까요? 반상회가 있고 이웃을 알았던 예전의 아파트야말로 같이 사는 아파트였던 거 같습니다. 그래서 전 스크린 도어 예산으로 우리 입주민들끼리 소통할 수 있는 커뮤니티 공간을 만드는 걸 건의합니다."

정한은 아파트 회장을 하면서 봉주르 아파트에 가장 필요하다고 생각한 것을 얘기하고 있었다.

"Good idea. I totally agree. 저는 완전 찬성이에요. 우리 아파트

에 쓰지도 않고 비워둔 필로티 룸 같은 공간이 많아서 대체 why? 왜 저런 걸 활용 안 하지? 했었는데 이번에 만들어봅시다."

"회장님 생각 좋네요. 제가 북카페를 운영하고 있으니 공간 만 드는 데 도움을 드릴 수 있을 거 같아요. 드디어 우리 아파트도 인간다움을 찾아가겠네요."

"우리 앞으로 재미있는 아파트 만들어봐요. 아파트에서 밀양 아랑제 같은 멋진 축제도 열고, 저 공무원 하면서 지역 축제도 많 이 했습니다. 제가 기획해볼게요!"

레이첼과 이미라가 적극적으로 찬성했고, 명백화는 아파트 축 제를 기획해보겠다며 흔쾌히 답했다.

"내는 반대요."

다들 예상은 했지만 나위주는 또 반대를 하며 손을 들었다.

"거 돈 몬 써가 안달 났습니까? 필요한 거만 합시다, 필요한 거 만. 스크린 도어 안 한다고 다른 데 돈을 쓴다는 기 말이 됩니까? 그카고 그런 거 만들어봐야 사람들 쓰지도 않아요. 다른 아파트 보이소. 쓰잘데기없는 거만 만들어놔가 관리비만 마이 나온다 아입니까? 그런 거 만들면 전기세는요? 관리는 누가 하고요? 사 람 쓰면 인건비는요?"

나위주의 말도 틀린 말은 아니었다. 아파트 시설은 만드는 거 보다 관리하는 게 더 어려운 게 사실이었다.

"그 공간에 뭐가 있는 거도 아이고 반상회처럼 입주민들 모여 가 담소 정도 나눌 건데 관리인까지 필요 있겠심까? 그냥 미화원 아주머니께서 청소하실 때 청소하시면 될 거 같은데. 그라고 전기세는 다 같이 쓰는 공간이니 입주민들이 조금만 노나가 내는 거면 관리비 낏해야 100원도 더 안 나올 거 같은데예."

"100원이든 10원이든 내 돈 아닙니까? 그카고 내는 그런 공간 필요도 엄쓰요. 내는 쓰지도 않을 낀데 내가 단돈 100원이라도 와 더 내야 합니까? 정 그러면 입주민 투표 해요. 보나마나 반대가 많을 테니까!"

투표는 반대를 얻는 게 찬성을 얻는 것보다 쉽다는 걸 나위주는 알고 있었다. 찬성을 하려면 투표에 참가해 찬성을 찍어줘야 하지만, 반대는 투표를 하지 않으면 자연스럽게 이루어진다. 이건 마치 사람과도 같다. 투표소까지 다가가 찬성을 써야 찬성이 이루어지는 것처럼, 내가 그 사람에게 다가가 마음을 써야 비로소 관계가 이루어진다. 그렇기 때문에 무관심은 반대와 같다. 딱히 비난하고 미워하지 않는다 해도 무관심만으로도 반대는 이루어진다. 그래서 투표에서 찬성을 얻는다는 건 사람의 마음을 얻는 것과 같았다.

10동 대표 김성욱은 나위주의 이기적인 대답에 부아가 치밀어 곧바로 받아쳤다.

"그라모 나 대표님. 대표님도 노인정 다닌다 아입니까? 노인정은 여기 있는 사람 중에 나 대표님만 가시거든예? 그라모 노인정에 매달 지원해주는 지원금 15만 원은 와 우리가 내야 합니까? 나 대표님 맨쿠로 내 생각만 하모 끝이 없쓰예. 그래만 생각하니까 예전에 애들이랑 학부모들 위해서 키즈 스테이션 좀 만들자고, 만들자고 캐도 안 되는 거 아입니까? 자기가 받는 건 당연한 거고 남한테 해주는 건 부당한 거라예?"

"김성욱 대표님 말씀이 맞아요. 방금 공 회장님 말씀처럼 같이 사는 아파트를 만들기 위해서는 우리의 인식부터 바꿔야 합니다. 커뮤니티 공간은 예산이랑 활용 계획 등을 더 자세히 논의해보는 건 어때요? 그 전에 입주민들과 소통도 많이 하고요. 관리비 10원 오르는 거에도 민감한 분들이 예상외로 많거든요."

나위주와 김성욱의 언성이 높아지려 하자, 유유희가 진화에 나서며 중재안을 내놓았다.

"네, 유 대표님 말씀처럼 오늘 결정할 수 있는 건 아닌 거 같습니다. 그리고 나위주 대표님 의견도, 김성욱 대표님 의견도 모두 일리가 있고요. 아파트 시설은 만드는 거만큼 중요한 게 앞으로의 관리와 운영이니까요. 다만, 우리가 같이 사는 아파트를 만들기 위해서 선행되어야 하는 것이 '역지사지'가 아닌가 싶습니다. 나는 필요 없다고, 나는 안 쓸 거라고, 나는 마음에 안 든다고 생각하면 우린 아무것도 할 수 없습니다. 좀 더 소통하면서 이런 간극을 좁혀나가도록 하죠. 그러다 보면 더 좋은 방안이 나올 겁니다. 앞으로 인간다운, 같이 사는 아파트 같이 만들어가시죠."

분절 없는 존중

"암튼 스크린 도어는 안 하게 돼서 정말 다행이야. 봉주르답지 않게 무슨 짓이야. 20년 넘도록 외부랑 담쌓고 산 적이 없는데. 그리고 외부인들 좀 들어오고 다른 애들이 놀이터에서 좀 놀면 어때? 자기들은, 자기애들은 다른 아파트 안 가나?"

"다 안재림 대표님 덕분이지. 그 일이 없었고 진짜 투표까지 갔으면 진짜 어떻게 됐을지 몰라."

"맞어. 용감한 시민상까지 받은 그분! 진짜 대단하시더라. 폭우가 그렇게 쏟아지는 날 그 문을 부수고 들어가 사람을 구하다니……. 이런 분은 용감한 시민상으로 끝나서 될 게 아냐. 그분 얘기 듣고 지훈이도 심폐소생술 다시 배운다고 난리다."

"맞아! 학교에서 배우긴 했는데 까먹었어. 이번 여름방학 때 다시 제대로 배우러 갈 거야."

"이야……. 나중에 삼촌 쓰러지면 네가 꼭 살려줘. 알았지?"

"응, 당연하지! 내가 다 살릴 거야! 난 나중에 꼭 남을 돕는 일을 할 거야."

"유지훈, 너 말 잘했다. 너 그럼 의사 돼. 의사만 돼봐. 엄마가 맨날 업고 다니지."

"엄마는 왜 맨날 의사 아니면 변호사야? 세상에 꿈이 얼마나 많이 펼쳐져 있는데. 나도 내 꿈이 있어. 난 경찰이나 소방관이 될 거야."

"아오, 내가 미쳐. 야! 누가 그런 위험한 거 하래? 그런 직업은 꿈도 꾸지 마."

"엄마, 그럼 엄마는 내가 꿈도 안 꾸고 한심한 애들처럼 돈 많은 백수나 되고 싶어 하면 좋겠어? 남을 돕는다는 건 위대한 일이야. 난 나중에 꼭 위대한 일을 할 거라고."

"삼촌은 지훈이를 지지해! 경찰이 되든 소방관이 되든 남을 돕겠다는 그 꿈만 꼭 지켜가자!"

어릴 땐 꿈이 선명했다. 되고 싶은 게 별처럼 많았지만, 그것들은 하나같이 명확하게 반짝였다. 하지만 어른이 되면서 그 빛은 오히려 흐릿해졌다. 뭘 하고 싶은지도, 뭘 해야 하는지도 모르는 어른들이 넘쳐났다. 결국 그들은 대부분 회사원으로 살아갔고, 그 캔버스가 인생의 전부인 것처럼 모든 색깔을 칠해버린다. 그리고 깨닫는다. 모든 색을 다 쏟아내어 완성한 그림은 정작 내가 가지고 나올 수 없다는 것을. 남의 캔버스에 그린 그림은 결코 내 것이 될 수 없다는 것을.

정한은 각성하고 있었다. 이제 자신의 캔버스에 다시 색을 채워가야 한다는 걸 깨닫고 있었다. 그리고 그 그림을 자신의 인생에 떳떳하게 걸어놓을 수 있도록 자신이 원하고 좋아하는 색으로 채워가야 한다는 것도 느끼고 있었다.

그렇게 봉주르 아파트의 봄이 지나고, 여름이 찾아오고 있었다. 정한은 진절희를 비롯한 몇몇 아파트 입주민들의 갑질을 예방하는 차원에서 관리사무소 입구와 경비실 벽면에 안내문을 설치했다.

*

같이 사는 아파트 안내문

　우리 아파트의 관리사무소 직원, 경비원, 미화원분들은 모두 누군가의 소중한 가족이고 우리가 더 살기 좋도록 우리 집을 관리하고 가꿔주는 고마운 분들입니다. 만약 이분들께서 입주민 여러분께 불편을 야기하거나, 실수를 한다면 입대의에서 해결해드리겠습니다. 다만, 이분들께 무리한 요구와 무례한 태도를 보이시는 분은 다 같이 해결할 것입니다.

　여러분, 서비스를 제공한다는 것은 무리한 요구를 해도 된다는 것은 아닙니다. 또한 '내가 월급을 준다'는 그릇된 갑의 사고방식도 버리시기 바랍니다. 우리는 모두 타인으로부터 월급을 받습니다. 입주민과 직원 모두 같은 아파트에 같이 삽니다. 서로 기본적 예의와 존중 부탁드립니다.

"더운데 수고 많으십니다. 시원하게 커피 한잔하세요."

"아이고, 회장님. 뭘 이런 거까지……. 감사합니다. 잘 마실게요."

무더위가 아파트를 녹이고 있을 즈음, 정한은 경비실마다 아이스커피를 돌리고 마지막으로 경비반장이 있는 초소를 찾았다.

"더운데 근무하기 괜찮으세요?"

"그럼요! 회장님 덕분에 에어컨 바람 쐬면서 시원하게 근무하고 있습니다. 제가 경비 일을 좀 했지만, 경비실에 에어컨까지 놔주시는 회장님은 본 적이 없어요. 게다가 경비실 지붕까지 새로 만들어주셔서 전혀 덥지가 않습니다."

"아닙니다. 모든 동대표님들이 그 아이디어에 다 적극적으로 찬성해주셨어요. 그리고 무엇보다 에어컨은 안일해 사장님 도움이 컸어요."

*

두 달 전.

"어따, 회장님은 나를 기술 고문으로 임명해놓고 어째 기술을 한 번도 안 써먹소?"

"안 사장님 기술 쓸 일이 없는 게 아파트에 문제가 없다는 거죠."

"하하, 듣고 보니 그건 그래요잉."

"이제 곧 여름이라 요즘 바쁘시겠어요. 올여름은 작년보다 더

덥다는데 안 사장님 부자 되시겠습니다."

"날이 더워지는 게 좋은 거만은 아닌디, 지 생계를 생각허면 더운 게 도움은 되지라. 말이 나왔으니 하는 말인디……. 제가 아파트에 좋은 일 좀 하고 싶다고 했잖아요? 더 더워지기 전에 미화원, 경비원 휴게실이랑 경비실에 에어컨을 놓으면 워쩔까 하는디, 회장님 생각은 어떠요?"

"와……. 정말 좋은 생각인데요? 저도 놓치고 있던 걸……. 역시 기술고문이십니다!"

"그라고 이건 절대 오해하지 마쇼잉. 나가 아파트에 에어컨 팔아먹을라고 그라는 거 절대 아닝께. 휴게실에는 중고 에어컨이 두 대가 있어서 그걸로 무상으로 그냥 설치해불면 되는디 경비실은 남는 에어컨이 없어부러요. 그래서……."

"안 사장님, 무슨 말씀인지 알겠습니다. 당연히 받을 건 받고 하셔야죠."

"대신! 나가 진짜 에어컨 원가만 받것소! 설치비 이런 건 일절 받지도 않을 거구!"

안일해의 제안에 에어컨 설치 비용 견적을 안일해가 제시한 비용과 다른 두 업체가 제시한 비용을 비교했고, 단연 안일해의 가격이 훨씬 낮아 시공업체로 선정이 되어 경비실까지 에어컨을 저렴하게 설치할 수 있게 되었다.

"기술 고문다운 일을 해주네요. 여러분, 시간 나실 때 안일해 고문께 감사하다고 문자라도 하나씩 꼭 보내줍시다. 그리고 이참에 무더위랑 폭우에 대비해서 직원들 근무 환경 개선할 게 있는지 더 찾아보고, 아파트도 둘러보자고요."

명백화의 제안에 모두 동의를 표하자, 김송이 소장이 조심스레 의견을 냈다.

"대표님들, 제가 하나 건의 좀 드리려고 해요. 제가 토목과 출신이라…… 경비실 지붕에 자꾸 눈이 가더라고요. 예전에 지어진 경비실이라 지붕에 단열이랑 방수가 제대로 돼 있지 않아서 에어컨을 달아도 지붕 열기 때문에 전력 소모가 더 클 수도 있어요. 폭우에 누수 위험도 있고요. 그래서 경비실 지붕에 단열 및 방수가 함께 잘되도록 공사하는 건 어떨까요?"

함께 결정을 했고 입주민들도 이런 데 돈 쓰는 건 아깝지 않다며 아파트 앱을 통해 지지하고 응원하는 사람들이 많았다.

*

"그리고, 회장님이 만드신 안내문이요. 정말 감동받았습니다. 저뿐만 아니라 다른 경비원들, 미화원들 다 그래요."

"별말씀을요. 당연한 건데요."

"그 당연한 걸 등한시하는 사람이 많아요. 공무원 퇴직하고 나니 배운 기술도 없고, 나이 들어서 어디 써주는 데도 없어서 경비를 시작했는데 조금이라도 젊을 때 공부 좀 더 할걸, 미래를 더 잘 준비할걸, 이런 후회도 들어요. 사실 명백화 대표님이 제 공무원 후배예요. 명 대표님 보면서 느낍니다. 나도 그때 명 대표님처럼 공부하면서 미래를 준비할걸."

경비반장은 경비실 작은 창을 지그시 바라보며 낮은 목소리로 말했다. 정한도 그를 따라 창밖을 말없이 응시하고 있었다.

"늙으면 존중받으면서 할 수 있는 일이 많지 않아요. 요즘 젊은 사람들은 나 같은 늙은이가 필요 없거든. 우리는 다 부모한테 배우고 선배한테 물어봤는데 지금은 아니잖아요. 인터넷만 두드리면 다 알려주는데, 젊은 사람들이 더 잘 찾고 더 똑똑한데 우리 같은 사람들을 존중할 리가 없어요. 내 나이 아직 60대고 요즘은 운 나쁘면 100세까지 사는 이 끔찍한 시대에 앞으로 적어도 20년을 더 일해야 하죠. 그래서 저 같은 사람한텐 장수가 불운이고 지금은 끔찍한 시대예요. 20년, 아니면 그 이상을 존중받지 못하며 일해야 한다는 게. 그런데 이렇게 회장님 같은 분이 존중해주시니 감사할 따름입니다."

경비반장의 말을 들으며 정한은 마음에 먹을 가는 기분이었다. 갈아도 까매지기만 하는 먹처럼 생각하고 생각해도 무슨 말을 해야 할지 까마득하기만 했다. 그리고 경비실 작은 창을 통해 자신을 돌아보고 있었다. 아파트 회장을 하며 그나마 아슬아슬한 존중을 받고 있는 자신의 모습. 이 존중은 끝이 보이는 존중이었고, 경비반장보다 더 긴 인생이 남은 그가 분절 없는 존중을 받기 위해서 무엇을 해야 할지, 인생의 선배로부터 숙제를 받은 기분이었다.

잡아주세요

초여름의 길목을 지나 여름은 점점 깊어갔고 정해의 걱정도 깊어만 갔다.

"야, 공정한. 너 내가 진짜 걱정돼서 그러는데…… 너 아파트 대출은 잘 갚고 있는 거야?"

"캑, 콜록콜록! 아, 진짜! 밥 먹는데 누가 돈 얘기 하래?"

"맞어. 엄마 너무 잔인하네."

"넌 조용히 해. 쪼끄만 게 끼어들지 말고."

"그러게 조카도 있는데 무슨 아파트 대출을 얘기하는 거야. 그치, 지훈?"

지훈은 고개를 격하게 끄덕거렸다.

"야, 내가 진짜 몇 번이나 물을까 하다가도 괜히 너 자존심 건드릴까 봐 얘기 안 했어. 근데 너 지금 일 안 한 지 1년이 넘었잖아. 아파트 회장 월급 해봐야 80만 원인데 그걸로 대출 갚고 네

생활비까지 어떻게 하냐고…….'

"누나가 모르는 게 있네. 대출을 받는 건 능력이고 대출을 갚는 건 초능력이야, 알았어? 그러니까 누나 동생이 '초능력자구나'라고 생각해."

"이게, 나 농담하는 거 아냐. 사실 나랑 니 매형은 너 진짜 괜찮은지 얘기 자주 해. 넌 힘들어도 워낙 말을 잘 안 하는 성격인 걸 아니까. 진짜…… 괜찮은 거 맞지?"

"어허! 연예인 걱정이랑 초능력자 걱정은 안 하는 거야. 알겠어? 밥이나 드셔."

정해는 여전히 정한의 경제 사정이 걱정됐지만, 더 얘기하는 것도 오버라는 생각에 말을 삼켰다. 사실 정해의 걱정이 완전히 기우인 것은 아니었다. 퇴사한 후 적지 않은 시간을 백수로 보내고 있는 정한이기에 주머니 사정이 점점 쪼그라드는 것이 눈에 보이기 시작했다. 그나마 재직 시절 매입해둔 우리사주가 꽤 많이 오른 덕에 정한은 일하지 않고도 절약만 하고 살면 그냥저냥 버틸 수 있었다.

"자, 디저트는 케이크!"

"와, 신난다! 내가 좋아하는 초코케이크네?"

정해가 케이크를 꺼내자, 지훈은 쾌재를 부르며 함박웃음을 터뜨렸다.

"누구 생일이야? 웬 케이크?"

"지난주에 우리 윗집 새로 이사 왔거든. 이사하면서 시끄럽게 해서 미안했다고 아까 케이크를 갖다주더라고. 그 발랄하게 뛰

놀던 사람들 가고 좋은 이웃 들어와서 어찌나 다행인지."

"참, 이런 거 보면 우리 아파트에 좋은 사람들이 더 많다니까. 가끔 이상한 사람들이 있어서 그렇지. 아직 우리 아파트 죽지 않았어."

"야, 말도 마. 난 오늘이 케이크 받으면서 아랫집 생각에 또다시 치를 떨었다니까."

"아랫집?"

"지금은 이사 나가고 다른 사람들이 사는데 우리 이사 들어오는 날, 이사 당일도 그렇고 정리할 때까지 며칠 시끄러울 수도 있겠다 싶어서 오늘 윗집처럼 케이크 하나 사서 아랫집에 갔었거든."

"그런데?"

"그 싸가지 바가지 같은 게 이거 받으면 아무리 시끄러워도 참아야 하는 거 아니냐며 안 받겠다는 거야."

"헐."

정한은 케이크 넣은 입을 다물지 못하고 황당한 표정을 지었다.

"그러고는 자기는 시끄러우면 바로바로 관리실에 얘기할 거니까 알아서 하라고 하더니 문 닫고 끝."

"와, 공무원 감이네, 공무원 감이야. 아니, 나처럼 감사를 해야 해, 그런 사람은. 그 누구의 뇌물도 안 받을 거 아냐. 큭큭!"

"에라이, 그런 인간들이 뇌물은 또 더 잘 받아 처먹어요. 암튼 그 이후로 지훈이 조금만 뛰어도 내가 얼마나 뭐라 했는지…… 쟤는 어릴 때부터 고양이처럼 걸었어. 캣워크의 달인이여, 아주."

"야옹!"

지훈이 초코 크림이 묻은 입으로 고양이 소리를 내며 웃자, 정한도 따라 웃었다.

띠링.

그렇게 한참을 웃고 있는데 정해와 정한의 폰에서 아파트 앱 게시판에 글이 올라왔다는 알림이 동시에 울렸다.

"방화범을 잡아주세요? 회장님, 보고 있어? 제목부터 심상치 않은데?"

한 입주민이 올린 글에는 불에 그슬려 마치 녹아내리는 아이스크림처럼 돼 있는 엘리베이터 버튼 사진도 함께 첨부돼 있었다.

정말 화가 납니다. 지난번 지하주차장 화재를 경험하면서 이사까지 생각할 정도로 두려운데 방금 지하 1층 엘리베이터 버튼을 누르려는 순간 경악을 금치 못했습니다. 세상에, 얼마 전까지만 해도 멀쩡했던 엘리베이터 버튼이 눌러지지 않을 정도로 불에 녹아내린 것입니다! 누군가가 불로 지져놨더라고요! 이건 그냥 넘어가면 안 됩니다! 이건 심각한 방화입니다! 반드시 잡아서 엄벌에 처해주세요!'

"와, 미친놈이네! 불난 지 얼마나 됐다고 또 이런 짓을 해놔? 공정한! 이건 진짜 잡아서 처벌해야 해! 엘리베이터 버튼만 타고 끝났다고 넘어갈 건 아닌 거 같다. 회장, 얼른 움직여!"

정한 역시 정해만큼 심각하다고 생각하는 터라 바로 김송이 소장을 찾아 관리실로 내려갔다.

"소장님, 보셨죠?"

"네, 안 그래도 연락드리려고 했는데 역시 회장님은 빠르시네요."

"일단 경찰에 신고하세요. 그리고 CCTV 돌려서 누군지 반드시 잡아야 합니다. 저번 화재로 그 진통을 겪고도 이런 일이 생기다니……. 이건 정말 심각한 방화 범죄예요!"

"그러게요. 저도 정말 너무하다고 생각해요. 그런데 회장님, 정말 경찰에 신고까지 해야 할까요? 만약에 입주민이면, 그래도 경찰까지 가는 거보다 우리 선에서 해결하는 게 좋지 않을까요?"

김 소장 의견에 정한은 잠시 고민에 빠지는 눈치였다.

"그럼 일단 직원분들이 수고스럽겠지만 CCTV부터 돌려서 인상착의부터 캡처해주세요. 용의자 특정되면 바로 저한테 연락 주시고요."

그녀의 의견도 일리는 있었다. 언제나 법은 최소한이라는 생각인 정한이기에 바로 경찰을 불러 시끄럽게 하는 것보다 자체적으로 어느 정도 파악을 한 후 단계를 밟아 처리하는 게 맞겠다는 생각이 들었다.

저녁 시간이 다 되도록 관리실에서는 아무 연락이 없었다. 관리실 직원들이 하는 일이 많기에 CCTV 확인에만 몰두하지 못한다는 걸 누구보다 잘 아는 정한이지만, 기다려지는 건 어쩔 수가 없었다.

"네! 공정한입니다."

"회장님, 손 대리입니다. 혹시 지금 괜찮으시면 관리실로 내려와보시겠습니까?"

정한은 곧장 관리실로 튀어 나갔다. 관리실에는 손재주 대리와 김 소장이 함께 있었다.

"아니, 소장님. 소장님은 왜 퇴근을 안 하신 거예요?"

"이런 심각한 사건이 일어났는데 제가 어떻게 퇴근을 하겠어요? 아, 연장 근무 수당은 신청 안 합니다. 이건 저도 빨리 잡고 싶어서 자발적으로 남은 거니까요."

"그러지 마세요, 소장님. 연장 근무 신청하셔야죠."

"안 할 거예요. 이건 정말 제가 하고 싶어서 하는 거예요. 그나저나 회장님, 이 두 사람이 맞는 거는 같은데, 정말 불을 붙이는 순간에는 얼굴이 안 찍혔어요. 보세요."

CCTV 화면에는 고등학생인지 대학생인지 확실히 구분되지 않는 남자 두 명이 나오고 있었다. 그러더니 한 남자가 엘리베이터 문을 발로 찼고, 나머지 남자는 그걸 지켜보고 있었다. 엘리베이터 문을 찬 남자는 급기야 주머니에서 뭔가를 꺼내더니 엘리베이터 버튼으로 다가가 화면에서 한참을 사라졌다. 그리고 다시 화면에 등장한 뒤에는, 지켜보고 있던 남자와 함께 반대편 엘리베이터를 타면서 완전히 사라져버렸다.

"CCTV가 세 개 엘리베이터를 모두 다 비추도록 현관 중간에 달려 있어야 했는데, 한쪽 엘리베이터 문 위쪽으로 달린 바람에 이 엘리베이터 문 앞에 찰싹 붙어버리면 CCTV 밑으로 숨는 것처럼 사각지대가 되어버리네요."

손 대리는 CCTV 위치가 아쉬운 듯 고개를 저으며 말했다. 정한도 CCTV 위치가 이해 가지 않았지만, 이미 오래전에 설치된 위치만 탓하고 있을 수는 없었다.

"잠시만요. 손 대리님, 혹시 이 둘이 탄 엘리베이터 안 CCTV도 보셨어요?"

"아, 아뇨. 어차피 불을 붙이는 화면이 나와야 하는데 엘리베이터 안 CCTV가 의미가 있을까요?"

"손 대리님, 엘리베이터 안 CCTV 돌려주세요. 이 자식은 분명 엘리베이터 안에서도 라이터를 꺼낼 겁니다."

"네?"

손 대리와 김송이 소장은 동시에 정한을 쳐다보며 눈으로 묻고 있었다.

"제 말 믿고 돌려보세요."

손 대리가 두 남자가 탄 엘리베이터 안 CCTV를 틀자, 두 남자가 엘리베이터를 타는 모습이 나왔고 둘의 얼굴은 더 또렷하게 보이고 있었다.

"그렇지!"

"어머! 회장님, 이걸 어떻게……."

사각지대에서 라이터로 엘리베이터 버튼을 지졌을 거라 의심되던 사내가 정말 정한의 예상대로 다시 라이터를 꺼내 엘리베이터 안 버튼도 지지려고 시도하는 영상이 나오는 순간, 정한은 마치 세계신기록을 세운 국가대표처럼 소리쳤고, 김송이 소장과 손 대리는 경이로운 눈으로 그를 바라보며 입을 닫지 못했다. 사내는 엘리베이터 내부 버튼도 불로 지지려고 몇 번을 시도하다 포기하고는 엘리베이터에서 곧장 내렸다.

"이제 용의자 특정이 됐으니까 손 대리님, 이제 경찰에 맡겨주세요. 소장님은 이제 퇴근하시고요."

"그런데 회장님, 회장님은 이 남자가 엘리베이터 안에서 다시 불을 붙일 거란 걸 어떻게 아셨어요?"

정한이 CCTV 방을 나가려던 찰나, 김송이 소장의 질문이 그를 옷깃을 붙잡았다.

"인간이 반복하는 두 가지가 뭔 줄 아세요? 모르고 하는 실수랑 알면서 하는 나쁜 짓입니다."

김송이 소장과 손재주 대리는 정한의 답변을 듣자, 동시에 고개를 끄덕이며 그를 놓아주었다.

진정한 어른

경찰은 단 하루 만에 용의자를 찾아냈다. 용의자는 다름 아닌 아파트에 사는 고등학교 2학년 남학생이었다.

"여보세요, 회장님. 일단 경찰에서 학생 집에 방문했고 학생이랑 학생 어머니 모두 경찰서에 오셔서 조사받고 가셨다고 합니다. 물론 그걸로 이 사건에 대한 종결이 다 된 건 아니고요. 아파트 내부적으로도 버튼 파손 배상책임이라던지 뭐, 이런 몇 가지가 더 남았어요. 어떻게 할까요? 회장님, 아직 학생이기도 하고…… 그 날 술도 취해서 그 학생은 기억도 전혀 없다고 해요. 게다가 입주 민이라……. 그 학생이랑 학생 어머니 만나뵙고 얘기 한번 나누실래요? 학생 어머니는 회장님 뵙고 싶어 하시더라고요."

"그나마 대학생이길 바랐는데 고등학생이라니 더 충격적이네요. 고등학생이 술까지……. 뭐, 저랑 만나봐야 뭐가 달라지겠냐마는 우선 그렇게 하죠. 학생이랑 학생 어머니 내일 소장실에서 뵙는 거로 하시죠."

장마 기간에 돌입하며 아침부터 세찬 비가 내리고 있었다. 정한은 창밖으로 시원에게 뿜는 비를 바라보며 많은 생각에 잠겼다. 얼마 전 정해가 얘기했던 아파트 대출도, 오늘 오후에 만날 학생과 학생의 어머니와 어떤 대화를 하게 될지도 걱정이었다. 점심을 대충 챙겨 먹고 약속 시각보다 좀 더 일찍 소장실로 향했다.

"어제 학생이랑 어머니를 뵈었는데 학생이 정말 반성을 하고 있다는 게 느껴지더라고요. 어머니께서도 어찌나 반복해서 사과를 하시는지……. 나쁜 애는 아닌 거 같았습니다."

"실은 어머니란 분이 어떤 사람일까 걱정했는데 올바르신 분 같아 다행이네요."

똑똑.

"실례합니다."

소장실 문이 열리며 고개를 푹 숙인 남학생과 손에 음료수 박스를 든 채 어쩔 줄 모르는 표정의 학생 엄마가 들어섰다.

"안녕하세요, 제가 아파트 회장 공정한입니다. 뭘 이런 걸 사 오셨어요, 그냥 오셔도 되는데……. 일단 자리에 앉으시죠."

우산 하나로는 감당되지 않는 세찬 비에 신발이며, 바지며 그리고 들고 온 음료수 박스까지 젖어 있는 두 모자의 모습이며, 미안함에 흠뻑 젖은 표정이며 모두 다 애처로울 정도였다.

"바쁘실 텐데 이렇게 와주셔서 감사합니다."

"아닙니다, 회장님. 이렇게 시간 내 만나주셔서 제가 오히려 감사합니다."

엄마와 인사를 나누는 와중에도 학생은 쥐구멍이라도 찾는 듯 고개를 푹 숙이고만 있었다. 그 순간, 학생의 손이 미미하게 떨리고 있었고 그 떨림을 어떻게든 잡아보려는지 애써 손을 꼼지락거리는 모습이 정한의 눈에 들어왔다.

"말…… 편하게 해도 될까?"

"네…….'

"뭘 그렇게 고개를 푹 숙이고 있어? 고개 들고 편하게 얘기해. 괜찮아."

학생은 그제야 고개를 들어 정한을 잠시 보더니 이내 다시 눈을 탁자 아래로 떨어뜨렸다.

"경찰서 다녀왔으니 네 죄가 방화와 손괴라는 작지 않은 죄라고는 들었을 테고, 대체 왜 그렇게 한 거야?"

"정말…… 정말 부끄러운데……. 제가 그날 처음으로 술을 마셔봤어요. 그런데 취해서 그만……. 사실 그날 제가 뭘 했는지 생각도 안 나요. CCTV 보고 저도 정말 깜짝 놀랐습니다. 정말 죄송합니다."

"녀석아, 아직 고등학생인데 술을 마셔? 게다가 담배까지 피우고?"

"아, 아뇨. 담배는 정말 안 피워요."

"그럼 그 라이터는?"

"길에서 주운 거예요. 저 정말 담배 안 피웁니다. 술도 진짜 그날 처음 호기심으로 마셔본 거예요."

남학생은 떠는 손을 허공에 저으며 아닌 건 아니라고 얘기하

고 있었다. 그는 정한이 상상한 것과는 달리 앳되고 곱상한, 외모
의 누가 봐도 착하고 순진한 청소년의 모습이었다.

"이름이 뭐야?"

"이제율입니다."

"그래, 제율아. 반갑다. 난 우리 아파트 회장 공정한이라고 해.
그리고 먼저 너한테 고맙다."

"네?"

크게 혼날 줄만 알고 바짝 긴장했던 제율은 고맙다는 말에 놀
라는 표정으로 숙였던 고개를 들었다.

"네가 한 잘못을 인정하고 또 이렇게 사과하잖아. 그게 고맙다
고. 자신의 잘못을 인정하지 않는 어른도 많고 사과할 줄 모르는
어른도 많은데 넌 그 어른들보다 낫다. 그래서 고마워. 그리고 어
머님께도 감사드립니다. 어머님께서 이렇게 사과하는 모습을 먼
저 보여주시고, 아이도 바르게 키우셔서 제율이도 배운 거예요.
감사합니다."

"아, 아닙니다. 부모라면 당연히 그래야죠."

제율의 엄마도 갑작스러운 감사와 칭찬에 얼굴이 붉어졌다.

"근데 너 그날 술을 얼마나 마셨길래 생각이 안 날 정도로 취
했냐?"

"맥주…… 한 캔이요."

"그거 마시고 취해서 사고 칠 거면 넌 앞으로 술 마시지 마. 알
았어?"

"네. 저 정말 크게 반성하고 앞으로 술 절대 안 마시기로 다짐

했어요."

"그래, 고등학생이면 더더욱 그래야지. 그리고 어머니를 봐. 네가 잘못하니까 아무 잘못 없는 어머니가 고개를 숙이고 계시잖아. 앞으로 어머니께 더 잘해드려. 알겠지?"

"네……. 안 그래도 저 어제부터 쉬지 않고 엄마께 죄송하다고 하고 있어요."

"그래, 네가 그런 심성이면 됐다. 그런데 어머님."

"네?"

"한 가지만 더 해주셔야 할 게 있습니다."

"어떤……."

"곧 있을 입대의에 제율이랑 같이 잠깐 오셔서 동대표님들께도 사과해주세요. 괜찮으시겠어요?"

"아휴……. 그거야 당연히 그래야죠."

"그리고 제율이 넌 반성문 한 장만 자필로 쓰자. 괜찮겠지?"

"물론이죠. 저 정말 반성 많이 하고 있습니다."

"그래, 그 정도만 해주면 고마울 거 같아. 그래야 입주민들도 용서하실 거고, 저도 선처하자는 명분도 생기니까. 어머님, 이렇게만 하시면 나머진 제가 알아서 하겠습니다."

"회장님, 감사합니다. 정말 감사합니다. 저희는 이만 가보겠습니다."

"아 참, 이제율. 이거 내 예전 명함이야. 나중에 반성문 쓰면 여기 있는 전화번호로 반성문 좀 보내주라."

제율은 정한과 이미라 소장에게 꾸벅 인사를 한 후 엄마와 소장실을 나섰다. 이 광경을 함께 지켜본 김송이 소장도 흐뭇한 미소를 보였다.

"회장님, 정말 잘하셨어요."

"뭘요?"

"전 사실 회장님이 엄청 뭐라고 하실 줄 알고 긴장하고 있었거든요."

"제가요? 하하, 소장님 제가 그럴 사람처럼 보였어요?"

"아, 아뇨, 아뇨. 회장님이 그렇다기보단 사건이 작은 사건은 아니니까요."

"제가 뭐라고 할 수 없게 만든 건 제율이예요. 진정성 있게 인정하고 진심으로 사과하는데 어떻게 더 뭐라고 하겠어요? 무엇보다 제율이 어머님이 정말 좋은 엄마인 거죠. 이런 상황에서 자기 아들이 뭘 잘못했냐며 되레 큰소리치며 우기고 따지면서 공격적으로 나오는 부모가 얼마나 많다고요. 그런데 다행히 그 부모에 그 자식입니다. 잘못을 인정하고 사과할 줄 아는 부모가 있었기에 제율이도 가능했던 거죠. 제율이는 애가 잘 크겠네요."

"호호……. 회장님은 애도 안 키워보신 분이 애 둘이나 키워낸 저보다 더 잘 아시네요."

김송이 소장은 정한의 아빠 미소를 보며 지그시 웃었다.

그렇게 봉주르 아파트의 여름은 막바지로 향하고 있었다. 덩달아 학교의 여름방학도 끝나갈 무렵, 제율은 정한에게 문자를 보냈다.

회장님, 잘 지내시나요?

저는 오늘부로 경찰서에서 듣던 청소년 교육 무사히 마쳤습니다. 저는 그동안 교육도 받고 글도 쓰고 운동도 하면서 방학을 잘 보냈습니다. 그냥, 회장님께 제 근황을 알려드리고 싶었습니다. 그때 너그럽게 용서해주셔서 정말 감사합니다. 실수는 누구나 하지만 용서는 누구나 하지 못하는 거니까요.

실수는 누구나 하지만 용서는 누구나 하지 못한다. 고등학생이 보낸 이 문자가 왜 그리도 가슴에 남는지, 정한은 그 문구를 계속 되뇌었다. 뭔지 모를 뿌듯한 소름이 시원하게 올라오는 기분이었다.

'먼저 연락해줘서 고마워. 시간 괜찮으면 우리 달달하고 시원한 거나 한잔할까?'

'좋습니다!'

정한과 제율은 청학 북카페에서 조우했다.

"오, 요즘 운동한다더니 어깨 벌어진 거 좀 봐! 잘 지냈지?"

"네, 회장님."

제율이는 정한의 칭찬에 머리를 긁적이며 자리에 앉았다.

"근데 넌 무슨 글을 쓰는 거야?"

"저 실은…… 그렇게 안 보이시겠지만 저 방송작가가 꿈이에요. 그래서 틈날 때마다 소설도 써보고 책도 많이 읽습니다. 그렇게 안 보이죠?"

"와, 진짜 그렇게 안 보인다, 야. 큭, 농담! 근데 너 나랑 은근

공통점 있다?"

"네? 어떤……."

"나 신방과 나왔거든. 나도 글로 세상을 바꾸고 싶어서 한때 기자를 할까, 칼럼니스트를 할까 고민 많이 했었어."

"진짜요? 어쩐지 저번에 주신 명함이 '일성전자'더라고요. 저 엄청 놀랐잖아요. 회장님 진짜 좋은 회사 다니셨구나 싶어서."

"야, 절대 오해 마라. 그 회사 나온 거 티 내려고 준 게 아니라, 연락처 있는 명함이 그거뿐이라 그냥 준 거야. 그나저나 너 공부는 좀 하니?"

"어……."

제율은 당황하는 표정으로 앞에 있는 스무디 빨대에 입을 갖다 댔다.

"왜, 공부는 영 아니야?"

"저 공부는 포기했어요. 작가는 글만 잘 쓰면 되잖아요."

"대학은?"

"작가가 꼭 대학 나와야 해요? 유명한 작가님들 보면 대학 안 나온 분들도 많던데. 대학 가봐야 시간 낭비에 돈 낭비 같아서 일찌감치 접었어요."

정한은 팔짱을 낀 채, 제율을 물끄러미 바라보았다.

"제율아."

"네?"

"난 네가 대학을 갔으면 좋겠어."

"왜요?"

"네 말대로면 유명한 작가님들 중에 대학 나온 분들도 많거든. 그리고 작가가 되고 싶어서 대학을 가지 않겠다는 건 말이 안 돼. 글 공모전 중에는 '대학생'만 응모가 가능한 공모전도 있지. 네가 대학을 가지 않으면 넌 그 기회도 잃는 거야. 그리고 대학 방송부나 동아리에서 작가에 도움 되는 걸 해볼 수도 있고, 너에게 훨씬 더 많은 기회가 열리거든."

"그래요? 대학생만 할 수 있는 공모전도 있어요??"

제율 눈에 갑자기 총기가 들어왔다.

"당연하지. 그리고 내 입으로 말하기는 좀 그런데……. 나, 한국대학교 나온 남자야."

"컥, 진짜요?"

제율은 마시던 스무디가 목에 걸릴 정도로 놀라고 있었다.

"우리 학교 출신 유명 작가님들도 꽤 많아. 그리고 우리나라 최초의 노벨문학상 작가님도 명문대 출신인 거 알지?"

"그, 그렇죠."

"내 말은 꼭 명문대를 가라는 건 아냐. 다만 난 제율이 네가 지금은 네가 하고 싶은 일보다 해야 하는 일에 집중했으면 좋겠어. 고등학생이잖아, 공부해야 할 때. 그리고 네가 대학을 가서 대학생이 가질 수 있는 추억도 쌓고, 그걸 또 글감으로 써보기도 하고 그랬으면 좋겠다. 물론 대학생 공모전에서 상도 타고."

제율은 처음으로 대학에 대해 마음이 움직이기 시작했다. 그렇게 굳건했던 자신의 마음을 열어주는 정한에게서 이런 사람이야말로 진정한 어른이라는 생각도 들었다.

"야, 미안, 미안. 내가 너 불러놓고 꼰대처럼 내 자랑이랑 잔소리만 많이 했네."

"아! 아니에요! 저 진짜 새겨듣고 있어요. 저한테…… 조언해주시는 어른은 회장님이 처음이에요. 다들…… 그냥 대학 가라고 하기만 하지 이렇게 말씀해주시는 분은 없었거든요."

"네가 정말 공감했다면 나도 감사하지. 아 참, 너 이 북카페 사장님이 작가님인데 알아?"

"네? 전혀 몰랐어요. 어떤 책을 쓰셨어요?"

"아……. 나이 드니까 제목이 자꾸 기억이 안 나네. 암튼 소설가셔. 밀양에서는 완전 인싸야. 네가 원한다면 소개해줄게."

"네, 정말 좋습니다! 감사해요!"

제율은 한여름 햇살보다 더 밝은 웃음을 보이고 있었다.

모두가 행복할 때

"곧 추석이네요. 소장님 이번 추석 때 어디 가세요?"

"저는 시댁 갔다가, 친정 갔다가 그러면 추석은 휙 지나가버려요. 회장님은요?"

"전 뭐……. 추석 당일에 부모님만 잠깐 뵙고 영화나 보며 지내려고요. 그러고 보니 제가 제일 갈 데가 없네요. 하하!"

"전 회장님이 부러워요. 차라리 갈 데가 없었으면 좋겠네요. 저도 휴일 내내 집에서 영화 보며 쉴 수 있었으면 좋겠습니다."

정한의 아파트 회장 임기가 절반이 지나며, 추석 연휴도 다가오고 있었다. 아파트 관리 직원들은 긴 연휴 동안 아파트에 문제가 생기지 않도록 철저히 점검했고, 입주민들은 추석 선물을 준비하며 각자의 명절을 준비하고 있었다. 아파트 입구에는 '즐거운 명절 보내세요'라는 현수막이 걸리며 추석이 왔음을, 가을이 다가오고 있음을 실감나게 해주었다.

*

빵빵빵!

"야! 빨리 안 가냐?"

추석 당일, 봉주르 아파트 입구에서 귀를 찌르는 경적 소리와 고함 소리가 울려 퍼졌다.

"야, 이 등신아! 뭐 하냐!"

아파트 입구에 있는 차량 차단기 앞에서 차 한 대가 들어가지 못하고 있자, 뒤따라 들어오던 차의 남자 운전자가 경적을 울리며 욕설을 퍼붓기 시작했다.

"좀 기다리세요. 경비실 호출하고 있잖아요! 아씨, 더럽게 빵빵거리네……."

차단기 앞에서 경비실 호출 버튼을 다급하게 누르던 젊은 여자는 뒤에서 소리치는 남자를 향해 짜증 섞인 목소리를 뱉더니, 남자를 띠꺼운 눈빛으로 힐끔 쳐다보았다.

"뭐? 더럽게 빵빵? 야 이 씨, 너 일루 와봐."

30대로 보이는 젊은 여자는 추석을 맞아 봉주르 아파트에 온 방문객이라 차량 차단기 앞에서 경비실을 호출하고 있었고, 뒤따라온 남자는 뭐가 그리도 급한지 잠시도 기다리지 못하고 분노를 폭발시켰다.

"야! 너 방금 뭐라고 했냐? 뭐? 더럽게 빵빵거려? 이게 처돌았나! 죽을래?"

"이 새끼가 뭐래? 네가 지금 5분을 기다렸냐, 10분을 기다렸냐? 경비실 호출 누른지 30초도 안 됐는데 왜 똥 마려운 개새끼 마냥 지랄이야!"

"뭐, 개새끼? 지랄? 지랄! 이거 완전 미친년이네? 너 오늘 잘 걸렸다. 따라와!"

짧은 스포츠머리에 살쪄 몸 때문인지 습관 때문인지 팔이 겨드랑이에 붙지 않는 체구의 남자는 갑자기 여자의 뒷덜미를 잡고 끌어당겼다.

"놔! 놔! 이 양아치 새끼야! 여기요! 누가 신고 좀 해주세요!"

"무슨 일이십니까? 선생님, 이거 놓고 말로 하세요, 말로!"

때마침 경비반장이 달려와 남자를 말리기 시작했다.

"선생님, 진정하시고요. 무슨 일입니까? 저한테 말씀하세요."

"야, 이 경비 새끼야! 넌 노냐? 이년이 호출을 눌렀으면 바로바로 응답해야 할 거 아냐! 너랑 이년 때문에 나까지 못 들어가고 있었잖아!!"

"하, 겁나 어이없네? 야, 이 비계 새끼야, 네가 기다렸으면 얼마나 기다렸냐? 성격 조루냐? 1분을 못 참고 이 지랄을 떨게!"

"뭐, 비계? 이런 죽일 년이! 할배 나와! 안 나와??"

"아이고! 선생님들, 그만들 하세요!"

"야, 비켜! 비키라고! 안 비켜?"

남자는 눈알이 튀어나올 정도로 부릅뜨며 경비반장의 가슴팍을 밀치기 시작했다.

"야, 이 영감탱이야. 넌 왜 나만 말리냐? 잘못은 저년이 했는데 왜! 나한테만 지랄이야!"

"좀 참으세요! 말로 하세요, 말로!"

짝!

그 순간, 경비반장이 바닥에 쓰러졌고, 여자는 입을 틀어막으며 그대로 굳어버렸다. 남자가 경비반장의 뺨을 사정없이 후려버린 것이었다. 얼마나 세게 후려쳤는지 남자의 목에 둘러진 개목걸이만큼 두꺼운 금목걸이가 출렁일 정도였다.

"어디 경비 주제에 까불고 있어! 카악, 퉤!"

"여기 사람이 쓰러졌어요! 사람 죽어요!!"

그제야, 다른 경비 초소에 있던 경비원들과 관리사무소 당직 직원이 달려 나왔고, 곧이어 경찰차와 구급차가 도착했다. 남자는 경찰차에 태워져 사라졌고, 경비반장은 구급차에 실려 병원으로 이송됐다.

모두가 행복해야 할 날에도 누군가는 불행했다. 다들 송편 같은 마음을 채울 때, 누군가는 도넛처럼 뻥 뚫린 마음을 흘려야 했다. 이미라가 얘기했던 사유하지 않는 인간, 아니 동물의 생각 없는 행동은 함께 행복해야 할 누군가의 불행을 빚어냈고, 이로 인해 다친 사람들의 마음은 굳게 닫힌 채, 어떤 마음은 영영 열지 못하는 폐문이 되었다.

"뭐라고요?? 어떻게 이런 일이……. 소장님, 경비반장님 계시는 병원이 어디예요?"

김송이 소장의 연락을 받은 정한은 처음엔 놀랐지만, 곧바로 어금니를 꽉 깨물며 격노하기 시작했다.

"이런 쓰레기 같은 인간!"

그는 곧장 병원으로 향했다. 뉴스에 나올 법한 일이 자신의 아파트에서 일어났다는 게 믿기지 않았다. 더욱이 피해자가 얼마 전 자신에게 숙제를 내준 경비반장이라는 것에 격노가 극에 달했다.

"기사님, 죄송한데 빨리 좀 가주세요."

병원 응급실에 도착한 정한은 경비반장을 곧장 발견하고 그에게 다가갔다.

"아이고, 회장님. 여긴 어쩐 일로……."

"일어나지 마세요, 누워 계세요. 몸은 괜찮으세요?"

그의 괜찮냐는 말은 몸도 몸이지만 마음이 괜찮냐는 물음에 가까웠다.

"명절인데 여긴 뭐 하러 오세요……. 가족과 보내셔야지……."

"반장님도 같은 아파트에 사는 가족이잖아요."

정한의 말을 듣자, 그는 눈물을 왈칵 쏟아냈다.

"회장님, 흑흑……. 제가…… 제가…… 너무 서러운데……. 정말 죽을 만큼 화도 나는데 부끄러워서, 흑흑……. 수치심에 차마 가족한테 연락을 못…… 흑흑, 연락을 못 했습니다. 흑흑흑……."

"죄송합니다, 제가…… 제가 죄송해요."

침대 옆에 앉아 있던 정한은 반장의 손을 잡으며 고개를 푹 숙였다.

경비반장은 입안이 터지고 넘어지며 입은 찰과상 전부라 그나마 다행이었다. 하지만 정한은 경비업체에 얘기해 반장이 충분한 휴식을 취할 수 있도록 했고, 업무에 대해서는 그 어떤 불이익도 있어선 안 된다는 뜻을 강하게 전달했다. 이 사건은 삽시간에 아파트 전체에 퍼졌고, 추석 연휴가 끝나자마자, 정한은 긴급 임시회의를 개최했다.

"다들 잘 아시다시피, 우리 아파트에서 있어선 안 될 일이 발생했습니다. 다행인지 불행인지 경비반장님은 퇴원하시고 집에서 쉬고 계십니다. 그런데 가해자는 사과는커녕 변호사까지 사서 법적으로 대응하고 있는 상태고요. 가해자는 외부인이고, 20대입니다. 반장님의 자식보다도 더 어린, 그런 사람에게 바닥에 내팽개쳐질 정도로 뺨을 맞았습니다. 제가 같이 사는 아파트 안내문에 쓴 것처럼, 이건 우리 모두 다 같이 대응해야 한다고 생각합니다."

"맞아요! 저는 정말 치를 떨었습니다. 사과는커녕 변호사를 샀다고요? 저는 제 인맥 총동원해서라도 그 인간 같지도 않은 놈 반드시 댓가를 치르게 할 겁니다."

이미라는 평소와는 달리 단호하고 단단한 어조로 목소리를 냈다.

"I'm upset and sad! 전 너무 화가 나고 슬퍼요! 어떻게 우리 아파트에서 이런 일이 생겨요? 게다가 반장님이 저랑 애들한테도 얼마나 잘해주셨는데……. 애들 아파트 광장에서 놀고 있으면 애들 잘 보고 있다고 페이스북 메시지까지 주시던 따뜻한 분인데……. 암 쏘 쏘리……. 아 돈 언더스탠."

레이첼은 분노와 슬픔의 경계에서 눈물을 글썽였고, 다른 대표들도 침울한 표정을 짓고 있었다.

"내도 이건 몬 참겠심더. 우리가 해줄 수 있다면 변호사, 제일 좋은 변호사로 사줍시다! 돈은 이럴 때 쓰는 거 아입니까! 그런 새끼는 반드시 콩밥을 미기야 돼!"

항상 자기 위주의 생각으로 반대만 하던 나위주마저 팔을 걸 어붙였다.

"진짜 금마 그거 내한테 걸렸쓰면 고마 지기삐는 긴데! 이런 놈은 제대로 처벌해가 본보기를 보이야 됩니다! 어데 명절에 남 의 아파트서 조부뻘 되는 반장님한테 그딴 짓을 합니까!"

용감한 시민 재림도 불의를 보면 참지 못하는 성격을 드러내 며 분개했다.

"여러분이 다 한뜻으로 답해주시니 회장으로서 감사하기 그 지없습니다. 우리 아파트에서! 아니, 어디서든! 이런 비상식적이 고 비인간적인 일이 다신 일어나지 않도록! 우리가 가진 모든 역 량을 총동원해 해결하겠습니다"

땅땅땅!

정한은 의사봉에 분노와 결의를 실어 그 어떤 때보다도 강하 게 내리쳤다.

*

가을이 깊어지고 있었지만 봉주르 아파트는 마치 폭염이 다시 찾아온 한여름처럼 뜨거웠다. 입대의가 입주민들에게 경비반장 의 가해자를 엄벌해달라는 탄원서를 써달라는 공고를 내자, 일주일도 되지 않아 1400세대가 넘는 탄원서가 모였고 관리비로 경비반장의 변호사를 사라는 사람도 있었다. 미라는 또다시 인맥을 발동하여 언론의 관심을 끌어주었고, 유유희는 정부에서도 알아야 한다며 국민청원 게시판에도 글을 올렸다. 봉주르 아파트 사람들은 이 사건을 정말 '같이' 해결하려고 똘똘 뭉쳤다.

"그 경비 아저씨 일은 어떻게 돼가?"

"그래, 처남. 나도 궁금했어. 요즘 뉴스에도 계속 나오던데."

모처럼 매형까지 함께하는 저녁 식사 식탁 위에도 경비반장 사건이 오르고 있었다.

"아직 진행 중이에요. 무엇보다 그놈이 경비반장님께 진심으로 사과하게 하고 싶은데 요지부동이고……. 게다가 경비반장님이 먼저 폭언을 했다고 폭행을 정당화하고 있어요."

"뭐어? 이런 개…… 나쁜 새끼가 있나! 뭐가 어쩌고 어째?"

정해는 순간 욕이 나오려다 지훈을 보곤 급브레이크를 잡더니 화를 이어갔다.

"와, 그 새끼 그거 진짜 쓰레기네. 아니, 그런 놈은 그냥 쓰레기도 아냐. 불연성 쓰레기야! 타지도 않을걸!"

매형은 계속 흥분하려는 정해를 가라앉히고 차분한 어조로 정한에게 물었다.

"경찰은 뭐래? CCTV나 차 블랙박스에 다 찍히지 않았어?"

"차 옆쪽에서 일어난 일이라 블랙박스는 안 찍혔고요. 아파트 입구 CCTV에는 다행히 찍혔는데 CCTV에 음성 녹음 기능은 없어요. 그래서 먼저 욕을 한 게 아니라는 걸 증명하는 데 어려움이 있더라고요."

"난감하네……. 아 참, 그 여자가 옆에서 들었을 거 아냐? 현장에 쭉 있었으니까."

"여자도 먼저 욕을 했다는 식으로 그쪽 변호사가 똑같이 몰고 있어요."

"참 나, 이게 음성이 꼭 있어야 판단이 되는 건가? 상식적으로 보면 되지! CCTV 없던 시절에도 다 잘만 잡아내더니 요즘은 뭐, 무조건 영상이나 음성 증거가 있어야 한다니까. 바디캠을 달고 다니던가 해야지, 원!"

증명의 시대. 타인의 말만으로는 믿지 않는 사람들. 이런 증명이 필요해진 까닭은 타인의 거짓이 많아져서일까, 자신의 불신이 깊어져서일까. 사람들은 증명에 점점 많은 시간과 에너지를 소비하고 있었다.

"아! 맞다!"

조용히 있던 지훈이 갑자기 숟가락을 한 손에 든 채, 유레카를 외쳤다.

"내 친구가 찍었어!"

"뭘?"

"그 경비 아저씨 사건 영상!"

세 어른은 '이게 머선 일이고?' 같은 표정으로 눈동자를 마주치더니 지훈에게 집중했다.

"우리 아파트 사는 애가 추석 때 밖에서 갑자기 시끄러운 소리가 나더래. 그래서 베란다에서 보고 있었다가 뭔가 일이 터질 거 같아서 찍었는데 대박을 건졌다고 친구들 단톡방에서 막 자랑을 했었거든. 것도 싸대기 대박이라고. 그래서 애들이 보여달라고 그랬는데 편의점에서 라면 사주는 사람한테만 보여준대서 다 됐다고 했었어. 그게 그 영상 맞을 거 같아! 왜냐면 걔네 동이 아파트 입구 바로 앞이거든! 만약 그 영상이 맞다면 소리가 들어갔을 거야! 걔네 집 1층이야!"

지훈이 말한 친구의 집이 아파트 입구 앞에 있는 동이고 1층이라면 충분히 음성까지 들어갈 만한 거리였다. 그 영상이 경비 반장 사건 영상이 맞기만 한다면 모든 걸 증명하고 그 쓰레기 같은 인간의 사과도 받을 수 있을 거란 희망이 생겼다.

재건축 아파트

정한은 다음 날 지훈이 하교하는 시간에 맞춰 학교 앞 편의점
에 나와 있었다. 지훈은 영상을 찍었다는 친구를 편의점으로 데
리고 왔다.

"어, 지훈이 친구라고? 난 지훈이 삼촌이야."

"안녕하세요, 저 아저씨 알아요. 우리 아파트 회장님이잖아요."

"어? 어, 그래. 맞아. 아는구나."

"지훈이한테 대충 사건의 전말은 들었어요. 그래서 제 영상이
필요하시다고요?"

"응, 혹시 그 영상이 경비반장님 영상 맞아?"

기대감에 터질 것 같은 눈빛으로 정한은 지훈의 친구를 바라
보았다. 아마도 이렇게까지 간절한 눈빛으로 누군가를 바라본
적이 없을 정도였다.

"네, 맞아요."

"예스! 예스! 됐어, 이제 됐어! 그럼…… 그 영상 좀 볼 수 있을까? 어디 올리거나 그러진 않았지?"

"얘기 못 들으셨어요? 영상 시청은 라면이 있어야 가능해요. 그러니 당연히 아무 데도 안 올렸죠."

"아, 그렇지! 알지, 알지! 야, 너 라면 두 개 골라. 지훈이 너도 고르고. 우리 셋이 라면 먹으면서 영상 보자!"

그렇게 셋은 편의점에 쪼르르 앉아 테이블에 컵라면을 올려두고 폰 하나를 뚫어지게 보고 있었다.

"그래! 이 새끼 이거 완전 구라였어! 경비반장님은 욕 한 마디 안 했다고! 여자분 목덜미도 지가 먼저 잡았어! 야, 그 영상 나한테 좀 보내주라."

영상에는 다행히 목소리가 담겨 있었고, 욕이며 폭행이며 모두 가해자만 한 것이라는 증명이 온전히 드러났다.

"영상 전송은 디저트가 있어야 해요."

"야, 작작해라……. 삼촌이 넌 라면도 두 개나 사줬잖아."

"아냐, 아냐. 괜찮아! 디저트? 뭐 먹을래? 마음껏 골라. 이 잔망스러운 녀석, 오늘은 내가 쏜다!"

정한은 음성이 담긴 증거 영상을 경찰에 넘겼다. 그리고 이 영상을 언론이나 인터넷에 유포하지 않는 조건으로 가해자의 진정성 있는 사과를 요구했다. 그 사과는 경비반장에게 그리고 아파트 입주민들에게 총 두 번의 사과를 하는 것이었고, 경비반장의 치료비와 정신적 피해보상까지 철저히 하라는 조건을 부쳤다.

영상을 본 가해자의 변호사는 가해자를 설득했고, 가해자는 이 영상이 퍼지는 순간 일이 커질 것이라는 걸 직감해 모든 조건을 수용했다. 그리고 그는 변호사를 대동해 경비업체 사무실에서 경비반장을 만났다.

"죄송합니다. 제가 다 잘못했습니다. 정말 죄송합니다."

그는 다물어지지 않는 양팔을 끌어모아 경비반장 맞은편에 서서 고개를 숙였다.

"이게 죄송하다고 될 일이가? 젊은 사람이 말이야. 당신 아버지보다도 어른한테 뭐 하는 짓이고!"

가해자와 눈도 마주치지 않은 채, 묵묵히 눈을 내리고 있는 경비반장 옆에서 업체 사장이 더 큰 소리를 쳤다.

"그라고 내는 당신이 진심으로 사과한다고 생각도 안 해! 법으로 안 되겠으니까 뺑끼나 쓰는 거겠지!"

"그만 됐습니다."

"네?"

"사과했으니 됐다고요."

경비반장은 내리고 있던 눈을 가해자에게 옮기며 나지막하게 말했다.

"진심인지 아닌지는 당신만 알겠지. 옆엔 변호사 양반이요?"

"네, 법무법인……."

"소개는 됐어요. 들고 온 봉투나 주세요. 합의서 사인 받으려고 같이 온 거 아니오?"

"아, 네! 선생님, 합의금이랑 합의 조건은 봉주르 아파트 회장님 말씀대로 넣었고요. 여기 보시면……."

"사인 할 종이만 주시오. 다른 말 필요 없으니."

변호사는 혹여 경비반장의 마음이 바뀔까봐 허겁지겁 서명 페이지를 넘겼다.

"아니, 이봐라. 그래 쉽게 합의를 해주면 안 된다니까."

사장은 사인하려는 그를 만류했지만 그는 묵묵부답으로 합의서에 사인했다.

"이제 원하는 거 얻었으니 가시오. 공 회장님께도 가봐야 할 테니."

그들은 다시 한번 머리를 숙이고 황급히 자리를 벗어났다.

"자네, 진짜 괜찮나? 무릎이라도 꿇게 할걸!"

"고개 숙이면 뭐 하고 무릎 꿇으면 뭐 하겠습니까? 어차피 마음을 숙이지 않고 진심을 담지 않으면 다 소용없지요. 그리고 다음 달부터 일도 시작하겠습니다."

"다음 달? 좀 더 쉬지 그라노? 개안켔나?"

"쉴 만큼 쉬었어요. 그리고 봉주르 아파트는 저 없으면 안 돼요. 제 페이스북이며 문자에도 빨리 와달라고 난리입니다. 허허!"

그는 이미 존중받으면서 일하고 있었다. 나이가 들며 존중받으며 할 수 있는 일이 없어지는 게 아니라, 존중을 주는 사람이 점점 없어지는 것이었다. 그의 상처에는 이미 새살이 돋고 있었다. 봉주르 아파트 사람들의 진심을 알았기 때문에. 그가 얼마나 존중받으며 일하고 있었는지 느꼈기 때문에. 경비라서, 존중받지 못하는 일을 하는 내가 못난 것이 아니라 경비라고, 존중하지

289

않는 사람들이 못난 것이라는 걸 알게 된 지금, 그는 하루라도 빨리 같이 살던 아파트로 돌아가고 싶었다.

가해자와 변호사는 수천 배는 무거운 발걸음으로 봉주르 아파트에 도착했다. 그들을 기다리는 건 무시무시한 입대의와 더 무시무시한 입주민들이었다. 그들이 입대의 사무실에 도착하자, 방청석에 빽빽하게 모인 입주민들은 고성을 터뜨리기 시작했다.

"자, 자. 여러분, 정숙해주십시오! 오늘 매우 중요한 분이 오셨습니다. 그럼 먼저 얘기를 들어보도록 하겠습니다. 말씀하시죠."

말을 끝내며 정한은 안경을 벗고 가해자와 눈을 마주쳤다.

"죄, 죄송합니다. 제가 다 잘못했습니다."

"저기요. 저랑 약속하셨던 게 뭐였죠?"

"10분…… 10분 이상 반성하는 겁니다."

"그럼 계속하세요. 10분 재고 있습니다. 아직 1분도 반성 안 했습니다."

정한이 자리에서 일어나 송곳 같은 눈빛으로 찌르자, 변호사는 가해자에게 종이 한 장을 건네주었고 그는 그 종이를 읽기 시작했다.

"Hey! Stop it. 멈추세요. 헤이, 로이어! 아 유 키딩 미? 장난해요? 누가 로이어 반성문 읽으래? 거기 양아치! 니 반성문 읽으라고! 언더스탠?"

"이…… 이거…… 제가 쓴 건데요."

"그래요? 그럼 한번 안 보고 첫 줄만 말씀해보세요."

유유희는 굳은 표정으로 가해자에게 증명하라고 했다.

"……"

"What the fuck! 이 쓰레빠야, 니 뭐 하자는 거고? 어? 마! 니 처돌았나? 어데 어른 빠마리를 때려놓고 반성문도 지가 안 써 와? 니 대가리에 총 맞았나? 이게 또 성깔 건디네? 마! 저팔계! 오늘 삼겹살 함 꾸울까? 어?"

레이첼의 빙의에 회의실에 있는 사람 모두 놀란 눈으로 표지판처럼 굳어 요리조리 눈치만 주고받았다. 내심 정한도 놀란 눈치였지만 애써 표정 관리를 하며 말했다.

"그거 변호사님이 쓰신 거면 인정 못 하니까 본인 꺼 읽으세요. 만약 본인이 써 온 게 없다. 그럼 10분 동안 즉석으로 반성하세요."

"그래, 인마! 이 새끼 이거 반성 안 했는갑네? 지 반성문도 안 가져온 거 보이! 어린노무 새끼가 우째 이래 싸가지가 없노? 동영상 확 풀어뿌까!"

자신보다 덩치며 키도 훨씬 큰 재림이 일어서서 소리치자, 가해자는 움찔하기 시작했다.

"아, 아닙니다. 아닙니다. 제가…… 제가 스스로 반성하겠습니다. 먼저 사건 경위부터 말씀드리자면……"

가해자는 사건의 경위까지 상세히 얘기하며 꾸역꾸역 10분을 채웠다.

"정말 죄송합니다. 남의 아파트에서 물의를 일으켰고, 저보다 훨씬 어른이신 분께 폭행을 일삼았습니다. 다시 한번 사죄드립니다."

"뒤돌아서 우리 입주민들께도 사과하세요. 여기 당신 사과받으러 시간 빼서 온 귀한 분들이니까."

그는 정한의 주문에 뒤를 돌아 방청객을 향해 고개를 숙이며 사과했다.

"진심인지는 모르겠습니다. 하지만 약속은 지켰으니 여기까지만 하겠습니다. 앞으로 우리 아파트에 얼씬도 마세요."

"저…… 여기 친구가 살아서…… 가끔 와야 하는데……."

"오지 마세요. 우리 눈에 다신 띄지 마세요. 다시 눈에 띄면 오늘 했던 거 처음부터 다시 시작하게 될 겁니다."

"네네, 알겠습니다. 절대 안 오겠습니다."

정한의 눈빛에서 나오는 독기를 느낀 가해자는 다신 오지 않겠다는 약속을 남기고 자리를 떠났다. 그가 떠나자, 정한은 일어서서 고개를 숙이더니 사람들에게 말했다.

"여러분, 정말 감사합니다. 여러분의 도움과 지지가 없었다면 이번 사건은 경비반장님께 상처만 남기고 끝났을 것입니다. 이번 사건을 통해 우리는 같이 살 기회가 없었을 뿐, 마음이 없었다는 게 아님을 알았습니다. 이런 여러분이 있기에 우리 아파트의 입주민이라는 게 행복하고 자랑스럽습니다. 앞으로 회장으로서 더 책임감을 가지고 열심히 일하겠습니다."

"회장님, 이참에 저번에 얘기 나왔던 커뮤니티 공간 만들어요! 우리 입주민들 이렇게 소통하고 뭉치니까 얼마나 좋아요? 이런 사건 있을 때만 모이지 말고 공간 만들어서 자주 만나자고요."

"맞아요! 우리도 다른 아파트처럼 축제도 하고 중고장터 같은 거도 열고 재밌게 지내봐요!"

"회장님 말씀대로 우리가 마음이 없지 않아요. 정말 기회가 없었고, 이렇게 끌어줄 회장님 같은 리더가 없었을 뿐이에요. 회장님 같은 분이 한다면 저희는 다 찬성입니다!"

방청객에서 한마디가 나오자, 마치 메아리처럼 사람들은 한목소리를 내며 반겼다.

"저도 작가로서 재능 기부할게요. 우리 아파트 주민들을 위해 인문학 경연도 하고 글쓰기 수업도 하고요!"

"미 투. 전 영어 수업을 할게요. 암 어 잉글리시 티처. 언더스탠?"

"와, 그럼 우리 애들한테도 너무 좋죠!"

"어따, 이럴 때 이 기술 고문이 빠지면 쓰것소! 어르신들 전구 갈 일 있으시거나 변기 막히시면 이 안일해한테 언제든 연락하쇼!"

"우리 합심해서 살기 좋은 아파트 잘 만들어봐요!"

그렇게 봉주르 아파트는 같이 사는 아파트로 아름답게 재건축되고 있었다.

의미의 의미

가을이 깊어지고 나뭇잎이 물들어가는 것처럼, 봉주르 아파트 사람들도 서로에게 물들어가고 있었다. 각자 다른 색이지만 함께 어울리면 그 무엇보다 아름다운 단풍산처럼, 다른 사람들이 사는 아파트지만 같이 하면 그 어디보다 살기 좋은 집이었다.

서로에게 깊이 물들어가기 위해 만들고자 한 커뮤니티 시설은 입주민 3분의 2 동의를 받는 게 어려울 거 같다는 우려도 있었지만, 놀랍게도 90퍼센트를 넘는 찬성을 받아 진행될 수 있었다. 이 와중에도 진절희와 유별라는 이런 거에 찬성을 하면 안 된다며 방방 뛰어다녔지만, 이미 울긋불긋 잘 물들어 있는 입주민들에게 구정물을 입히는 건 불가능한 일이었다. 그렇게 가을은 깊어지며, 바람 잘 날 없던 봉주르 아파트도 올해는 조용한 연말을 맞이하고 있었다. 직원들은 김송이 소장을 필두로 각자의 자리에서 묵묵히 자신의 일을 잘해주었고, 동대표들도 모두 한마음으로 아파트 일에 힘써주었다. 아파트 회장이 되어 맞이했던 첫 연말과는 완전히 다른 평온한 연말을 맞이하며 정한은 새삼 느끼는 것이 있었다.

각자의 위치에서 각자의 일에 최선을 다하는 것.

우리 사회도 큰 문제 없이 평화롭게 돌아가기 위해 필요한 것은 대단한 것이 아니라, 지금의 봉주르 아파트처럼 매우 단순한 것이었다. 공무원이 사익을 취하려 하거나, 종교인이 정치를 하려 하거나, 정치인이 사업을 하려 하거나, 미성년이 성인이 되려 하거나. 이처럼 자신의 위치에서 타인의 역할을 하려고 하는 순간 문제가 생긴다. 우리 모두가 이 단순하고 당연한 것을 지키고 살아갈 수만 있어도 좀 더 행복해지지 않을까.

"우리 커뮤니티 센터 이름은 뭐로 지을까요? 이미라 대표님이 작가시니까 추천 좀 해주세요."

"그래요! 작가님이 지어주세요!"

11월의 입대의는 분주하면서도 들떠 있었다. 다음 달이면 공사가 끝나는 커뮤니티 센터의 개관 준비에 여념이 없기도 하거니와, 개관날인 크리스마스에 작은 축제도 열기로 했기 때문이었다.

"사실…… 제가 이미 생각해봤었는데요. 얘기하고 웃으며 정을 나눈다는 의미로 말씀 '담', 웃을 '소', 정 '정' 그래서 '담소정' 어때요?"

"와, 넌 예뻐요. 담소정. 그걸로 해요!"

다른 동대표들도 모두 괜찮다는 눈짓으로 고개를 끄덕였다.

"제가 분위기 깨려는 건 아니고……. 이런 이름은 입주민 의사를 물어보는 게 좋을 거 같아요. 담소정이랑 다른 후보도 두 개정도 추려서 입주민 투표로 결정하는 건 어떨까요? 이 투표는 법적 의무는 아니니까 동마다 엘리베이터 앞에 마음에 드는 이름에 스티커 붙이기 정도로만 하면 될 거 같아요."

김 소장의 의견대로 입주민들이 추천한 이름 중 두 개와 담소정을 같이 스티커 붙이기 투표를 진행했고, 담소정이 가장 많은 표를 받아 봉주르 아파트에는 얘기하고 웃으며 정을 나누는 공간이 만들어졌다.

"하나, 둘, 셋! 메리 크리스마스, 담소정!"

동대표들이 다 함께 줄을 잡아당기자, 가림막이 연기처럼 흐드러지며 담소정 팻말이 환하게 얼굴을 내밀었다. 사람들은 메리 크리스마스를 외치며 박수를 쳤고, 담소정 입구에는 커다란 크리스마스트리가 알록달록 불빛을 밝히고 있었다. 담소정이라는 이름답게 사람들은 이야기하고, 웃고, 정을 나누며 시간을 보냈다. 그렇게 모두 행복한 시간을 보내고 있을 때, 이 행복에 끼지 못하고 담소정 입구에서 야리한 눈빛으로 그들을 쏘아보고 있던 두 여자는 정한이 입구 쪽으로 걸어오자 서둘러 자리를 떴다. 정한은 담소정 입구에서 멀어지고 있는 눈에 익숙한 파마머리와 어깨까지 오는 단발머리 커플의 뒷모습이 들어오자, 팔짱끼더니 고개를 갸우뚱한 채 한심한 웃음을 지었다. 그때, 정한에게 메시지 한 통이 들어왔다.

'회장님, 저 강 주임이에요. 기억하시죠? 예전부터 회장님께 감사하는 말씀 드리고 싶었는데 크리스마스를 빌려 말씀드립니다. 사실 지건만 씨에게 회장님이 하신 얘기를 문 앞에서 들었습니다. 소장님께 드릴 게 있어 갔다가 우연히 듣게 됐어요. 회장님 덕에 그동안 일하면서 받았던 설움이 싹 사라졌습니다. 덕분에 지건만 씨의 사과도 받았고요. 관리업체가 바뀌면서 그만둘 수밖에 없었지만, 회장님 같은 분과 더 일하고 싶었습니다. 제 감사한 마음을 진심으로 담아 보냅니다. 메리 크리스마스!'

강 주임은 기프티콘과 함께 정한에게 메시지를 보내왔다. 그는 메시지를 보며 겨울 동산의 잔설처럼 웃고 있었다. 잊고 있었던 강 주임의 뜻밖의 감사가 그에겐 산타클로스의 선물처럼 느껴졌다.

"회장님, 잠깐 나와보세요. 커먼!"

레이첼은 정한에게 나오라는 손짓을 하며 앞장섰다.

"아니, 반장님! 어떻게 되신 거예요? 왜 일은 안 나오세요? 제가 업체에 업무상 불이익 절대 주지 말라고 경고했는데."

"바로 복귀하려고 했는데 아내가 워낙 말려대서……. 안 그래도 레이첼 때문에 제 페이스북이 아주 난리였어요. 레이첼이 입주민들한테 제 페이스북을 알려줘서 어찌나 다들 빨리 돌아오라고 응원을 해주시는지……."

"저는 우리 아파트 정내미 떨어져서 다른 데 가신 줄 알았잖아요."

"아내랑 합의 봤습니다. 딱 올해까지만 쉬고 내년 1월 1일부터 출근하기로."

경비반장은 머리를 긁적이며 멋쩍게 웃었다.

"Really? 반장님, 진짜죠? 우리 애들도 좋아하겠다! 메리 크리스마스!"

"그럼요. 진짜죠. 오늘도 사실 레이첼 대표님이 알려줘서 왔어요. 나 같은 사람을 이런 자리에 불러줘서 어찌나 고마운지……."

"무슨 말씀이세요, 반장님 같은 분이 계셔서 우리 아파트 보안이 얼마나 든든한데요. 안 그래도 제가 초대할까 하다가 괜히 귀찮게 해드리는 거 같아 연락 못 드렸는데……. 레이첼 대표님, 정말 잘하셨어요."

레이첼은 손가락으로 브이를 그리며 트리에 걸려 있는 눈사람처럼 맑게 웃었다. 다들 그렇게 즐거운 시간을 보내고 있을 무렵, 정한은 계속 담소정 문 쪽으로 시선이 갔다.

'이 녀석은 안 오려나…….'

"회장님, 이거 좀 드세요. 근데…… 누구 오기로 했어요?"

"네? 아, 아뇨……. 그런 건 아니고……."

"그럼 나오셔서 한말씀해주세요. 오늘 우리 담소정 개관일인데 회장님 연설이 빠지면 섭하죠!"

"아, 아뇨. 아뇨. 무슨 연설씩이나……. 그냥 편하게 즐기세요."

"에이, 그래도 첫날인데 회장님이 스타트는 끊어주셔야죠! 자, 자! 여러분, 주목 좀 해주세요. 오늘 우리 아파트에 의미 있는 날인데 우리 입대의 리더 공정한 회장님의 한말씀 듣도록 하겠습니다. 여러분, 박수!"

명백화가 사람들을 향해 소리치자, 다 같이 박수를 쳤다. 정한은 어리둥절했지만, 담소정에 모인 봉주르 입주민들은 모두 숨을 죽이고 그를 바라보고 있었다.

"먼저 담소정같이 좋은 공간 만들어주시는 데 힘을 보태주신 입주민분들께 깊은 감사의 말씀을 전합니다. 그리고 저같이 부족한 게 많은 회장을 믿고 따라와주신 동대표님들께도 진심으로 감사를 표합니다. 사실…… 우리 아파트 회장을 하기 전의 저는 아무것도 아닌 백수였습니다. 하지만 여러분이 저를 존중받는 사람으로 만들어주셨고, 의미 있는 시간을 보낼 수 있게 해주셨습니다. 그래서 깨달았습니다. 혼자인 저는 아무것도 아니지만 함께인 저는 누군가에게 의미가 될 수 있다는 것을요. 우리 아파트에 의미가 가득했으면 좋겠습니다. 서로에게 의미 있는 이웃이 되어 의미 있는 삶을 같이 살았으면 좋겠습니다!"

의미란 누군가의 부여를 통해서만 비로소 생겨난다. 무의미한 삶이란 어쩌면 그 '누군가'가 부재한 삶일지도 모른다. 그러므로 의미 있는 삶이란 내게 의미를 건네는 사람이 곁에 있는 것이고, 가장 깊은 의미의 삶은 내가 의미가 되고 싶은 사람이 내게 의미를 부여해주는 순간일 것이다. 봉주르 아파트의 사람들은 그렇게 저마다 삶의 의미를 찾아가고 있었다.

*

'이제율! 요즘 어떻게 지내? 소설은 잘 쓰고 있고? 오늘 담소
정에서 크리스마스 파티 하는 거 알지? 시간 되면 꼭 놀러 와. 오
랜만에 얼굴이라도 보자!'

정한이 오후에 보낸 문자지만, 제율은 파티가 마칠 때가 되도
록 메시지 확인조차 하지 않았다. 약간의 서운함이 들었지만 요
즘 애들이 다 그렇지라고 생각하며 담소정을 나와 아파트 제방
길을 걸었다.

띠링.

제방 길을 걷다 벤치에 앉아 생각에 잠겨 있는 찰나, 겨울밤의
적막을 깨고 메시지 알람이 울렸다.

'죄송해요, 회장님! 답장이 늦었습니다. 저 회장님 말씀 듣고
그날 이후로 대학 가려고 열공하고 있습니다. 좀 늦은 감은 있지
만, 바짝 하면 그래도 4년제는 갈 수 있을 거 같아요. 오늘도 학원
에서 수업 듣고 스터디 카페에서 폰 꺼두고 공부해서 메시지를
이제 봤어요. 저 열심히 해볼게요!'

제율은 스터디 카페에 있는 자기 자리의 사진도 함께 보내왔
다. 한 줄기 빛이 밝히고 있는 책상 위에는 문제집과 노트가 펼쳐
져 있었고, 펜 하나가 그 위에 누워 있었다. 사진을 본 정한은 가
슴이 뭉클해졌다.

'그래, 수능 끝나고 성인되면 꼭 술 한잔하자! 열공!'

지난번 제율과 카페에서 얘기를 나누고 돌아선 후, 정한에게 후

회가 밀려왔었다. 괜히 꼰대처럼 듣기 싫은 잔소리만 한 거 같아 마음이 불편했고, 그런 얘기를 해봐야 듣지도 않을 건데 굳이 왜 그랬는지 후회했었다. 그래서 그날 이후 연락이 없는 게 당연하다고 생각했고, 오늘 보낸 메시지를 읽기조차 하지 않는 것도 백번 이해할 수 있었다. 하지만 제율이가 보낸 사진 한 장은 단순한 사진 한 장이 아니라 정한의 어깨를 다독여주는 손길과 같았다.

충고란, 하는 것은 쉽지만 듣는 것은 쉽지 않다. 그 어려운 것을 해낸 제율은 이제 어른이었다. 정한은 아파트의 많은 것들을 변화시켰던 것보다 제율이라는 한 사람을 변화시킨 것이 되려 더 큰 보람으로 다가왔다. 그리고 정한도 용기가 생겼다. 그동안 무언가를 다시 시작할 수 있다는 마음의 날개가 꺾인 채 살아왔는데 아파트 사람들을 보며, 제율을 보며 꺾인 날개를 다시 펼 수 있을 거 같았다.

정한은 옷장을 열고는 정장을 한참 동안 바라보았다. 회사를 그만둔 후로는 꺼낼 일도, 입을 일도 없었던 정장. 그는 그런 정장을 꺼내 오랜만에 걸쳐보았다. 마치 오랜만에 만난 친구처럼 잠깐의 어색함이 맴돌았지만, 금세 예전의 모습과 겹쳐지면서 기분이 우쭐했다. 이 옷을 입고 출근하기 위해 겪었던 취업 전쟁, 그리고 그 전쟁통을 뚫고 들어갔던 국내 최고의 기업. 하지만 조직을 떠나고 나니 입을 일이 없어진 정장은 흔히 말하는 '옷 벗을 각오 하라'라는 말이 괜히 생긴 말이 아니라는 생각도 들었다.

"뭐라고? 처남 진짜야? 이제 일하는 거야? 진짜?"

"네, 매형. 대신 정식으로 이력서도 넣고 면접도 볼게요."

"와, 내 삼고초려가 드디어 통했네! 이제 우리 회사 홍보팀이 업그레이드되겠구만!"

정한이 매형의 회사에 면접을 보겠다고 하자, 매형은 만세를 불렀고 정해는 의아스러운 눈으로 정한을 바라보았다.

"야, 공정한. 갑자기 왜? 너…… 솔직히 얘기해야 한다. 알겠지?"

"응?"

"아파트 대출 부담돼서 그런 거지? 아니……. 대출금이 얼마나 남았기에? 내가 도와줘?"

"어? 이거 뭐야? 잠깐, 잠깐. 우리 회사에 온다니까 차라리 대출 갚는 걸 돕겠다는 이 태도가 우리 회사를 무시하는 거 같은 건 내 기분 탓인가? 우리 회사가 어때서, 어때서?"

"누나, 괜찮아. 말 그대로 매형 회사가 어때서? 난 나한테 기회를 준다면 그걸로 감사해. 내 스펙이나 경력은 이미 지난 일이잖아. 그런 과거에 갇혀 살면 같이 살 수도 없더라고. 우리 아파트를 봐. 예전의 명품 아파트라는 과거에 갇혀서 얼마나 이기적이었어?"

"야, 그래도 그거랑 같냐? 난 그냥 네 능력이 너무 아까워서……."

"아까운 능력도 계속 아끼기만 하면 무능력이야. 어떻게든 써야 능력이지. 사실 나도 내 예전 명함에만 머물러 있었던 거 같아. 그리고 무엇보다 아파트 회장을 하면서 느꼈어. 내 능력을 인정해주는 사람들이 있어야 그 능력도 의미가 있다는 걸. 말로만 같이 살자고 외칠 게 아니라, 나도 이제 같이 해야겠다는 생각이 들었어. 예전에 회사 다닐 땐 같이 일한다는 생각을 못 했던 거 같아. 내 능력만 믿고 혼자 일했더라고. 이제 같이 살고, 같이 일하고, 같이 나눈다는 게 얼마나 의미 있는 건지 알았어."

정해는 묵묵히 마음을 끄덕였다.

"근데 삼촌. 삼촌 회사 가면 아파트 회장은 어떻게 해?"

"아! 그렇네, 처남. 아직 임기가 남아 있잖아?"

"음, 제가 정상적인 프로세스를 거치고 합격한다면, 아마 3월부터 근무 시작할 거 같은데 맞아요?"

"보자. 1월은 연초라 인사이동이니 뭐니 어수선할 거고, 설 지나서 면접 진행하고 그러면 얼추 3월은 돼야겠네."

"그럼 임기가 6개월 정도 남는데 부회장 격인 이사님들께 잘 도와달라고 말씀드릴게요. 그리고 우리 아파트는 재건축이 완벽하게 돼서 이제 걱정 안 해요."

봉주르 아파트의 새해는 단순히 해만 바뀐 것이 아니라, 많은 것이 바뀐 새해였다. 사람들은 담소정에서 서로를 알아가며 이해하기 시작했고, 이미라는 입주민들에게 글쓰기 수업을 열었다. 그 수업에는 제율도 시간을 쪼개 참석하고 있었고, 레이첼의 영어 수업은 인기가 높아 주변 영어학원에서 스카웃 제의를 받을 정도였다. 안일해는 어르신들이 어려워하는 소소한 집 안 수선을 도와주며 자연적으로 에어컨 영업 홍보가 되어 사업에도 도움이 되었다. 그렇게 봉주르 아파트 사람들은 진정한 재건축을 이뤄내며 행복을 쌓아가고 있었다.

*

정한은 회장으로서 마지막 회의를 하기 위해 회의실로 향했다. 동대표들도, 아파트 입주민들도 이미 그가 중토 사퇴한다는 것을 공고문을 통해 알고 있었다. 아파트 앱 게시판에는 대부분의 사람들이 사퇴를 아쉬워하면서도 그의 미래를 응원해주었다.

'회장님 덕에 아파트 분위기가 정말 좋아졌습니다. 마치 옛날로 돌아간 기분이에요. 그동안 감사했습니다!'

'임기를 채우시고 재임까지 해주시길 바랐는데 너무 아쉽네요. 그래도 좋은 일로 그만두시는 거라 저도 응원합니다.'

'이제 그 능력 사회를 위해 쓰세요! 그리고 나중에 꼭 다시 우리 아파트 회장 해주세요!'

정한이 직접 작성한 사퇴 공고문에는 사퇴의 이유와 진심이 너무나 잘 드러나 있기에 입주민들은 그의 마음을 공감할 수 있었다.

회의실에 들어선 그는 평소처럼 회의를 진행했다. 그 누구도 정한의 사퇴에 대해 먼저 언급하지 않은 채 그의 마지막 회의는 끝을 향하고 있었다. 그 역시 괜한 부산을 떨고 싶지 않아 북받쳐

오르는 감정과 하고 싶은 말을 애써 삼키며 무던함을 잃지 않으려 애썼다.

"자, 다른 안건이나 의견 없으시면 이만 회의 마치도록 하겠습니다. 모두 수고하셨습니다."

땅땅땅.

정한이 회의의 종료를 알리는 세 번 의사봉을 두드리자, 회의실에 일었던 공명처럼 동대표들이 일제히 일어나 박수를 치기 시작했다.

"김송이 소장님, 준비한 거 줘보이소."

재림이 김 소장을 향해 눈짓을 하자, 그녀는 미소로 끄덕이며 뭔가를 건네주었다.

"회장님, 우리가 우째 회장님을 그냥 보냅니까? 이건 우리 동대표들이랑 소장님이 드리는 상입니다. 그카고 이건…… 인자 회장님 회사원인데 필요하실 거 같아가 우리끼리 돈 쪼매씩 모다가 샀으예. 비싼 건 아이니까 부담은 갖지 마이소."

"으유……. 이 말주변 없는 경상도 남자들! 이리 줘봐요. 상을 드리려면 제대로 드려야지!"

명백화는 재림이 들고 있던 상패를 받아 낭독을 시작했다.

"위 사람은 우리 아파트의 진정한 재건축에 힘쓰며 '같이 사는 아파트'를 만드는 데 공로가 크기에 이 상을 수여합니다. 삼문동 봉주르 아파트 동대표 및 소장 일동. 다들 박수!"

반짝반짝 빛나는 상패를 받자, 정한의 눈가에도 무언가 반짝임이 일렁이기 시작했다.

"회장님, 선물도 풀어보세요. Open your box! 선물은 제가 골 랐다고요."

레이첼은 마치 자신이 선물을 받은 거처럼 기대하는 눈빛으로 말하고 있었다. 정한이 선물 박스를 열자, 넥타이와 한 폭의 영남 루 그림이 그려진 명함 케이스가 가지런히 담겨 있었다.

"회장님, 이 넥타이 하시고 멋진 첫 출근 하세요. 그리고 명함 케이스에 있는 영남루 보시면서 우리 동네 그리고 저희와 함께 한 추억 잊지 말아주세요."

"작가님도 참. 제가 어디 떠나는 거도 아닌데……."

"그래두요. 직장인 되면 바쁘잖아요. 가끔 북카페도 꼭 놀러 오세요."

"자, 자! 대표님들, 인자 신파는 요까지 찍고예. 우리 다 같이 웃으면서 사진 한 장 찍고 회장님 보내드립시더! 제가 오늘 사진 만큼은 확대해가 우리 회의실에 걸어둘라고 카메라도 좋은 걸로 갖고 왔심더."

김성욱 대표는 코가 긴 카메라를 꺼내 보이며 회의실에 있는 사람들을 한 곳으로 모았다.

"다같이 봉주르!"

한 장의 사진과 함께 정한의 마지막 회의는 진정한 마무리가 되었다.

"처남! 얼른 타! 오……. 넥타이 멋진데? 처남 수트빨 잘 받는다더니 장난 아니네. 아! 차 키를 깜빡했다! 금방 가져올게!"

같은 회사에 출근하게 된 매형은 아파트 주차장에서 마주한 정한에게 감탄하더니, 다시 엘리베이터로 뛰어갔다. 말끔하게 정장을 입은 정한은 아파트 벚꽃나무 아래를 잠시 걸었다. 또각또각 구두 소리를 내며 걷는 길에서 봄이 다시 찾아왔음을 느끼고 있었다. 그는 떨어지는 벚꽃잎에 손을 뻗었다. 손바닥 위에 떨어진 벚꽃을 살며시 쥐며, 예전에 읽었던 책의 한 구절을 떠올렸다.

'봄날 벚꽃이 떨어진다 해도, 손을 뻗지 않으면 잡지 못한다.'

그는 잡은 벚꽃잎을 영남루 명함 케이스에 넣으며, 봄볕을 향해 미소 지었다. 그렇게 정한의 마음도 재건축되고 있었다.

우리나라의 절반이 넘는 가구가 아파트에 거주하고 있습니다. 아파트 공화국이라고 불릴 만큼 아파트 거주 비율이 높지요. 그만큼 아파트에서는 많은 일들이 일어납니다. 이처럼 아파트라는 거주 형태를 가장 선호하고, 그곳에 사는 우리들의 이야기를 쓰고 싶었습니다.

시대가 변했고 아파트도 많이 변했습니다. 아파트 시설과 건축 방식은 나날이 발전했고 스마트 시스템까지 적용되며 살기 편한 최첨단 아파트로 나아가고 있습니다. 하지만 이런 의문이 생기더군요.

'세상이 발전하는 만큼 우리의 행복은 발전하고 있을까?'

세상이 발전하고 편해지면 우리는 더 행복해질 거라 믿었습니다. 과연 그런가요? 더 좋은 아파트에 살게 되어 더 행복해졌나요? 세상의 발전, 주거의 진화는 행복의 척도와 비례하지 않았습니다. 전 무엇보다 이 점이 안타까웠습니다. 오히려 예전의 구식 아파트에 살 때가 더 행복했다는 생각마저 들었거든요. 아파트가 변하며 아파트에 사는 사람들도 변하기 시작했습니다. 공동주택에 살지만, 개인주의가 만연해졌고 이웃은 사라졌으며 예전에는 없던 분쟁과 다툼이 끊이지 않습니다. 고소와 고발이 난무하고 서로를 헐뜯고 비방하는 데 혈안이 되어 있습니다. 아파트 비리, 층간소음, 이기주의……. 높아지는 아파트의 높이만큼 행복이 쌓이기는커녕 스트레스가 더 높이 쌓이고만 있습니다. 그렇게 우리는 점점 갇혀 살게 됩니다.

저는 우리가 가장 많이 살고 있는 아파트가 단순히 편리한 한 주거 형태가 아니라, 편안한 거주 공간이 되었으면 좋겠다는 생각을 합니다. 편리함은 기술의 발전이 만들어줄 수 있지만, 편안함은 사람의 온정이 있어야 만들어집니다.

나의 편리함을 위해 타인의 편안함에 위해를 끼치지 않는 공동체 의식으로 공동주택에 같이 살기를 바랍니다. 차가운 콘크리트 아파트에는 살지만, 결코 따뜻한 인간미를 잃지 않는 사람이길 바랍니다.

앞으로 아파트의 외형만 다시 지어지는 것이 아니라, 안에 사는 사람들의 인간다움도 다시 지어지며 마음도 일으켜 세워주는 재건축 아파트가 많아지길 희망합니다. 다시 같이 살게 되길 바랍니다.

비록

'Apart'라는 단어는 '따로, 떨어져'라는 뜻이지만,

우리의 아파트는

'A part of'가 되어 '서로의 일부'가 될 것입니다.

오서

삼문동 봉주르 아파트

ⓒ 오서, 2025

초판 1쇄 인쇄일 2025년 12월 10일
초판 1쇄 발행일 2025년 12월 24일

지은이   오서
펴낸이   정은영
편집   옴수현 정사라 김지수
디자인   전세린
마케팅   이언영 임동렬 임병천 이경민
IP기획   김현영
제작   홍동근

펴낸곳   (주)자음과모음
출판등록   2001년 11월 28일 제2001-000259호
주소   경기도 파주시 회동길 325-20
전화   편집부 (02)324-2347, 경영지원부 (02)325-6047
팩스   편집부 (02)324-2348, 경영지원부 (02)2648-1311
이메일   munhak@jamobook.com

ISBN 978-89-544-7337-8 (03810)